ハヤカワ文庫 NV

〈NV1487〉

ハンターキラー 東京核攻撃

〔上〕

ジョージ・ウォーレス&ドン・キース

山中朝晶訳

早 川 書 房

8731

DANGEROUS GROUNDS

by

George Wallace and Don Keith

Translated by
Tomoaki Yamanaka

First published 2021 in Japan by
HAYAKAWA PUBLISHING, INC.
This book is published in Japan by
direct arrangement with
THE JOHN TALBOT AGENCY, INC.

登場人物

〔アメリカ〕

海軍原子力潜水艦〈シティ・オブ・コーパスクリスティ〉

ロバート（ボブ）・デブリン……艦長。中佐
ブライアン・ヒリッカー……副長。少佐
ケビン・ウィンズロウ……当直機関士。哨戒長。中尉
チャーリー・ディアナッジオ……先任伍長。潜航長。最先任上級兵曹
ダニー・スアレス……機関兵長。原子炉制御科最先任上等兵曹
ジム・ワード……少尉候補生。ジョン・ワードの息子
ニール・キャンベル……少尉候補生

海軍原子力潜水艦〈トピーカ〉

ドン・チャップマン……艦長。中佐
サム・ウィッテ……副長。少佐
マーク・ルサーノ……水雷長。大尉
ジョー・カリー……発射管制指揮官。大尉

海軍軍艦（USS）〈ヒギンズ〉（誘導ミサイル駆逐艦（DDG）76）
ポール・ウィルソン……………………艦長。中佐
ブライアン・サイモンソン……………戦術管制士官。大尉
ジョー・ペトランコ……………………一等掌砲兵曹

海軍特殊部隊ＳＥＡＬ
ビル・ビーマン…………………………チーム３指揮官
ブライアン・ウォーカー………………チーム３リーダー。中尉
ジョンストン……………………………上等兵曹
トニー・マルティネッリ………………隊員
ジョー・ダンコフスキー………………隊員
ジェイソン・ホール……………………隊員
ミッチ・カントレル……………………隊員
ルー・ブロートン………………………隊員

海軍指導部
ジョン・ワード……………第七艦隊潜水艦部隊司令官。准将
エレン・ワード……………植物学者。ジョンの妻
ミック・ドノヒュー………海軍西太平洋兵站群参謀長。大佐
トム・ドネガン……………海軍情報部長。海軍大将

領事館員
レジナルド・モリス………ミンダナオ島サンボアンガ領事館員

ホワイトハウス
アドルファス・ブラウン…アメリカ合衆国大統領
サミュエル・キノウィッツ…国家安全保障問題担当大統領補佐官

〔イスラム武装勢力アブ・サヤフ〕
サブル・ウリザム…………宗教指導者
マンジュ・シェハブ………ウリザムの側近

エリンケ・タガイタイ……………………テロリスト
ザルガジ・ワッハーブ…………………テロリスト
スブラマニアン師………………………マレーシア、サラワク州の穏健派宗教指導者

〔北朝鮮〕
金在旭（キム・ジエウク）……………………北朝鮮総書記。最高指導者
金慶順（キム・キヨンスン）……………………前最高指導者。金在旭の父
金大長（キム・ダイジャン）……………………朝鮮人民軍大将。特殊兵器局局長
張光一（チャン・グアンイル）……………………朝鮮人民軍大佐。金大長の副官
崔（サイ）……………………………朝鮮人民軍元帥

〔麻薬組織関係者　捜査関係者〕
隋海俊（スイ・カイシユン）……………………東南アジアの麻薬王
林泰槌（リン・タイツイ）……………………隋海俊の執事
隋暁舜（スイ・ギヨウシユン）……………………隋海俊の一人娘
孫令（スン・レイ）……………………隋暁舜の経理責任者

ロジャー・シンドラン……………植物学者。エレンの同窓生
トム・キンケイド……………国際共同麻薬禁止局(JDIA)局長代理
ベニト・ルナ……………フィリピン国家捜査局(PNBI)麻薬捜査官
マヌエル・オルテガ……………同ミンダナオ支局長。大佐
ケイ・グエン・ドアン……………貨物船〈メドン・スイ〉船長

【南シナ海の危険水域（東側）】

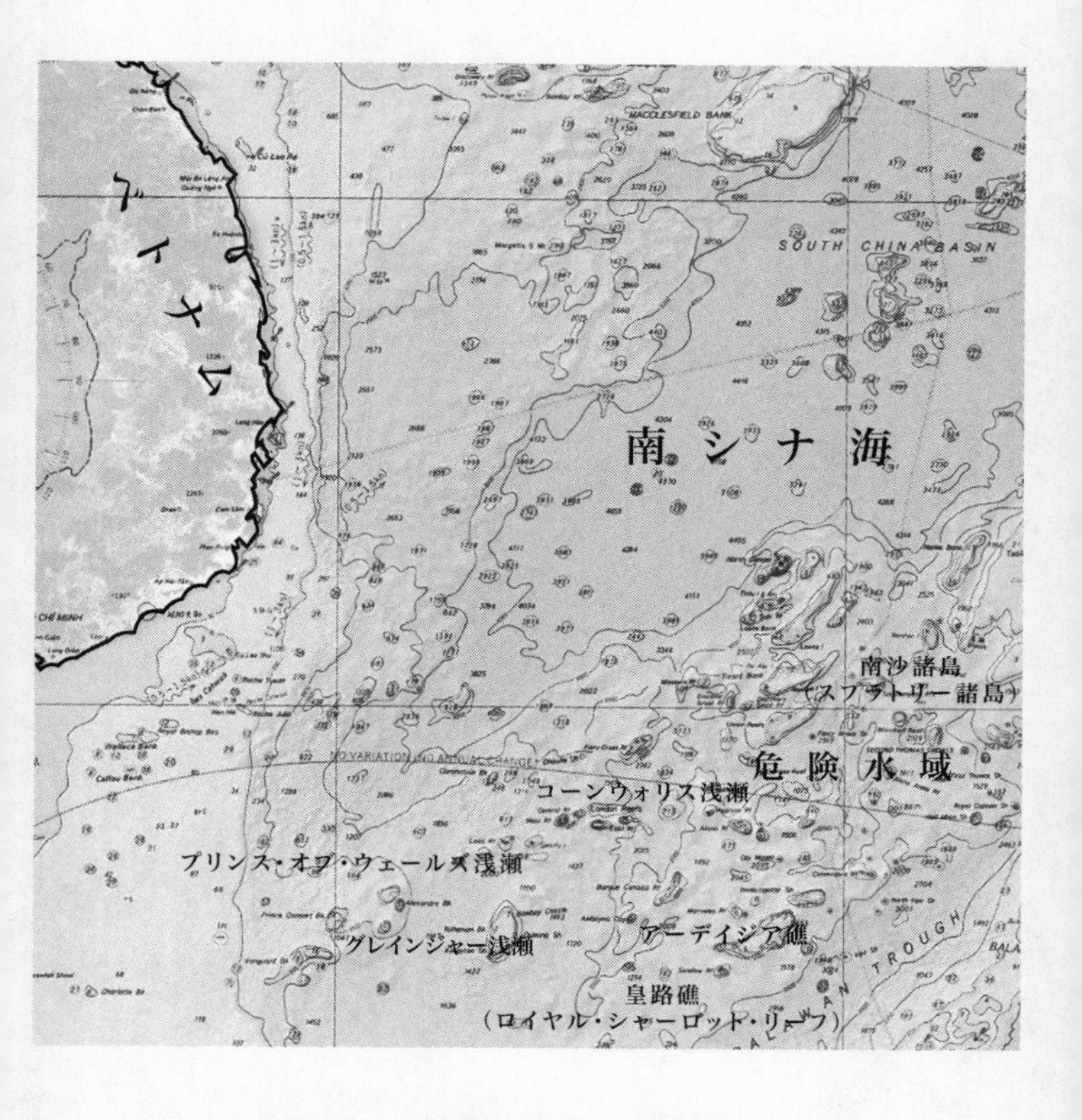

【南シナ海の危険水域（西側）】

ハンターキラー 東京核攻撃

〔上〕

プロローグ

〈メドン・スイ〉は無数の小島のあいだを、縫うように航行していた。薄紅とオレンジに染まる日没の空の下、青黒い水面の向こうに島々の輪郭が見える。積荷を満載し、南シナ海を渡る貨物船のディーゼル・エンジンは年代物で、悲痛なあえぎ声をあげていた。船体にまとわりつく海藻が鬚のように垂れ下がり、古い貨物船の足取りをさらに重くしている。かつて白かった舷側は、いまは錆に取り巻かれていた。

ケイ・グエン・ドアンは船橋の手すりにもたれ、ベトナム製のタバコを吸っていた。深く吸いこんだ煙を吐き出すと、熱帯の微風が紫煙を運び去る。船橋からは、下の主甲板をうろつく乗客の群れが見えた。みな、ランタンの光のそばで夕食を平らげているところだ。乗客はもうすぐ寝床に就く時間だ。彼らのざわめきが静まったら、ケイは夜の静寂に耳を澄ませる。

その夜、乗客や乗組員のほとんどが眠っているあいだも、ケイは〈メドン・スイ〉の舵取りをして、狭隘(きょうあい)なバラバク海峡を抜け、スールー海に入ろうとしていた。あすの夜には、目的地に到着する。フィリピン南部のバシラン島にあるイサベラには、定刻より二時間程度の遅れで着きそうだ。

貨物船がタイのナコーン・パトムの近郊の港を出港してから四日が経っていた。積荷目録によると、〈メドン・スイ〉はイサベラの卸売業者向けの食糧品を積載し、天空の寺院の名で知られるドイ・ステープから戻る仏教徒の巡礼者を乗せている。仏教でもとりわけ神聖な仏塔がある場所だ。

五十人ほどの田舎じみた乗客を下船させたら、ケイはせいせいするだろう。船倉に収まっている積荷を運び終えたら、もっと肩の荷が下りるにちがいない。何も、積荷目録に虚偽の記載をしているわけではない。記載していない積荷があるだけだ。米の袋や干し魚を運ぶだけなら、ケイはこんなに神経を遣わずにすんだだろう。彼が心配しているのは、米や魚の下に、純度の高いヘロインを一トンも隠しているからだ。この積荷の価値は、彼とその家族がたとえ百回生まれ変わって身を粉にして働いても、償(つぐな)いきれないほどだろう。

ケイのせいであろうとなかろうと、万一この積荷を失うようなことがあれば隋海俊(スイ・カイシュン)から全責任を問われることも、彼は承知していた。

強大な力を持つ中国人の麻薬王、隋は、配下の人間に義務を滞りなく果たすことを期待している。失敗が許される余地はない。ケイの義務は、イサベラで待ち受けている貨物船までヘロインを運搬することだ。よほどの大災害でも起きないかぎり、ケイはその義務を果たし、隋からのささやかな礼金を受け取って、いつかまた声がかかるのを待つだろう。

ケイはこれまでに数えきれないほど、この海峡を通過し、南シナ海に出入りしてきた。彼が初航海に出た青年時代、〈メドン・スイ〉は真新しい船だった。いまは彼も船もとうに盛りを過ぎ、くたびれ、疲れ切っている。刻々と目的地に近づきながら、彼は務めを果たして安堵するのを心待ちにしていた。

ケイはいま一度、苦い煙を胸一杯に吸いこみ、いったん肺にとどめると、吐き出して吸い殻を床に放り投げた。湿った空気に燃えさしがかき消される。

さて、孤独な夜を楽しむ時間だ。今夜は月が出ていないが、無数の星が残りの航海を見守ってくれるだろう。

マンジュ・シェハブは黒い空気膨張式ボートにうずくまっていた。背後の男たちや、両側の二艘に乗った男たちと同様、黒ずくめの服装だ。全部で三艘のボートは明かりをつけていないので、こんな漆黒の闇夜では近辺を航行する船から見えない。高性能のレーダーを使っても、探知するのはほぼ不可能だ。この三艘にはそれぞれ、重武装した五人の男たちがかがみこんでいる。

だが、彼らが標的にしている船に、高性能レーダーなど装備されていないのはわかりきっていた。このあたりを航海する船の大半は、エンジンがまともに動けばましなほうで、ハイテクの電子機器などあるはずもなかった。

男たちが待っている、錆の浮いた旧式の貨物船は二時間ほど遅れていたが、それは予想の範囲内だ。シェハブに与えられた指示は、たとえ何時間経とうが、その船が来るまでこの地点で待機していろというものだ。サブル・ウリザムが——アッラーよ、指導者の名に祝福を——天空から星が落ちてくるまで待てと言うのなら、シェハブは命令に従うまでだった。

午前零時近くになってようやく、シェハブは水平線に貨物船の航行灯を見た。まちがいない。古い貨物船だ。船が彼らを追い越し、一マイルほど進むのを待ってから、シェハブは手下の男たちに合図し、エンジンを始動させた。強力な船外機のおかげで、ゴムボートは四〇ノットを優(ゆう)に超える高速を出せるが、それでいて波の音にまぎれるほど静かだった。旧式の貨物船は簡単に追尾できた。船のはるか後ろまで、燐光を発する波が立ち、三艘のボートはそれを追えばよかったのだ。

ものの数分で、彼らは貨物船に追いつき、傾斜して高く張り出した舷側の陰に隠れた。シェハブは船の右舷に沿ってボートを接近させながら、見張られている徴候がないかどうか確かめた。主甲板でけたたましくサイレンが鳴るのではないかと耳を澄ましたが、何も聞こえなかった。

準備完了と判断するや、シェハブはボートの速度をやや落とし、貨物船の泡立つ一軸スクリューからわずか三フィートほどになるまで後退させた。かなり危険な場所だ。操舵を誤れば、たちまち転覆し、身体は切り刻まれてサメの餌になるだろう。だがこの場所には、船橋の後ろというメリットがある。船員が起きているとは考えにくいが、たとえそうだとしても、進行方向を見ているにちがいない。仮に船橋で起きている人間が振り返ったとしても、船の上部構造物がシェハブと手下たちを隠してくれるだろう。

海賊の頭目であるシェハブは手元のAK-47をいつでも撃てるようにし、鮮やかな身ごなしで、ゴムで覆われた引っかけ鉤（かぎ）を貨物船の手すりに放り投げてしっかり固定させた。鉤の綱をよじ登り、四人の手下たちもあとに続く。左舷側でも、もう一艘のボートが接近し、海賊たちはシェハブとまったく同じ行動を取っている。三艘目のチームは数ヤード後方で待機し、貨物船の立てる波に乗りながら、必要なときにはいつでも突入し、発砲できる態勢だ。

シェハブは綱を登りきり、甲板の手すりを越えて、船に飛び乗り、ＡＫ－47を構えた。身をかがめたまま、すぐ近くにある梯子まで走って船橋へ向かう。背後から、男たちのくぐもった足音が聞こえた。シェハブは静かに梯子を昇り、開け放たれた操舵室の戸口へ突進した。

ケイ・グエン・ドアンは夜の静寂のなか、穏やかに揺れる船で眠けと闘っていた。もう一本タバコに火をつけようとしたところで、異様な気配を感じてケイは戦慄した。右舷のハッチから黒ずくめの男が忍びこみ、ＡＫ－47の銃口を向けてきたのだ。間髪を容れず、左舷ハッチからも男の仲間が現われた。老いた船乗りは海図台にもたれ、武装した男たちを見ながら、早鐘を打つ心臓を静めようとした。

この海を長年航海してきたケイには、自分の力ではどうすることもできないのがわかっていた。海賊たちは、目当てのものを手当たりしだい奪っていく。最善の対処法は、彼らが穏やかに船を立ち去ってくれるよう、せいぜい助けてやることだ。ケイが船の金庫に納めてある少額の金や、乗客の金は奪われるだろうが、身代金目当てに誘拐されるような裕福な人物はこの船にはいない。幸運が味方してくれれば、海賊は積荷を見ようともせず、

〈メドン・スイ〉の船倉深くに隠されたヘロインは見つからずにすむかもしれない。

思いがけないことに、海賊たちはケイを船橋から追い立て、梯子を降りて主甲板へ向かわせた。たいがいの海賊は、船長が航路を外れないように一人か二人で見張り、そのあいだにほかの者がめぼしいものを物色する。しかし今回、ケイは船橋を追い出され、乗組員や乗客の一群といっしょにされた。乗客はすでに、海賊たちの叫び声で目を覚ましていた。

ケイの望んだ展開ではない。海賊どもには、さっさと目当てのものをかき集め、〈メドン・スイ〉を立ち去ってほしいのだが。彼ら自身も、日の出前には船から遠ざかったほうが安全なはずだ。この海域は、バラバク海峡のフィリピン沿岸警備隊の基地から目と鼻の先なのだ。

ケイは船が少し傾き、針路変更するのを感じた。彼はすぐさま事態を察した。誰かが船橋で〈メドン・スイ〉を方向転換させ、来た道を引き返そうとしているのだ。

これはただならぬことになった。ケイはへなへなと崩れ落ち、声高に話し合っている乗客たちのなかでうずくまった。彼になすすべはない。ただ祈るしかなかった。

日はすでに高く昇っている。古い貨物船の船橋で水平線を見ていたマンジュ・シェハブは、探していた船を見つけた。その船が錨（いかり）を下ろしている場所は、皇路礁（ロイヤル・シャーロット・リーフ）の風下だ。南沙諸島の南端の水面にかろうじて顔を突き出した、狭小な陸地である。孤立した岩と珊瑚礁は、会合地点にはうってつけだ。ひんぱんな通航路からは遠く離れ、行き交う船に見とがめられる心配はない。どんなに捨て鉢な漁師でも、座礁の危険を顧みずここまで来ようとする者はいない。

シェハブはエンジン停止を命じ、錨泊している船から二〇〇メートルの地点に古い貨物船を停めた。それから、〈メドン・スイ〉の投錨を手下に命じた。

不気味に軋む音とともに錨が解き放たれ、飛沫を上げて青い海に落ちた。

まばゆい太陽が昇ってから、ケイ・グエン・ドアンはじっと瞑目していた。これから起こる事態を見たくはない。この男たちは、いくばくかの金銭や数人で持ち運べる軽い積荷を狙うような、ありふれた海賊ではない。老いた船乗りのデニムの作業服に入っている小銭など、彼らの眼中にはないようだ。

投錨の音を聞きつけ、ケイは目を開けた。まぶしい甲板に目が慣れるにつれ、岩礁の近くに停船しているのがわかった。かすかになじみのある場所だ。ケイの推測どおりの場所であれば、救援はまず期待できない。

すぐそこに、もう一隻の船が錨泊している。まるで彼らが来るのを待っていたかのようだ。見ていると、その船の両側から二艘の艀(はしけ)が離れ、青緑色の海を突っ切って近づいてきた。艀は〈メドン・スイ〉に横づけし、海賊が下ろした縄梯子(なわばしご)に繋留した。十数人もの武装した男たちが、梯子を昇ってきた。彼らは甲板をうろつき、すでに〈メドン・スイ〉を乗っ取った海賊たちに親しげな語調で叫んでいる。

一連の行動には、周到で組織的な計画のもと、大勢の男たちが関わっているようだ。ちっぽけな沿海貨物船から米を奪うために、ここまでやるだろうか。あらかじめ、船そのものを乗っ取ることを意図していたにちがいない。ただしそれは、〈メドン・スイ〉に価値があるからではない。この錆びついたおんぼろの船は、ほとんど無価値だ。海賊はもっと価値のあるものを狙っている。

ケイは絶望感に囚(とら)われた。

シェハブと呼ばれている海賊の頭目が、ケイを指さし、初めて口を利いた。

「ヘロインの隠し場所を教えろ。いますぐ教えないと、乗客を皆殺しにする」

彼の命令を受け、海賊が群衆に向かって短く発砲した。巡礼者たちが恐怖に悲鳴をあげる。四人が倒れ、鮮血が甲板を真っ赤に染めて、排水口へ向かって流れた。

「早くしないと、もっと死ぬぞ。乗客の次は乗組員、最後におまえだ」

ケイに抵抗のすべはない。古い貨物船の船長には、無事に逃げおおせる道がないことがわかっていた。

麻薬の場所を教えるのを拒んだら、海賊は全員を射殺するだろう。海賊はこの船にヘロインが積まれているのを知っており、どのみち見つけることになる。たとえ全員を射殺し、海賊だけで〈メドン・スイ〉の船内を探すことになったとしても。ケイが麻薬の隠し場所を明かしても、海賊はやはり全員を射殺するだろう。たとえその理由が、目撃者を消すためだけであっても。

ケイは力なく、肩をすくめた。年老いた彼は、敢然と抵抗して死ぬことなど考えていなかった。できることなら、あまり苦しむことなく来世へ行きたい。

「こっちだ、案内しよう」彼はつぶやいた。

こわばった脚で、どうにかゆっくりと立ち上がる。ケイは梯子を降り、主船倉に入った。山積みになった干し魚の袋の下に、厚板が緩いところがある。彼はそこを引き開け、白い粉の保管場所を海賊に教えた。

シェハブは不運な虜囚たちに、麻薬を運ばせた。海賊たちはみな、取り巻いてそれを傍観している。錆びついた古い艀の甲板に、一トンもの純度の高いヘロインがきちょうめんに積み上げられた。待機している貨物船に、安全に移されるのだろう。

しかし、そうではなかった。この計画を実行するのは、シェハブでさえ戸惑った。彼らの指導者であるサブル・ウリザムが、この最終段階の措置を誤解の余地のない言葉で告げてからずっと、シェハブは不可解な思いに囚われていた。まったく道理に合わないことに、これだけの危険を冒して五千万ドル相当の麻薬を奪っておきながら、彼らはそれを海に投棄しなければならないのだ。これだけの資金があれば、不信心者どもへのテロ攻撃を、さらに推し進められるのに。

とはいえ、疑問の余地はなかった。サブルがそうするよう命じたのであり、サブルは聖なる者なのだ。

その後の措置に関する指導者の命令は、より道理にかなっていた。シェハブはその命令を文字どおり忠実に実行するつもりだ。麻薬の投棄が完了すると、シェハブは仏教徒の巡礼者と貨物船の乗組員を、〈メドン・スイ〉の主船倉に連行するよう命じた。大半の者は、救助が来るまで船倉に監禁されるものと思っていた。一同は祈って待つべく、腰を下ろした。

しかしケイには、そんなに甘いものではないとわかっていた。それでもなお、彼は衝動に抗えず、甲板からこちらを睥睨している海賊たちに向かって目を上げた。命ばかりは助けてくれるよう、目で懇願せずにはいられなかったのだ。

そうしたところで無駄だった。彼らは発砲してきた。

慈悲を哀願する叫びや、恐怖に駆られた悲鳴をあげる者がいなくなるまで、ＡＫ－47の情け容赦ない咆吼（ほうこう）が轟（とどろ）いた。古い貨物船が波に揺られ、船体が薄気味悪く軋む音だけが響いている。

1

水平線の岩礁から、淡い黄色の太陽が顔を覗(のぞ)かせ、朝霧を払ういつもの仕事に取りかかったものかどうか、考えあぐねているようだ。雲ひとつない空とじっとり湿った空気が、蒸し暑い一日を予感させる。北緯八度の南シナ海では、典型的な天候だ。

「艦橋へ、こちら戦闘指揮所」アメリカ海軍の軍艦内で、通信機から声がした。「艦長、イージス・システムが水上にコンタクトを探知しました。距離五九〇〇ヤード、方位一七九」

生ぬるい熱帯の風が、哨戒中のアメリカ海軍軍艦(USS)〈ヒギンズ〉（誘導ミサイル駆逐艦(DDG)76）の左舷に、近くの小島からジャングルの土の臭いを運んでくる。アーレイ・バーク級駆逐艦の艦橋では、日焼けした痩身の艦長ポール・ウィルソン中佐が、南に目を向けていた。報告されたコンタクトがあるはずの場所だ。右舷の艦橋ウイングにある艦長席から見れば、目覚めのコーヒーを邪魔してくれた侵入者の姿がわかるはずだ。

これほど近づくまでイージス・システムのレーダーでも捕捉できなかったのであれば、コンタクトは小さいにちがいない。さもなければ、いましがたまで島の陰に隠れて見えなかったのだろう。南シナ海のこの付近は、小島、岩礁、古い難破船だらけだ。かつて大英帝国は、この海域であまたの快速帆船(クリッパー)を失ったので、イギリスの海図にはいまなお、この一帯に〝危険水域〟と記されている。

ウィルソンは自艦のロゴ入り野球帽(キャップ)を脱ぎ、鉄灰色(てつかいしょく)の髪を手で梳(す)いて、水平線を見わたした。何も見えない。コーヒーをもうひと口すすろうとしたところで、コンタクトが視認できた。南沙諸島の西端、グレインジャー浅瀬の右だ。この海域を無数に行き交う、小型の沿海汽船のように見える。そうした船の大半は遺棄船同然に古く、側面の赤錆は、垂れ下がる紙テープのように縞模様に浮き出ている。一見したところでは、そんな汽船にしか思えなかった。

だがウィルソンは、この距離からでも、ひとつの特徴に気づいた。たいがい、そうした汽船の甲板は乗客で一杯だが、あの船は打ち捨てられている。船橋も無人だ。甲板にも人影はない。

「あの船も海賊にやられたんでしょうか？　船舶間無線で呼びかけても、応答がありません」ブライアン・サイモンソンが、艦長の右側に立っている。若い大尉は、もう制服に汗を滲ませ、倍率七倍、口径五〇ミリの双眼鏡を目に当てて、汽船を見ていた。「だとしたら、今週で三隻目です」

「そうかもしれん」ウィルソンは答えた。「現場に行って、状況を確認しよう。そもそも、われわれがここにいるのはそのためなんだ」

南シナ海やマラッカ海峡での海賊行為は、決して過去の話ではない。いまなお地元民の一部が、そうした行為を生業（なりわい）にしている。無数の小島や岩礁に囲まれて孤立した海域は、海賊にとって恰好の狩り場なのだ。周辺諸国の錯綜（さくそう）する主権争いが、海賊にいっそうの好条件をもたらしている。中国、ベトナム、フィリピン、マレーシア、インドネシアのほか、ブルネイまでもが領有権を主張しているのだ。かててくわえて、この航路は世界で最も混雑する海上交通路（シーレーン）である。巨大なコンテナ船や石油タンカーが、東アジアと中東やヨーロッパを結ぶ浅い海域を縫って航行している。数百年前の先駆者たちと同様、現代の海賊にも、動きののろい大型船は魅力的な獲物なのだ。

海賊行為は深刻な脅威になり、ついにシンガポールがアメリカ合衆国に、この海域に軍艦を派遣してパトロールを支援してほしいと要請するに至った。こうした経緯により、この蒸し暑い朝に、〈ヒギンズ〉がシンガポール海軍に成り代わって海賊阻止のための哨戒を行なっているというわけだ。そしてどうやら、彼らはまたしても、海賊の餌食にされた船に遭遇したらしい。

ポール・ウィルソンは従羅針儀(コンパス・リピーター)を一瞥(いちべつ)した。

「ミスター・サイモンソン、針路一八五」艦長は命じた。「微速前進。あの沿海汽船に二〇〇ヤードまで接近せよ。ペトランコのチームは、硬式ゴムボート(ＲＨＩＢ)で出航準備」サイモンソンは命令を受け、踵(きびす)を返した。ウィルソン艦長は眉間に皺を寄せ、付け加えた。「総員、戦闘配置に就け。あの船を検査するあいだ、不測の事態に備えて武器の用意をしておくんだ」

「イエッサー」

ジョー・ペトランコ一等掌砲兵曹は、うねる波で左右に揺れるＲＨＩＢで、身体を支えた。錆の筋がついた貨物船の船側が、横づけする小型のＲＨＩＢにのしかかってくるようだ。ペトランコはさらに足を踏ん張った。船舶立入検査班を率いて十年になるが、ただの一度も海に落ちたことはない。けさもその記録を守りたかった。朝食前に海に落ちるのは、なおさらご免だ。

このずんぐりした筋肉質の掌砲兵曹は、どういうわけか、今回の立入検査にあまりいい予感がしなかった。〈ヒギンズ〉から出航したボート上で、ペトランコは貨物船の甲板や船橋をじっと見た。生きている人間がいる徴候はない。まるで幽霊船だ。

これまでに数十回も立入検査をしてきたが、ほとんどは何事もなく終わった。しかし、ひとたび状況が悪化すれば、とめどなく悪化する。いつも立入検査の前には、同じような不安な感情を覚えてきた。おなじみの吐き気がしてくる。

ペトランコは班員の面々を見わたした。この一年以上、六人の班員と任務にあたってきた。彼自身が鍛え上げ、苦楽をともにしてきた男たちだ。中東湾岸での海上阻止行動では、一触即発の状況になったこともある。優秀なチームだ。ペトランコは、その全員を信頼していた。それでも、できれば先陣を切りたくはない。

「全員、警戒を怠るな」貨物船の船側で速度を落としながら、ペトランコは言った。「どうも臭いぞ。いやな予感がする」

短軀でがっしりした体格のペトランコは、綱の端に結ばれた引っかけ鉤(かぎ)を掴み、高い弧を描いて投げ上げた。鉤は頭上高く上がり、貨物船の甲板に落ちて金属音をたてた。綱をぐいと引いてみる。まったく緩みがない。よし。最初の一回で、頑丈なものに引っかかったようだ。

次に掌砲兵曹は、手元のM‐16の弾倉を確認した。弾薬はまちがいなく装填されている。彼は部下たちを振り返った。

「俺を援護してくれ。これから乗船する」口元に固定されたブームマイクに呼びかけた。

「戦闘指揮所（CIC）、こちらペトランコ。これより乗船します」

小型のイヤホンに、雑音混じりの声がした。ウィルソン艦長だ。

「こちら〈ヒギンズ〉、了解」やや間があった。「気をつけろ。幸運を祈る、掌砲兵曹」

ペトランコは艦長の声に警戒の念を感じ取った。艦長もやはり、同じくいやな予感を覚えているようだ。

行動開始だ。RHIBで六人の部下が、貨物船の甲板の突き出した縁に目を光らせるなか、ペトランコは綱をよじ登った。班員がいつでも発砲できるように銃を構えている。甲板の高さまで登ると、ペトランコは止まり、舷縁（ふなべり）から目だけを覗かせた。

この瞬間が最も危険だ。誰かが襲撃しようと待ちかまえていたら、RHIBで待機しているチームの銃も、〈ヒギンズ〉の重火器も身を守ってくれず、彼は頭を撃ち抜かれるだろう。

発砲に備えて身構えつつ、ペトランコは頭を突き出した。あたりを見まわす。誰もいない。甲板は無人だ。

「甲板を確認した。全員、上がってこい！」口元の小型ブームマイクに、静かに呼びかける。

さらに三本の引っかけ鉤が弧を描き、手すりを越えた。ペトランコは警戒しながら甲板に転がりこみ、すばやくマストの陰に隠れた。

ペトランコのM‐16の銃口が、鎌首をもたげるコブラさながらに動きまわり、敵が撃ってきそうな場所をすみずみまで確かめる。死んだような静けさだ。微風さえも、静けさに吸いこまれていくようだ。聞こえるのはただ、早鐘を打つ自らの心臓の音、波に揺られて軋む古い船の音、RHIBから甲板まで登ってくるチームの面々のうめきだけだった。

部下の男たちが舷縁から甲板へ転がり出る。めいめいが武器を構え、急いで配置に就いた。それでも、なんの動きもない。

「CIC、こちらペトランコ。チーム全員が乗船しました。甲板には誰もいません」ペトランコはブームマイクに向かってささやいた。「これよりチームを展開し、船内を探索します。艦長、どうにもいやな感じがします。こんなに静かなのはおかしいです」

「了解した、掌砲兵曹。くれぐれも用心しろ。無謀な行動はいっさい取るな」

「アイ、サー」

チームは二人ひと組で散開し、訓練どおりに船内を探索しはじめた。ペトランコが梯子を昇り、船橋へ向かう。やはり誰もいない。格闘や暴力の痕跡はなかった。おかしなところはない。ただ、人っ子一人いないだけだ。舵輪の真上にある船舶間無線は、電源がついたままになっている。

ペトランコは周囲を見わたし、何があったのか知る手がかりを探し求めた。積荷目録が見つかった。米と魚。乗客。そのあいだにも、潜在意識は襲撃の徴候を警戒し、少しでもそうした気配があれば、すぐに応戦できる構えを取っていた。

不意にイヤホンから声が響き、彼は飛び上がった。

「掌砲兵曹、こっちに来てください。見てほしいものがあります」

部下の一人だ。

「どこだ?」

「船倉です」

「すぐに向かう」ペトランコはつぶやき、操舵室から走り出た。主甲板に降りるのと同時に、二人の部下が船倉の覆いを開けた。

熱帯の灼熱の太陽に慣れた目が、船倉の暗がりに順応するのに数秒を要した。ペトランコは、眼下の信じがたい眺めに怖気(おぞけ)をふるった。嗅覚がやや遅れて反応した。吐き気がこみ上げ、彼は船倉の覆いからあとずさった。息をしようとしながら、抗(こう)しがたい吐き気と闘う。

その光景に疑問の余地はなかった。空荷の船倉の下には、五十人以上の死体が横たわっていたのだ。死体はいずれも膨張し、暑さで腐爛（ふらん）していた。死んだ人々の目が、助けを懇願するようにこちらを見上げている。救援の手は遅すぎた。

ペトランコは甲板の縁によろめき、手すりにもたれた。新鮮な潮風を深く吸い、おぞましい光景と胸の悪くなる悪臭を振り払おうとする。ようやく、どうにか吐き気を抑え、話せるようになった。小型ブームマイクの通話キーを押す。

「艦長、何があったのかわかりました。乗組員と乗客の全員が船倉に集められ、マシンガンで射殺されたようです。犠牲者は五十人以上と思われます。死後数日は経過しているでしょう」

報告の受領を確認すると同時に、ペトランコは手すりから身を乗り出し、嘔吐した。

ペトランコ掌砲兵曹から、食欲はとうに失せていた。

サブル・ウリザムは銀灰色（ぎんかいしょく）の物体に手を伸ばし、長くほっそりした指先でそっと触れた。上質な陶製の彫像や、芸術品の繊細な感触を確かめているかのようだ。

硬い金属の表面に指を這わせながら、いとおしむように低くうなる。彼はどういうわけか、触れると温かいのではないかと思っていた。論理的には、そうなるはずの理由は何ひとつないのだが。それでも、この物体が秘めている恐るべき力からすれば、触れれば熱が伝わってくるように思えてしまう。

しかし、そうではなかった。ただ硬く、ひんやりしている。

このみすぼらしい建物の外では、日本海から凍てついた三月の風が吹きすさび、窓を震わせている。隙間風で屋内も寒い。三月とはいえ、春分まではまだ一週間もある。風が冷たくてもおかしくはない。何せここは北緯四二度に位置しているのだ。この羅津（ラジン）には、朝鮮民主主義人民共和国で最北の海軍基地がある。その気候は、サブル・ウリザムを歓迎していないかのようだ。年じゅう温暖で風が穏やかな、故郷のフィリピン南部とはまるでちがう。

しかし、望むものを取引で得られれば、快適とはほど遠いこの極寒の地へ、わざわざ来た甲斐があったというものだ。

核兵器を。

長年の労苦の末、ついに核兵器を手中に収めることができれば、彼が率いるイスラム武装勢力アブ・サヤフは、神聖なる目的を達成するのに必要な力を得られる。この恐るべき兵器を正しく使えば、東南アジアのムスリムをすべて、一人の指導者が治める単一のイスラム国家に統合することができるだろう。その指導者とは、誰あろうサブル・ウリザムである。

そのときには、彼が先頭に立って聖戦（キタール・ジハード）を遂行し、西洋の軛（くびき）から人民を解放するのだ。そして核の業火で人民の魂を浄化し、不信心者どもを焼き尽くそう。光り輝く勝利をわが手にするところを想像すると、ウリザムの胸は高鳴った。アッラーの慈悲と北朝鮮という新たな盟友の助けがあれば、その日は近い。

だが、隙間風の吹きこむ倉庫で、核兵器を冷然と見つめる張光一（チャン・グァンイル）大佐に、そうした宗教的な動機は何ひとつなかった。大佐は細長い目で、核兵器の周囲を歩きまわるフィリピン人テロリストを見ている。その目は、タイヤを蹴る顧客を見る中古車セールスマンさながらだ。テロリストが商品に興味を持っているのはまちがいない。この狂信的な宗教指導者が金を持ち合わせていたら、一刻も早く商談を成立させるまでだ。

ウリザムは長身の身体を乗り出し、兵器の側面に取りつけられたプレートとそこに記された注意書きを見ようとした。長い指先でプレートに触れる。奇妙な文字で、ウリザムには読めなかった。彼は張大佐に目を向け、無言で問いかけた。

「ロシア文字です」北朝鮮人は言った。「爆発させるには、プレートの隣のレバーを〈点火〉の位置に合わせることと書いてあります。これは旧ソ連時代の53‐68型で、潜水艦に搭載する核魚雷です。弾頭には二〇キロトンの破壊力があります。お望みの目的には充分すぎるほどでしょう」北朝鮮軍の大佐は、続く質問も予期していた。テロリストに訊かれる前に、肩をすくめて語を継ぐ。「ウラジオストクにいるロシア人の友人が、金に困り……この余剰兵器を……売りに出したというわけです」

ウリザムはうなずいた。長い灰色の円筒形の魚雷にじっと目を凝(こ)らす。まるでそうすれば、冷たい金属の魚雷が秘めた力を見きわめられるかのように。もう一度、彼は張に目を上げた。

「大佐、これほどすばらしい兵器を手に入れてくれたことには、大変満足だ。だが、教えてほしい。一発の魚雷で、わたしにいかなることができるだろうか？」

「サブル、わが友よ」北朝鮮人は、忍耐強く答えた。「核兵器を見繕ってほしいというのが、あなたのご依頼でした。それでわたしの部局が、核兵器を見繕って差し上げたのです。あえて言わせてもらえば、大変な危険と出費がともないました。国家保衛省のわたしの上司に、どう報告しましょうか？　ウリザムと彼の組織アブ・サヤフは、一発の核兵器を使う想像力も持ち合わせていない、と？」

ウリザムは核兵器に魅入られたかのようだ。なめらかな金属の表面を、両手で愛(め)でるように撫(な)でている。その目は恍惚(こうこつ)として、遠くを見ていた。

大佐は誤っていた。ウリザムに、核兵器を使う想像力はあった。問題は、最も効果的な標的にそれを送りこむ確実な方法を編み出すことなのだ。核兵器を隠すのは、自爆テロ用の爆弾を哀れな殉教者に縛りつけるよりも難しい。自爆テロリストは瞬く間に昇天してくれるが。

きっと方法はあるはずだ。必ずやそれを見つけ出そう。アッラーが明かしてくれるにちがいない。なんといっても、彼は救い主サブル・ウリザムなのだ。

「むろんのこと、一発では足りない」ウリザムは平板な口調で言った。「最初の一発は、不信心者どもの注意を引きつけるにすぎない。真の力は、悪魔どもが最初の一発の威力を感じたあとの、二発目に宿るのだ。取引できるのは、そのときなのだからな。もう一発を入手できる算段はあるだろうか、大佐？」

張大佐は目を見ひらいた。密輸される核兵器のありかを考えるように、顎をさする。

「二発目には心当たりがありますが、現金取引が条件です」彼は答えた。「二発を購入するには、一億米ドルはかかります。半額は積み出し前に、兵器を受領したときに残りの半額を支払っていただきたい。あなたの組織で、それだけの額をまかなえますか？」

ウリザムは北朝鮮のスパイマスターに向かってうなずき、痩せぎすの凄愴とした顔つきを心持ちやわらげた。

「その条件を受け入れよう。ただし、それだけの莫大な金額を集め、うるさいアメリカ人どもに嗅ぎつけられないように支払う準備をするには、二ヵ月はかかる。ご存じのように、最近はこうした取引を監視されているからな」

張はうなずいた。

「では、取引成立です。ご要望の兵器を、二ヵ月間取り置きします。その期限内に、申し上げた金額を用意できなければ、ほかの買い手に売却しなければなりません。お察しでしょうが、アジアや中東の各国で、取引に興味を持つ買い手が何組もいるのです」

ウリザムは答えなかった。放心したようにうなずき、取引条件を認めただけだ。いま一度、彼はすさまじい威力の魚雷に身を乗り出し、やさしく撫でさすって、青みがかった唇に、ぞっとするような奇妙な笑みを浮かべた。テロリストの暗く冷たい目は、まだ遠くを見ている。

倉庫に吹きこむ風が、その冷たい触手を伸ばしてきた。朝鮮人民軍の張光一大佐は、不意に背筋に悪寒がよぎるのを覚えた。

2

トム・キンケイドはいま一度ブラインド越しに窓の外を覗き、まぶしい陽差しに目をすがめた。めぼしい動きはまったくない。くたびれた海沿いのホテルの前では、真昼のうだるような暑さをものともせず、通りに喧噪がこだましている。窓からほんの数フィートの混雑した車道では、おんぼろの古いアメリカ車や猛スピードの貨物トラックが、フィリピンの乗り合いバスとわれがちに先を争う。狭くでこぼこした歩道にもまた、四六時中、大勢の通行人がひしめいていた。なんとしても目当ての品物を手に入れようとする買い物客、大事な用をすませようと先を急ぐ人々、取り立てて用もないのに灼熱の混み合う通りをぶらつく者たちが、押し合いへし合いしている。

キンケイドは深く息を吸った。向かいの露店からショウガと鶏肉の焼ける匂いが立ちのぼり、窓のどこかから入りこんでくる。食欲をそそられ、腹が鳴った。露店では、小腹が空いた通行人に、安くて香ばしいアドボン・マノック（鶏肉と野菜を煮こんだフィリピンの郷土料理）を売っている。

ここイサベラは、フィリピンのバシラン島で最大の都市だ。南フィリピンを往来する商品の積み替え拠点でもある。東南アジア全域から来る船舶が、ここの埠頭で積荷を下ろすのだ。同時に、小舟や艀(はしけ)がイサベラを発ち、米袋やコンピュータやガソリンを、スールー諸島に点在する無数の小島の町々へ運ぶ。

ところが、キンケイドが見張っている貨物船は、まったくその場所を動いていない。このホテルの客室の窓からは、埠頭の端に繋留されたままの貨物船がよく見える。〈ドーン・フラワー〉という船名が、幅広の船尾にあしらわれていた。錆びついた奇妙な船。この船の周囲の空気まで、止まってしまったかのようだ。活気あふれる港と、そこに停泊する船舶のなかで、いかにも異様だった。ただ一隻だけぽつんと停泊した貨物船が、キンケイドの関心を引きつけている。

トム・キンケイドはこの道ひと筋の麻薬捜査官だ。あの船に、麻薬が隠されている疑いがある。だからこそ、彼はここにいるのだ。

「今週、あの船はぴくりとも動いていない」キンケイドはつぶやいた。「ベン、きみの情報源が信頼できるのはわかっているが、さもなければ、騙されたと確信しているところだ」

ベニト・ルナは客室の狭いベッドに横たわり、濡れタオルを額(ひたい)に載せて目を閉じたまま、うーんとうなった。今週に入ってからずっと、二人の麻薬捜査官はこの部屋の窓で張りこみを続けているが、これまでの収穫といえば、頭痛と胃の不調だけだ。もう話すこともなくなり、うなりやうめきしか出てこない。

短軀でずんぐりしたフィリピン国家捜査局（PNBI）の捜査官であるルナは、いまでこそ湿っぽい乱れたベッドで手足を投げ出しているが、アメリカに本部がある国際共同麻薬禁止局（JDIA）の秘密捜査に協力している。アジア屈指の麻薬王、隋海俊（スイ・カイシュン）の組織深くに潜入しているルナの情報源が、内通してきたのだ。それによると、タイを出発した別の船から〈ドーン・フラワー〉に、大量の麻薬を積み替える予定だという。その報告を受けるや、ルナは一刻も無駄にせず、JDIAのトム・キンケイド局長代理に通報した。キンケイドが追っている麻薬関係者リストの筆頭に、隋海俊が挙がっているのをルナは承知していたのだ。それにルナは、どうにかしてキンケイドの役に立ちたかった。キンケイドがアメリカの麻薬取締局（DEA）に所属し、エース捜査官として活躍していた時代に、二人はいっしょに仕事をしたことがある。それはずいぶん前のことで、あのころキンケイドの築いた業績は、手柄をわがものにすることしか頭にない無能なDEA新長官のせいで、一度ずたずたにされてしまった。しかしいま、かつてのエースは新天地で返り咲いている。任務遂行のために人材や予算を惜しみなく使え、保身やスタンドプレーなどに煩（わずら）わされない新組織で復活を果たしたのだ。

ルナはキンケイドとふたたび仕事ができるのがうれしかった。しかし、信頼できるはずの情報が事実無根だったらと思うと、胃が痛くなってくる。

フィリピン人捜査官は立ち上がり、伸びをして、鼻の付け根を揉みほぐし、額の痛みをやわらげようとした。あくびをしながら扉へ向かう。

「頭がどうにかなりそうだ。トム」うめき声をあげる。「新鮮な空気を吸って、アスピリンをもうひと瓶買ってくるよ。何か動きがあったら、感づくだろう。ほしいものはあるか?」

「マンゴー・シャーベットを頼むよ」キンケイドは言った。「もしよかったら、今回は溶ける前に持ってきてほしい」

「あんたにアイスクリームを渡したら」ルナは笑い混じりに言った。「道ばたの子どもより行儀が悪くなる」

フィリピン人捜査官は後ろ手に扉を閉め、暗くて狭い廊下を見まわしてから、階段を飛ぶように下りて、人や車でごった返す海岸通り(アベニーダ・デ・マール)へ出た。だが、見張っている貨物船の方向には行かなかった。反対方向の角を曲がり、海沿いから遠ざかって、行き来する通行人と歩調を合わせる。人混みは海岸通りと変わらないが、貨物船の前をうろついて、〈ドーン・フラワー〉の乗組員の注意を引きたくなかったのだ。

ルナはムレラ通りを左折した。海岸通りと平行しながらも、二ブロック離れて足取りを速める。屈強な捜査官は商店街を移動しながら、ただでさえ大勢いる通行人が、さらに密集し、声高になってきたのに気づいた。三ブロックも歩くと、通りは立錐の余地もない人だかりだ。

何かが起きている。いつもの午後の人波とちがい、昼寝（シエスタ）をしに家路を急ぐ者はいない。群衆は何かに怒っていた。

ふだんの路上のざわめきを圧して、何者かがメガホンで叫び、群衆がけたたましく、リズミカルに唱和しはじめた。好奇心に駆られたルナが群衆に近づくと、聞き取れたのは親イスラム的、反政府的なスローガンだ。興味を抱いた人々が、路地から続々と集まってくる。捜査官は群衆に溶けこみ、往来の人だかりにまぎれた。

「あれはサブルだ！」近くで誰かが叫んだ。「サブル・ウリザムが、アッラーのご意思を伝えに来たんだ！」

ルナは以前から、サブルに関する数々の噂を耳にしていた。フィリピン南部全域で憎悪に満ちたテロリズムを標榜する、好戦的な活動家だ。彼が率いる過激なアブ・サヤフ運動は、その資金力で独自の麻薬反対運動を展開し、海賊行為にまで及んでいるらしい。そんな謎に満ちたイスラム原理主義者をじかに見るチャンスが、にわかに訪れたようだ。ルナはできるだけ近づいてみたが、サブルとおぼしき男の頭頂部がかろうじて見えただけだ。かくも知られた過激な宗教指導者が、公衆の面前に現われるのは、いささか腑に落ちない。敵から簡単に狙撃されるし、政府関係者に見つかったら逮捕されるだろう。しかし、現にその男が来ているという。

テロリストの指導者は、スローガンを唱えるのをやめ、行きつ戻りつしながら、増える人だかりに向かって説教を始めた。ルナは男の扇動的な言葉に耳を傾けてみた。この男は、いともたやすく人々を熱狂させている。過激な宗教指導者は、最悪の人種差別的な憎悪を支持しつつ、独特の戦闘的な韻律と語調で、群衆を催眠状態に誘いこんだ。その男はフィリピンと東南アジア全域を、単一のイスラム原理主義国家に統合しようと呼びかけていた。西洋世界は邪悪で頽廃し、全世界を罪深い世俗性におとしめている。こうした許しがたい反イスラム的誘惑を禁じることこそ、アッラーのご意思にかなうのだ。たとえ人々の血が流れようとも、断固として西洋の誘惑を禁止しなければならない。そして不信心者どもが二度と戻ってこないよう、根絶やしにしなければならないのだ。

ルナは以前にもこうした教説を耳にしたことはあったが、この男の口から放たれる言葉は、誰よりも悪意や憎悪に満ちているように思えた。人だかりの端まで移動し、危険な預言者の姿をもっとよく見られる場所を探す。通りの向こうにモスクがあった。ウリザムはあそこから町に出てきたにちがいない。

群衆を縫って十五分ほど探した末、ルナはようやくウリザムの姿が見えるところに出た。護衛とおぼしき十人以上の男たちに囲まれている。ウリザムは長身痩軀の男だ。トラックの荷台を歩きまわりながら、忌まわしい説教をまくし立てている。細く、やつれた顔は猛禽類を思わせ、豊かな黒い鬚を蓄えて、長いローブをまとっている。

だが、これほど遠くからでもルナの関心を引いたのは、その目だ。話しつづけるテロリストの、漆黒の炎をたたえたまなざしが、ルナをひたと見据えているような気がする。その目は燃えさかる道を切り拓き、彼の魂に入りこんでくるようだ。ルナがこれほど強烈な個性の力を感じるのは、生まれて初めてだった。この過激なイスラムの宗教指導者には、それだけのカリスマ性がある。

ウリザムの言葉に、鈴なりの群衆は水を打ったように静まっている。この男には、人々を麻痺させる力があった。

「不信心者どもを、われわれの国土から追放しなければならない！　それこそがアッラーのご意思なのだ！」ウリザムが叫んだ。「マニラの政府は、西洋の傀儡だ。断固、粉砕しなければならない。アッラーはわたしにご計画を明かされた。われわれは聖なる戦いで勝利を収めるだろう！　そしてわれらのこの地に、アッラーの息子たちの天国を築くのだ」

ルナはわれ知らず、一語一句にうなずき、群衆とともに気勢を上げていた。彼の理性は、その憎悪に満ちた言葉を拒んでいるのだが。

不意に白いバンが反対車線から猛スピードで現われ、けたたましくクラクションを鳴らして、群衆をかき分けようとした。人が多すぎてよけきれなくても、バンは構わず人波へ突っこみ、あらゆる方向に撥ね飛ばした。バンはウリザムが説教しているトラックから二〇メートルのところで急停車した。ウリザムはまだ、目の前で起きている惨事に気づいていないようだ。

バンのスライドドアが開け放たれ、両側から二人ずつ、四人の武装した男たちが飛び出してきた。男たちが自動小銃をウリザムに向け、発砲する。群衆は蜘蛛の子を散らすように逃げ出し、弾幕から逃れようとして人を踏みつけにする者さえいた。

ルナは目の前の光景が信じられなかった。まるでパニック映画でも観ているようだ。彼は大混乱のなかで呆然と立ち尽くし、ウリザムの両側と背後の男たちが倒れるのを、恐怖の目で見守った。護衛の男たちは拳銃を抜く暇もなく、襲撃者たちになぎ倒されていく。宗教指導者の白いローブが、撃たれた男たちの鮮血を浴びる。

しかし驚くべきことに、群衆がなだれを打ち、悲鳴をあげて逃げ惑い、周囲の護衛が銃弾を浴びせられて惨殺されているというのに、ウリザムは歩きまわるペースを崩すことなく、なおも説教を続けていた。目の前で起きている殺戮（さつりく）も、人々を引き裂く銃弾も忘れているかのようだ。

襲撃者たちは発砲を続けている。ありえないことに、ウリザムは動じることなく、怪我ひとつ負わずに、説教を続けていた。あたかも、銃弾が彼を傷つけることはできないとわかっているかのように。さらに驚くべきことに、テロリストの指導者は立ち止まり、大胆にも襲撃者と至近距離で向かい合った。両腕を大きく広げる。ウリザムは銃を構えた男を、黒い目で見据えた。恰好の標的だ。

銃弾はなおも周囲の倒れた男たちを引き裂き、路上の遮蔽物へ必死に這う人々の頭をかすめ、トラックの運転台に当たって金属音をたて、背後の建物の壁に穴を開けている。

それなのに、ウリザムには一発も命中していない。

殺戮は永遠に続くかに思われたが、実際にはわずか三十秒ほどでやみ、襲撃者たちがバンに駆け戻って飛び乗ると同時に、運転手が車を急発進させて、狭い通りのそここに横たわる人々を轢（ひ）いて走った。それと同時に、モスクから武装した男たちが、銃を構えて駆けてきた。

しかし、すでに襲撃者たちは去っていた。反撃すべき相手は残っていない。現場に到着した新手の護衛たちは宗教指導者の周囲に人間の盾を作り、ウリザムを守って、安全な石造りの建物の陰に避難させた。

通りには誰もいなくなった。残っているのは、銃撃の犠牲になってばらばらと倒れた二十人あまりの群衆、穴だらけのトラック、その荷台に折り重なる護衛の男たちの遺体だけだ。現場は恐ろしい静けさに包まれ、遠くから近づくサイレンの音と、負傷者のうめき声しか聞こえない。

ベニト・ルナは路地に入り、来た道を引き返すバンが通ると睨んだ場所へ駆けだした。できれば先まわりしたい。ルナは制式拳銃——ベレッタの九ミリオートマチックだ——を腰のベルトから抜き、弾倉を確認した。

路地で怯えて縮こまっている群衆をやり過ごすときに、ルナの拳銃を見て金切り声をあげる者がいた。通りに飛び出したちょうどそのとき、ミニバンが向かいの角を曲がって、走り去った。

ルナは息を切らして立ち止まった。助手席側のウインドウ越しにちらりと覗かせた顔に、見覚えがあった。そんなはずはないのだが、ルナにはその顔が、かつての上司、オルテガ大佐だという確信があった。ＰＮＢＩミンダナオ支局長だ。

しかし、なぜだ？　いったいなぜ、フィリピンの警察幹部が、襲撃行為に加担している？　まったく筋が通らない。確かにオルテガはウリザムを捕まえたいだろうが、こんな無法なやりかたであるはずはない。

ルナは頭(かぶり)を振った。何かのまちがいだろう。

拳銃をホルスターに収め、ホテルの客室へ引き返す。現場に地元の警官が到着したときに、なぜここにいるのか説明したくなかった。それにトム・キンケイドに、この信じがたい出来事を知らせたくもあった。

いまや頭痛は募(つの)り、頭を吹き飛ばされそうだ。


サブル・ウリザムは地元のモスク(マスジッド)の礼拝堂で、弟子たちの前に立っていた。いましがたまで命を狙われ、いつもの護衛たちにモスク内へ連れ戻されたばかりとは思えないほど、平然としている。

「見たか、わが息子たちよ」両手を伸ばし、掌(てのひら)をかざす。白いローブに、赤黒い血が点々と染みついている。「わたしが言ったとおりだ。アッラーがわたしを守り、探求の旅へ導いてくださるのだ」

ウリザムは簡素な飾りけのない堂内で、自らを取り巻く男たちを見まわした。キブラすなわちメッカの方角を指す壁龕(ミフラーブ)でさえ、この広いモスクのなかでは、開け放たれた質素な木製の戸棚ぐらいにしか見えない。静謐(せいひつ)な室内に立っている十数人の男たちの空気は、平和とはほど遠かった。指導者を助けに走りまわったせいで、迷彩服は汗ばんでいる。銃は手にしたままだ。ウリザムの言葉にも油断のない目で応じ、礼拝堂の出入口をちらちら見ている。万一襲撃されたら、いつでも応戦できる態勢だ。

ウリザムはなおも話しつづけ、その口調はしだいに昂(たか)ぶってきた。

「おまえたちも見ただろう！　大勢の人間も見ていた！　あたり一面、銃弾が飛び交っていたんだ。それなのに、かすり傷ひとつ負わなかった。アッラーのご意思だ。われわれをお導きになるのだ。われわれは大胆不敵な計画を高く掲げ、前進しなければならない。失敗は許されないのだ」

マンジュ・シェハブが一同を代表して、ようやく口をひらいた。

「サブル、わたしには理解できません。いったいなぜ、われわれにモスクにとどまるようお命じになり、地元の法学者(ムッラー)を護衛に使われたのですか？　彼らは訓練を受けておらず、経験もありませんでした。危うく、あなたも殺されるところだったのですよ」

テロリストの指導者は第一の腹心の目を見つめ、一瞬ためらった。それからおもむろに、一語一句に重みを置いて答えた。

「マンジュ・シェハブ、おまえはわたしが最も信頼する同胞だ。理解できないことを口に出して問うのは、もっともなことだ。時と場合によっては、わたしの命じることが、おまえに理解できないこともあるだろう。しかしそうした場合においても、わたしを信じなければならない。現にきょう、わたしにはなんの危険もなかったではないか。アッラーのご加護があったからだ。大事なのは、あれほどむごたらしい襲撃に遭っても、わたしが恐れなかったところを、大勢の人々が見ていたということだ」ウリザムは浅黒く屈強な戦士を見据えた。シェハブはAK－47を掴んだままだ。「おまえがわたしの身の安全を心配してくれるのはわかっている。それはありがたいが、信じてほしい。いま、そうした警戒は不要だ」

シェハブは頭を振りながらも、指導者の言葉を理解しようと努めた。

「サブル、わたしはあなたの仰せに忠実に従っています」彼はつぶやくように言った。「そのことはご存じのはずです。ですが、おっしゃるように、時としてあなたは、わたしに理解できないことをお命じになります。われわれにモスクにとどまるよう命じたことで、危うく殺されかけたのですから。それだけでなく、数千万ドルの価値があるヘロインを積んだ船を襲わせておきながら、それらをすべて海に投棄するように命じられます。あれを売りさばけば、不信心者どもとの戦いに使う武器を、どれほど買えたでしょう」

ウリザムは首を振り、薄い唇にかすかな笑みを浮かべた。

「わたしには、おまえの問いが純粋な動機によるものだとわかっている。だから、もう一度言おう——やがて、すべてわかるときが来るだろう。いいかね、あの麻薬をアメリカの頽廃した通りへ運ぶよりも、投棄したほうがわれわれの役に立つのだ」ウリザムは最も信頼する腹心の肩を抱いた。「この話はもういいだろう。さあ、来るんだ！　ぐずぐずしている暇はない。これから山奥へ向かうのだ。やるべきことはまだまだある」

そう言うと同時に、テロリストの指導者はつかつかと歩き出し、扉から路地に出た。取り残された手下たちが追いかけると、ウリザムは角を曲がり、アイドリングして待つ黒のメルセデスのSUVの後部座席に乗りこんだ。

指導者に追いすがりながらシェハブは頭を振り、ついさっき街角で起きた出来事を訝った。それでも、ひとつだけ確かなことがある。いかなる人間でも生き残れないような銃弾の雨を、ウリザムは無傷でかいくぐったのだ。

いままでシェハブの理性的な精神の奥にあったかすかな疑念も、トラックの荷台に累々と横たわるムッラーたちの血とともに洗い流された。いま、彼がSUVまで追いかけている長身痩軀の男こそ、アッラーがこの世に遣わした使者なのだ。

シェハブはそのことを心底から確信した。

ジョン・ワードの眉を汗がしとどに流れ、目に突き刺さる。肺は火がついたように熱い。

それでも彼は、人けのない小道をひたすら全速力で走りつづけた。聞こえるのは、肋骨から飛び出してきそうな心臓の鼓動と、舗道に鈍く反響する自らの足音だけだ。

　咲き誇るサルスベリも目に入らず、鳴き交わす小鳥の声も耳に入らない。夕方近くのケンプスヴィル・ロードで渋滞する車のエンジン音も、ほとんど意識の外だ。通りすぎるドライバーもまた、それぞれの用事で頭が一杯だった。ノーフォークの通勤者たちは、チェサピークかバージニアビーチの自宅への帰り道で、その日の仕事を思い返したり、ラジオを聴いたりしている。歩道を走っている筋肉質の中年男など、彼らは気にも留めなかった。

　ワードはインディアン・リバー・ロードの赤信号で、胸をあえがせ、足を動かしたまま待った。一ブロック先で、赤いランニング用の短パンが視界をよぎり、角を曲がってレイク・クリストファー・ドライブへ消えていく。

　ワードは顔をゆがめた。ちくしょう！　あいつ、いつのまにあんなに速くなったんだ？

　信号が変わった。ワードは六車線の広い道を横断し、右折した。一ブロック走り、やはりレイク・クリストファー・ドライブへ向かう角を曲がる。あと四〇〇ヤード、静かな並木道を走ればわが家だ。裏庭のすぐそばにクリストファー湖の青い水面が見える、瀟洒（しょうしゃ）な二階建ての家。

　ジョン・ワードは前庭の木陰まで来たところで、身体をふたつに折り曲げた。息切れがひどく、肺に酸素をうまく吸いこめない。

「年齢にしては、なかなかだね」家の横にある芝生で横になったまま、ジム・ワードが朗らかに呼びかけた。水がしたたる庭のホースの下で、口を開けている。筋骨逞しいこの若者は、息も切れていない。「その調子なら、あと二〇マイル走っても、同じタイムでゴールできるかもね」

声をあげて笑う背の高い赤毛の学生の隣に、父がよろめいて倒れこむ。疲労困憊のあまり、ホースに手を伸ばす気力もなかった。

「心臓麻痺を起こすところだったじゃないか。今度から、年長者を敬ってもらおう」ジョン・ワードは言い返したが、その顔には誇らしげな笑みが浮かんでいる。「おまえ、いつからそんなに速く走れるようになった？」

「そりゃ、若いからね」青年は軽くいなした。「それに父さん、もう忘れたかもしれないけど、今年の海軍兵学校のクロスカントリー・チームではキャプテンに選ばれたんだ。これぐらい走るのは……」

その言葉は、家の奥の中庭から響く声でさえぎられた。ジムの母にして、ジョンの妻、エレンだ。

「そこのランナーのお二人さん、横になっていないで、服についた草を払ったら、こっちに来てゲータレードを飲まない？」

二人は顔を見合わせた。スポーツドリンクは願ってもない。エレンは中庭の芝生のテーブルの前に座り、本や書類に囲まれている。両側の二脚の椅子にも、本が山積みだ。彼女は顔を上げ、夫と息子が家の隅をまわってくると、読書用眼鏡を外した。

父子は一目散（いちもくさん）に、エレンが用意しておいた、アイスクーラーに入ったスポーツドリンクのボトルに飛びついた。

エレン・ワードの読書用眼鏡はまだ新しい。眼鏡をかけるのを、ごく最近まで嫌がっていたのだ。しかしついに、人間なら誰でも老いは避けられないと認めるに至った。

「まだ講義の準備をしていたのか？」ジョンは氷のように冷えたゲータレードを開けながら、訊いた。妻が答える前に、ボトルの中身はほとんど消えてしまった。

「なかなか大変なのよ。大学レベルの植物学を教えるのは、あなたが士官に昇進して以来だもの」手で梳（す）いた赤い髪には、ところどころ白っぽい筋が見える。毛染めをするのも、エレンはできるだけ先延ばしにしてきた。「仕入れないといけない最新知識が、山ほどあるの」

「ふーん。そうは言っても、木は木じゃないのかね、ミズ・ワード？」ジョンはにやりとし、エレンが投げた鉛筆をよけた。

「母さん、そうするとこれから、ワード博士と呼んだほうがいいのかな？」ジムがからかった。

エレンは彼を叩こうとした。息子はひょいと身をかわした。

「そうよ、あなたもお父さんも、そろそろわたしにふさわしい敬意を払うべきだわ。お父さんが潜水艦の元艦長で、あなたが海軍兵学校をうまく騙して四年生になったからといって、わたしが尊敬に値しないことにはならないわよ。それに、わたしたち学究肌の人間は、お互いにわかり合えるの。兵学校の教授連にわたしがひとことささやいたら最後、あなたの平均評定はがた落ちよ。ああ、そういえば……」

彼女はテーブルの書類の山から一通の封筒を手にし、夫に向けて放った。

「なんの知らせかな？」ジョンは訊いた。

「大したことじゃないわ。今年、大学の夏のタイ調査旅行で、わたしが引率に指名されたの。三ヵ月間、教室の学生を二十人連れて、タイの高原地方の着生ランの生態を調査するのよ。どう思います、司令官？」

「そいつはすごいじゃないか！　おめでとう、ハニー」ジョンは言いながら、身を乗り出し、妻の頬にキスをした。「ところで、きみがいないあいだ、わたしの食事は誰が作るのかな？」

ジョン・ワードはもう一本の鉛筆から逃れた。

「いいニュースと東洋といえば……」ジムは顔一杯に笑みを浮かべて言った。

両親は目を大きくし、息子を見た。

「当ててみたほうがいいかしら?」母が訊いた。

「きょう、少尉候補生の辞令が出たんだ。グアムに停泊中の〈シティ・オブ・コーパスクリスティ〉に乗り組むことになったよ」

「潜水艦志望はやめたのかと思っていた」父が言った。

「親が潜水艦部隊司令官なんだから、潜水艦に乗るのもよさそうだと思ったんだ。乗艦したらすぐ、西太平洋へ向けて出港する予定らしい」

汗だくだろうがかまわず、三人は中庭でしっかりと抱き合った。息子と妻を抱擁するジョン・ワードの目は、まぎれもなく誇りに満ちていた。

しかし同時に、エレン・ワードの額に気遣わしげな皺が寄っていたのも確かだ。

3

隋海俊（スイ・カイシュン）は黙然（もくねん）と座り、夕方が近づく午後の静けさを楽しんでいた。石造りのテラスから眼下の渓谷地帯を見下ろす。肘のかたわらの石造りのテーブルには、骨董品の陶磁器の急須（きゅうす）と小さな茶碗が載っている。十七代続く先祖たちと同じく、隋もこの景色から心の慰めを得ていた。成祖永楽帝が、現在はタイとラオスの国境地帯である山奥に隋の祖先を遣わしたときから、ずっと変わらぬ眺めだ。

先祖代々、隋家の一族は中華帝国の南の国境を忠実に守り、皇帝に仕える将軍としての務めを果たしてきた。やがてヨーロッパ人が来て、国境線をすべて引きなおした。必然的に、一族は生き残りの道を模索することになった。そしていま、隋海俊もまた同じ道を歩んでいる。彼は東南アジア最大の麻薬王として、絶大な権勢をふるってきた。彼が所有するケシの畑は、ニューヨークの街角からイスタンブールの裏通りに至るまで、世界じゅうのヘロイン依存者の需要を満たしてきた。

その白い粉は、より大きな金融帝国の資金源となっている。この致死性の物質から生み出される巨額の金は、銀行や証券会社の複雑きわまる迷路を動きまわり、人目につくところに現われるころには清廉潔白な資金となって、アジア全域の海運会社や工場や高級リゾートに投資されてきた。もちろん、隋やその一族の名前は、どんな設立趣意書にも事業報告書にも出てこない。合法だろうと非合法だろうと、一族の人間がそうした会社に関与しているという証拠は皆無だ。念入りに準備されたフロント企業は、真の所有権から目を逸らすためにある。フロント企業の背後にあるものを探ろうとする人間がいても、別のダミー会社が見つかるだけだ。狡猾（こうかつ）な知恵者なら、ひと皮剝いて、新たな層にたどり着けるかもしれない。しかし、あたかもタマネギのように、彼らには新たな層しか見えず、秘密はその中に堅く包まれている。

晩春の午後の暑熱が、渓谷から立ちのぼってくる。西風が吹いても、厳しい暑さはほとんどしのげない。季節風（モンスーン）の雨で暑さがひと段落するまで、あと一カ月はある。たとえそうであっても、隋はこの地方の天候が例年どおり変わらないことに慰められた。暑さや湿気は不快だが、それでも予測可能だ。

隋海俊は予測可能な情勢を先まわりして利用することで、巨富を築いてきた。思いがけない事態は願い下げにしたいものだ。

戸口で衣ずれの音がしたが、隋はそれにも気づかなかった。隋が最も厚く信頼している執事の林泰槌が、母屋から現われた。テラスを横切り、主人が座っている場所へ向かってくる。隋は暗がりを増していく渓谷をじっと眺めていた。林はほぼ五十年間にわたり、静かに、忠実にこの男に仕えてきた。その林にして、ここ数年ほど意気消沈している主人の姿は見たことがなかった。隋の人が変わったようになってしまったのは、たった一人の娘を、組織からも実家からも追放してからだ。主人が娘をそうしたのは、コロンビアの麻薬王だった故ファン・デ・サンチアゴが持ちかけた計画の失敗で、数トンものヘロインが失われ、組織は史上最悪の甚大な損害をこうむったからだ。隋の娘は、潔く失敗の全責任を負い、勘当を受け入れた。そうしなければ示しがつかないことがわかっていたのだ。しかし実際には、父は娘に寛容だった。これまで隋の期待を裏切ったいかなる人間に対するよりも。父は娘に生きることを許したからだ。それでもなお、この出来事は隋を悩ませ、人知れず苦しめていた。

「ご主人様、お知らせがあります」長身で白髪の林は言った。「シンガポールのわが組織の者から、アメリカ軍が〈メドン・スイ〉を発見したという報告がありました。南沙諸島の南端を漂流していました。海賊に襲われたということです」

隋は怒りを露わにした。寝椅子の肘掛けを握り拳で強打する。

「われわれの船を襲う身のほど知らずは、どこのどいつだ？　どんなに見下げ果てたごろつきでも、それほど愚かではあるまい。目上の者に敬意を持たんのか？」

林は思わず顔がほころびかけた。この気性の激しさこそ、鉄拳で裏社会を牛耳ってきた無慈悲な闇将軍、隋のトレードマークだ。林自身も信じがたい思いに頭を振り、報告を続けた。

「生存者はいませんでした。報告によれば、乗組員も乗客も、船倉に閉じこめられ、一人残らず機関銃で射殺されたとのことです」

「そうか。それで、積荷はどうなった？」隋は訊いた。

「積荷については、なんの知らせもありません」林は答えた。「アメリカ軍がヘロインを発見したら、誇らしげにカメラの前に並べて見せるのが、連中の流儀です。それに連中はまだ、イサベラで積み替えを待っている〈ドーン・フラワー〉を見張っています」

隋は落ち着きを取り戻したようだ。顎をさすり、しばし考えに耽る。そしてようやく、疲れを色濃く滲ませて口をひらいた。

「いかにも、アメリカ人どもはどんなささやかな勝利でも、雄鶏さながらに喧伝せずにはいられないからな。そうするとやはり、海賊がヘロインを奪ったとしか考えられん」茶をひと口すする。林は主人の暗い目に宿る冷たい光と、食いしばった顎を見てうれしい心地がした。組織に損害が生じたのは残念だが、そのことが老いた龍をまどろみから目覚めさせたかもしれない。「林、悪党どもが奪った積荷の量からして、いつまでも隠しつづけるのは不可能だ。われわれの商品は早晩、市場に売りに出るだろう。組織の全人員に、警戒させろ。海賊を見つけたら、徹底的に叩きつぶし、そいつらの兄弟が隋の積荷を盗もうなどと夢にも思わぬようにするのだ」

「すでにその旨、全員に周知しました、ご主人様」

隋はじっと遠くを見、林は主人がふたたびそれまでの白日夢（はくじつむ）に戻ったのかと思った。と、隋は笑みを浮かべた。

「〈ドーン・フラワー〉をあと数日、イサベラに繋留しておけ。そして、米袋か何かを積みこむよう手配するんだ。アメリカ人に追跡させて、どんな寄生虫がたかってくるのか見てやる」

「仰せのとおりにいたします」林は深く頭を下げた。それから踵（きびす）を返し、母屋に戻りはじめた。

「それから、林？」隋の言葉に、副官は足を止めた。振り向いて耳を傾ける。「〈メドン・スイ〉の船長のことだ。彼は優秀で忠実な働き手だった。長年にわたり、われわれのために尽くしてくれた。家族の生活に心配がないようにしてやれ」

林はうなずき、母屋の入口に引き返すと、主人がいつもの寝椅子から立ち上がり、口を真一文字に引きしめて行ったり来たりしているのを、喜ばしい気持ちで見守った。

歴戦の戦士が、新たな目的を見出したのだ。

サブル・ウリザムは急峻な山道を、速度を落とさずに登っていった。轍ができた道を歩くにつれ、迷彩服は赤土にまみれ、シャツは汗に濡れそぼって背中にべっとりとつく。目的地である山頂の司令部までは、険しい山道をあと一時間登り、高原の台地に出なければならない。

バシラン島の山がちで人を寄せつけない内陸部は、ウリザムの目的にはうってつけだ。地形の険しさから、狭い海辺の平地以外に住もうとする人間はほとんどいない。内陸に連なる火山の山頂は、峨々として不吉さを帯び、あえて登ろうとする者はよほどの命知らずだ。危険を冒して断崖絶壁を登っても、見わたすかぎり、靄のかかった密林が広がるばかりである。

高原の台地を通る道は数えるほどだ。茂みに隠れた道は、サブル・ウリザムに忠実な男たちが見張っている。彼らはみな、イスラム過激派のアブ・サヤフ運動に傾倒する、勇敢な戦士たちだ。

マンジュ・シェハブは指導者に従い、全力で山道を追いかけた。泥だらけの狭い道で滑り落ちないよう、草木にしがみつく。一歩足を滑らせたら、はるか眼下の谷底へ真っ逆さまだ。

「サブル」シェハブは遠ざかっていくテロリストの宗教指導者の背中に呼びかけた。「いったい何をそんなに急ぐのです？　ほんの三十秒でも、休むわけにはいかないんですか？」

ウリザムは肩越しに振り返り、眉をひそめた。

「めめしく座って休む暇があれば、そのあいだにやるべきことはいくらでもある。われわれは急がねばならない。すべてはアッラーのご計画に従っているのだ。そのときに備えて、準備を整えなくては」

そう言うと、指導者はさらに速く、向こう見ずに、滑りやすく危険に満ちた道を登りはじめた。

「この道なき道で、われわれの命を危険にさらすことが、そんなに大事ですか？」シェハブは抗弁した。木の根につまずき、頭上の林冠から垂れ下がるヒスイカズラを摑む。一瞬目を閉じ、息を詰める。よろめいただけで、絶壁を落ちていきそうだ。

ウリザムは腹心の弟子が転落しかかっているのにも気づいていないようだ。振り向いてシェハブの姿を認めると、ふたたび登攀を始めた。指導者はほどなく、道を曲がり、鬱蒼と生い茂る緑に隠された。シェハブは追いつこうと急ぎ、ぬかるんだ泥道で足を踏ん張りながら、不平をつぶやいた。

これだけ高く山を登ってもまとわりつくような暑さだ。北東からのモンスーンも、涼をもたらしてはくれない。微風で草木はざわめき、ときおりモロ湾からの雲がスコールとなって降り注ぐ。しかし、雨が降っても息はつけない。ぬかるみがいっそうひどくなり、蒸し暑さが募るばかりだ。

ちょうど西の水平線に日が沈むころ、ウリザムとシェハブはアブ・サヤフの山頂司令部に到着した。強行軍で疲労困憊したシェハブは、狭い開拓地の丸太にどさりと座りこみ、息を整えようとした。

頭上高く覆う密林の林冠に隠されつつも、開拓地には、一見して粗末な山小屋がいくつも点在している。ディーゼル発電機の音が、生い茂る草木の向こうのどこかから聞こえてきた。粗造りの施設の照明や電力をこれでまかなっているのだ。

「サブル！　おかえりなさい！」

長身で大柄な男が、最も大きな山小屋のベランダから大声で呼ばわった。迷彩服に黄褐色の帽子をかぶり、顔じゅうが鬚で覆われている。

「エリンケ、わが友よ」サブル・ウリザムは答えた。「都会の邪悪さから離れて、ここへ戻るとほっとする」

「邪悪な誘惑を少しは持ち帰ってくれましたか、それとも兄弟のことは忘れてしまいましたか？」エリンケ・タガイタイは笑い声をあげながら言った。「俺たちはここで、クッキングバナナ（プランテン）と米しか食べられないんです。そのパックに何かうまいものを入れる余裕があればいいんですが」

ウリザムはバックパックを下ろし、中身を探った。ふたつの小さな包みを取り出し、ベランダの男に放り投げる。

「わたしが十人いても、おまえたちが満腹になるだけの食糧は運べまい」ウリザムは言った。「だから、唐辛子（シーリ）とレモングラス（タンラッド）を持ってきた。辛みで目を覚まし、タンラッドで米の風味付けをしてくれ」

タガイタイは包みをポケットに入れた。

「水牛のステーキを腹一杯食べたかったんですがね。ニシキヘビと大鹿（サンバー）の肉のシチューには、もう飽き飽きしましたよ」

ウリザムは入口に向かい、扉を抜けて山小屋に入った。外観からは想像もつかない室内だ。空調の音が低く響き、室内は乾燥してひんやりしている。ラップトップ・コンピュータの前に二人の操作員が座り、一人がキーボードを操作するかたわら、もう一人は小型テレビの画面でCNNを注視していた。テーブルには、最新式の衛星通信機器が所狭しとひしめいている。

ウリザムは悦に入り、内心ほくそ笑んだ。不信心者どもと戦うには、銃と自爆テロ攻撃だけでは不充分だ。ほかの者たちは、この教訓を学んでこなかったから、これまで失敗してきた。言葉はきわめて強力な武器になりうる。インターネットと衛星電話を使えば、密林に覆われた山頂から、世界に向けて広報キャンペーンを打つことができる。アブ・サヤフのウェブサイトは、ほかの名前を隠れ蓑に運営されているサイトも合わせれば、毎日百万人以上の信仰篤いムスリムに閲覧されているのだ。このテクノロジーによって、ウリザムは不信心者の嘘に対抗し、瞬時に信者を糾合することができる。

「エリンケ、サイトのヒット率はわかるか?」ウリザムは一台のコンピュータのほうを見ながら訊いた。

エリンケ・タガイタイは操作員の肩越しに手を伸ばし、ラップトップのキーを入力した。画面が何度も切り替わり、やがて色とりどりの円グラフが出てきた。

「アブ・サヤフのニュースサイトは、きのうから三百万回以上閲覧されています」タガイタイは答えた。「イサベラでの暗殺未遂事件で、ウリザム師が銃弾に傷ひとつ負わなかったことが話題をさらっています。もちろん、俺たちはこの奇跡を大いに広めているところです」

　タガイタイはにやりとし、画面をさらに切り替えた。

「募金サイトの訪問者も、襲撃からこのかたうなぎのぼりです。アメリカからの募金は百万ドル以上、ヨーロッパからもほぼ百万ユーロ集まっています。すべて、フィリピン・ムスリム救済協会（PMRA）に寄付されたものです」

　ウリザムは笑いを抑えられなかった。

「PMRAは、わが国で迫害され貧困に苦しむ人々に、何隻もの船で米や医薬品を届けられる。どの積荷にも、何トンもの銃、弾薬、爆薬を隠してな。愚かなアメリカ人には、連中の出した金がどこへ行くか、決してわかるまい」

「いつもながら、おっしゃるとおりです」タガイタイは答えた。「アメリカ人は、自分たちの弱さに気づいていません。連中はやましさを、金で隠しているのです」

「ああ、まったくそのとおりだ。それで罪があがなわれるはずはないのだが」ウリザムはうなずいた。それから通信機器に近づき、話題を変えた。「準備はいいか？　もう、電話の時間だ」

　まるで合図のように、衛星電話が鳴った。ウリザムは受話器を握り、耳に当てた。冷たい無表情で応対する。

「スブラマニアン師、わたしと話すことを承知していただき、ご親切に感謝します。信仰篤いビントゥル（マレーシア、ボルネオ島北部の港町）の様子はいかがですか？」

ウリザムは電話の向こうの相手を毛嫌いしていた。スブラマニアン師はマレーシアのボルネオ島北西部、サラワク州のイスラム教指導者だ。あの年老いた臆病者は、預言者ムハンマドの真の教えを弱め、不信心者どもをなだめて、便宜をはかろうとしている。だがスブラマニアン師は、三十年以上にわたってサラワク州のムスリムを指導してきた。何事も、彼の同意が得られなければ実行できないのだ。ウリザムの計画にとって、ボルネオ島西岸のマレーシア領の州は、不可欠な位置を占めている。彼の夢を実現させるには、その州のイスラム社会の支持を得なければならないのだ。

ウリザムは水平線を眺め、南シナ海がイスラム原理主義国家に囲まれた湖になったところを想像した。フィリピン、小国のブルネイ、マレーシア、インドネシアのみならず、タイ、カンボジア、ベトナムまでもすべて、単一の真の信仰の下に支配されたところを。彼はその夢に昂揚（こうよう）した。それこそは預言者、戦士、殉教者の国だ。

そして、その野心に満ちた夢の前に立ちはだかるのが、スブラマニアン師というわけだ。この老人は信仰の炎を失い、ウリザムの計画の正当性を頑（がん）として認めようとしない。

スブラマニアンの年老い、嗄れた声が、衛星電話越しにさらに弱々しく響いた。「ウリザム師、あなたの命を奪おうとする恐ろしい行為があったと聞いた。アッラーに讃えあれ。あなたは無傷だった。奇跡だ、本当に奇跡だ」

ウリザムには、老人の本心が透けて見えた。暗殺者がもう少しよく狙って命中させていれば、万人にとってどんなによかったか、と思っているのだろう。

「おかげさまで、スブラマニアン師、わたしは無傷でした」ウリザムは言った。「アッラーを讃えましょう。しかし、大勢の無辜の民は不運に見舞われました。彼らは信仰に殉じ、その魂は天国にあります」

「いかにも、悲しいことだ」老人は答えた。「しかし、過去のことを話すためにわざわざわたしと電話しているのではあるまい。いったい何を話したいのだね?」

「スブラマニアン師、われわれは話し合わなければなりません。われわれは長いあいだ、社交辞令ではなく、実のある内容を話し合う機会を待ち望んできました。イスラム世界すべてをよくするために、われわれが手を携えれば、多くのことが実現できます」

スブラマニアンは深く咳きこみ、しばし間を置いて、息を落ち着かせてから、ようやく答えた。

「ウリザム師、その話し合いで何が達せられるのか、わたしにはわからない。われわれの考えかたには大きな隔たりがある。あなたは暴力を説いている。わたしは平和と共存こそ、アッラーがわれわれに求める道だと信じている。あなたと議論することで、わたしの土地の信徒たちを扇動したくはない」

ウリザムは冷笑したが、精一杯、猫なで声を取り繕った。

「スブラマニアン師、わたしが求めているのは、お会いして、兄弟として話すことだけです。どうか、直接お話ししてから、わたしの動機や手段を判断してください。われわれは必ずや、有意義な意見を交換し、お互いに理解する道を模索できるでしょう。まずは来週、わたしの最も信頼する高弟を、あなたのもとへ遣わしたいと思います。そのあと、あなたに時間と場所をお決めいただいて、ともに座り、パンを分かち合いましょう」

電話の向こうに、長い沈黙が垂れこめた。通話が切れたのかとウリザムが思ったとき、老指導者のか弱い声がふたたび響いた。

「あなたの使者をよこしなさい」スブラマニアンは疲れた声で答えた。

ウリザムは通話を切り、シェハブのほうに向いた。テロリストの指導者の顔には、奇妙な笑みが浮かんでいた。

「スブラマニアン師に会いに行ってほしい。しかしその前に、オルテガ大佐と会うんだ。そして大佐に、サラワクでスブラマニアン師がわたしと会う予定だと知らせろ。大佐はまちがいなく、マレーシア諜報局の友人に伝えるだろう。そろそろ、われわれの大義のために殉教者がほしいところだ。スブラマニアン師は、その目的にぴったりだと思う」

4

　ポール・ウィルソン中佐は一人きりで〈ヒギンズ〉の左舷艦橋ウイングに立ち、温かく湿った、熱帯の微風の感触を楽しんでいた。朝の陽光が、静かな水面にきらめいている。チャンギ海軍基地へ誘導するシンガポール海軍の哨戒艇を見るのに、まぶしさに目を細くしなければならなかった。

　シンガポール人は、保安に関しては何ひとつ運まかせにしない、とウィルソンは思った。〈ヒギンズ〉の左舷五〇〇ヤードのところに、もう一隻の哨戒艇が並走し、行く手に目を光らせている。そこには、第一八二戦隊司令官旗が翻って（ひるがえって）いた。三隻目は、アメリカの駆逐艦の右舷に配置されている。この小さな島嶼（とうしょ）国家の海軍にとって、三隻というのは全哨戒艇の約四分の一を意味し、アメリカ海軍の駆逐艦一隻の護衛がいかに重視されているかわかろうというものだ。陽差しをさえぎろうとしたとき、ウィルソンの目に、どの哨戒艇の甲板でも五〇口径機関砲に水兵が配置されているのが見えた。一朝事（いっちょうこと）あらば、彼らは容赦しないだろう。

ウィルソンは硬い表情を心持ちやわらげた。きょう、〈ヒギンズ〉にボートで近づいて襲撃しようと思うテロリストがいたら、瞬く間に蜂の巣にされるにちがいない。シンガポール海軍は、いくらか安心感を与えてくれる。それでも、艦長をはるかに安心させてくれるのは、〈ヒギンズ〉主甲板のMk‐38シースネーク二五ミリ機関砲で配置に就いている、大柄なシカゴ出身のペトランコ掌砲兵曹の存在だった。

ふだんは活気に満ちた港湾が、けさは奇妙なことに閑散としている。水面を動くものがほとんどないのだ。シンガポール政府は、この島の国民生活のあらゆる側面を管理していることで知られている。彼らはアメリカの軍艦を迎えるために、港湾の船舶の往来を止めたにちがいない。

一隻のフェリーが、小艦隊を追い抜いていった。インドネシアのバタム島から毎日シンガポール海峡を行き来する船だ。フェリーの甲板は買い物客や観光客で混み合っている。なんの特徴もない小さな白いフェリーは、艦艇と充分距離を置いてタナ・メラ・フェリーターミナルへ向かっているようだ。それでもなお、ウィルソンの耳に、シンガポール海軍の司令官が船舶間無線越しに、フェリーの船長に向かって大声で、艦艇から離れろと言っているのが聞こえてきた。ペトランコ掌砲兵曹もまた、ずんぐりした小さな船に目を光らせている。二〇〇〇年にイエメンでUSS〈コール〉（誘導ミサイル駆逐艦（DDG）67）がアルカイダのボートの自爆攻撃を受けて犠牲者を出して以来、海軍関係者は周囲のあらゆる船舶に神経を尖らせることになった。

行く手の海に、低く平らな指のようなチャンギ海軍基地が突き出している。シンガポール政府は、巨額の予算を投じてこの海峡に埋め立て地を造成し、そこに東南アジア最大にして最新の設備を誇る海軍基地を建設した。長大な埠頭は、アメリカ海軍の空母打撃群も停泊させられるほどの規模で、きょうはここが〈ヒギンズ〉の仮の宿になる。

たとえ一時（いっとき）でも、陸地に戻れるのはいいものだ、とウィルソンは思った。気の滅入るような海賊対処作戦のあとでは、なおさらのことだ。なんと鬱憤の溜まる作戦であることか。これだけの長距離を哨戒し、何隻もの船舶を臨検してきたのに、何を達成したのかと訊かれたら、漂流船で死者を見つけてきたとしかウィルソンには言えない。どの船も、略奪のかぎりを尽くした海賊の置き土産だった。とりわけ最後に臨検した〈メドン・スイ〉は、群を抜いてむごたらしかった。一度でも海賊を発見し、〈ヒギンズ〉の砲火を浴びせてやれたら、作戦を遂行した甲斐があったと思えるのだが。そうすれば、この海も少しは安全になるだろう。

「艦長」ブライアン・サイモンソン大尉が操舵室から呼びかけてきた。「タグボートを横づけする許可を願います」

タグボートの白い操舵室の屋根は、ようやく〈ヒギンズ〉の艦橋に届くほどだ。シンガポールの水先案内人が甲板に立ち、強力なエンジンの小型タグボートを駆逐艦と繋留できしだい、飛び移る準備をしている。ペトランコがいま一度、タグボートに猜疑の視線を注いだ。タグボートは、アメリカの艦艇に接近する前にシンガポール側で検査して安全を確認済みなのだが。

タグボートの舳先から伸びた太綱が、駆逐艦の主甲板の留め具にしっかり固定されると、水先案内人が飛び移ってきた。甲板から梯子を昇り、艦橋へ向かってくる。

ポール・ウィルソン艦長はやや安堵した。とはいえ、チャンギで安全に停泊できたら、そのあとはいやな務めが待っている。シンガポールにあるアメリカ海軍唯一の機関、西太平洋兵站群での会合は、はなはだ気が進まなかった。チャンギ海軍基地に兵站群が設置されたのは、母国から遠く離れたインド洋を遊弋するアメリカ海軍艦艇の部品を交換したり、物資を補給したりするためだ。やがてシンガポール政府の黙認のもと、ここの施設はそれ以上の役割を果たすようになった。テロとの戦いを進めるには、とりわけアフガニスタンのテロリストの根拠地を叩くうえで、東南アジアにおけるアメリカ軍の存在がますます重要になっている。しかしこの地域の外交情勢に鑑みると、公然と大規模な軍事基地を建設することは困難だった。その点、チャンギ基地の埠頭はこのジレンマを解決するのにうってつけなのだ。

苦虫をかみつぶしたようにぶっきらぼうなミック・ドノヒュー大佐は、表向きの役職は兵站群の参謀長ということになっている。実態を言えば、大佐は海軍の補給システムをすべて牛耳っているのだ。世界の海運事情でもとりわけ重要な位置を占めるこの広大な地域で、ドノヒュー大佐は海軍の全作戦を仕切っていると言っても過言ではない。

当然ドノヒューは、彼の管轄の海域で最近、海賊が跳梁跋扈していることを喜んではいない。けさ一番の電話による協議で、大佐はポール・ウィルソンに、その点を明言していた。海賊の襲撃はすでに、最近のメディアに大きく取り上げられている。地球を半周したワシントンからも注目の的で、政治的圧力をかけられる可能性もある。ミック・ドノヒューは、そうした政治的圧力の矢面に立たされるのはご免だった。できれば彼もその司令部も、最も目立たないところに隠れていたかった。

そんな大佐が、最近の〈ヒギンズ〉が目の当たりにしてきた事態を快く思うはずはなかった。船倉に死者を満載した貨物船の件は、アメリカ本国の世論をさらに刺激するだろうが、いまのところ、まだCNNは取り上げていない。

ポール・ウィルソンは水先案内人に挨拶しながらも、これから控えている会合で頭が一杯だった。シンガポール海峡には雲ひとつない空からまばゆい陽差しが降り注いでいるが、〈ヒギンズ〉艦長は、これからの大きな嵐に備えて身構えた。

マンジュ・シェハブは手下を率い、主人の山頂の隠れ家をあとにして狭い道を下った。今度は、イサベラから来た道と反対方向へ向かうことになる。半分ほど下ったところで、一行は分かれ道を左に行き、尾根伝いに曲がりくねる道をたどった。あと一マイルほどで、小さな漁村のマンガルに出る。そこで一行を待ち受けているモーターボートに乗り、スールー諸島の島から島へ航海し、ボルネオ島の北端をまわって、サラワクへ向かうことになる。全行程五〇〇マイルほどの道のりで、飛行機に乗れば二時間だが、彼らはモーターボートで三日かけて行く予定だ。国家捜査局（NBI）の目がいたるところに光っており、イサベラから飛行機に乗るのはとうてい安全ではない。少なくとも海路で行けば、金属探知機で調べられることはない。そんなことをされたら、山ほど隠し持っている武器を押収されるだろう。

道に沿って蛇行するトゥマラボン川は、小川と言うべき細流だが、マンガルへ向かう方向を教えてくれる。ゆっくりと流れる緑茶色の水は、ジャングルを出て遠からずセレベス海に合流するのを渋っているようだ。

シェハブはもとより、手下の男たちにも、山を下って平地に向かう道行きは、登山に劣らず難儀だった。先へ進もうとするたびに、濡れた蔓(つる)が一行を鞭打つ。容赦なく照りつける太陽は、密林を蒸し風呂に変え、男たちの体力を奪った。歩くだけで汗が滝のように流れる。汗は目に刺さり、重い荷物をくくりつけた皮膚はすりむけた。べとつく赤土が登山靴にくっつき、大きく重い塊になる。

シェハブは山道を曲がり、手下を引き連れて密林を踏破(とうは)すると、水田の縁に抜け出した。ここからあぜ道を数ヤード横切れば、マンガルへ向かう幹線道路に出て、往来する人の群れに紛れこめる。その道を数百ヤード歩けば町に着く。

一人がシェハブに並んだ。

「この岩のように重い荷物を、早く下ろしたいですよ」男はうめき混じりに言った。「ボートにクーラーバッグ一杯の冷たいビールがあって、横になって休めたらなあ」

シェハブは顔をしかめ、汗みどろのテロリストに向かって言った。

「それが信心深いムスリムの話す言葉か？　ビールが飲みたいだと？　聞いているのがウリザムではなく、わたしだったのを感謝するんだな」

男はシャツの裾で、額(ひたい)や目の汗と土埃を拭った。

「俺は殉教者になる前に、この世でささやかな天国を見たいだけでさあ」男は弱々しい笑みで応えた。「俺たちの愛すべき指導者は、その程度の気晴らしも許してくれませんか？ビールを一杯飲めれば、いざというときに戦う元気も人一倍出るというものですがね」

シェハブが答えようとしたそのとき、彼の声は六機ほどのヘリコプターのエンジン音にかき消された。反応する暇もなく、ヘリの編隊が右側の丘陵をかすめ、まっしぐらに一行へ近づいてくる。ウリザムの配下のテロリストの一団は、恐怖に囚われ、口をぽかんと開けて、緑の機体のヒューイ戦闘ヘリを眺めた。

シェハブの反応が早かった。「伏せろ！」と叫んだ瞬間、道から横っ飛びで、浅い川床に姿を隠す。草木がいくらか目くらましになるが、彼はそこにとどまらなかった。身を翻し、排水溝を駆けて町へ向かう。

背後から機関銃の銃声が聞こえたが、彼に続いて駆けてくる足音はなかった。テロリストのＡＫ－47の耳をつんざく咆吼と、甲高いアメリカ製のＭ－60機関銃の銃声が競うようにこだまする。彼の手下たちは反撃しはじめたのだ。そうすれば、ヘリを撃ち落とせるとでも思っているのだろうか。

あの馬鹿どもは、きょうここで殉教するだろう。シェハブは曲がりくねった道を走り、木の根や石に足を取られないよう注意しながら、内心でつぶやいた。ヘリの編隊に遭遇したら、とても勝ち目はない。正面切って撃ち合えば、負けは必定だ。そんなことのために死ぬべきではない。それは犬死にだ。われわれには、はるかに重要な使命がある。いまや、その使命を遂行できるかどうかはシェハブ一人にかかっていた。彼がこの襲撃から生きて逃げられるかどうかに。

シェハブは肩越しに一瞥し、掘っ立て小屋が建ちならぶ川床から踏み出した。AK-47は完全に沈黙した。M-60機関銃の音だけが響いている。

始まったときと同じく、終わりも突然だった。四人の仲間たちの死体が、水田の縁で手足を投げ出し、血の海に横たわっているのが見える。ヒューイ戦闘ヘリがその近くに着陸するところだ。シェハブの目に、水田に降りる緑の戦闘ヘリの機体にあしらわれた、フィリピン空軍の標章が見える。菱形の両側に翼が描かれたマークだ。十数名の兵士たちが、ヘリの開口部から続々と現われた。数名は死体を検分しはじめた。数名がシェハブを追いかけて、走ってくる。

シェハブは埃にまみれた道をひた走った。望みはただひとつ、兵士たちに追いつかれる前にボートに乗ることだけだ。もしかしたら逃げおおせるかもしれない。あの小さな村に隠れても、すぐに見つかってしまうだろう。

最初に通りすぎた建物の陰に荷物を放り投げ、暑さのさなか、なんの騒ぎか見に集まってきた群衆に溶けこもうとする。小さな波止場に向かいながら、意志の力で、走りだしたい衝動を抑えつけた。いまごろは兵士たちが村を包囲しているだろう。陸地ではもう逃げられない。

そのとき、シェハブの目に栈橋が入ってきた。その突き当たりで、モーターボートが一行を待っている。いちかばちか、全速力で駆けだした。木の床が軋んで音をたてる。遠くから、かすかな叫び声が聞こえる。止まれ、投降しろと命じる声だ。テロリストはその声を無視した。ボートに乗れば安全だ。

ボートのコクピットで誰かが立ち上がり、シェハブに手を大きく振って、もっと速く走れと促している。

何か鋭く硬いものが、シェハブの左で栈橋の一部を引き裂き、木っ端を吹き飛ばした。もう一発の銃弾が、肘をかすめて杭に命中する。さらに銃弾が何発も、風を切って追いすがってきた。

このまま栈橋を走っても、恰好の標的になるだけだ。シェハブは港へ飛びこんだ。ほかに逃げ道はない。

青くひんやりした水が、生き残りを懸けて戦うシェハブを包んだ。アッラーは生かしてくれるにちがいない。シェハブは神のしもべであり、不信心者と戦う重要な使命を与えられているのだから。

シェハブは息を止め、海に潜りながら、力のかぎり水をかいて、前に進もうとした。唯一の活路は、モーターボートにたどり着き、銃の射程外に逃れることだけだ。

ボートのかたわらで水面に出、手を伸ばして、這い上がろうとする。ボートの操縦士が両腕でシェハブを掴み、甲板に引き上げて、向きなおり、スロットルレバーを全開にした。

ボートは速度を上げて出港し、叫びながら撃ちかけてくる兵士たちから逃げ去った。銃弾が周囲の水面で飛沫（しぶき）を上げ、手すりや甲板を壊して、風防を割った。

「全速力だ！　ここから逃げろ！」シェハブは起き上がりながら、息つく間もなく叫んだ。「ヘリの編隊が来るぞ。時間がない」

「ほかの仲間はどこだ？」操縦士の言葉は、ボートのエンジンの轟音（ごうおん）にかき消された。

シェハブは頭（かぶり）を振った。

操縦士はタピアンタナ海峡のひらけた水域へ向かった。全速で海峡を突っ切り、そのあと小島やマングローブの小高い場所の陰に隠れて、政府のヘリの捜索をやり過ごすつもりだ。

ボートは波を突っ切って疾走した。船体が揺れ、飛び跳ねるたびにシェハブは前後に揺さぶられたが、ボートの甲板で足を踏ん張った。

このまま行けば、安全圏に出られる。あと半マイルでブブアン島だ。細長いスールー諸島で最初の島である。

ヒューイ戦闘ヘリが追いついたのはそのときだった。低空飛行で太陽の方角から現われ、すでにまがまがしい銃声を響かせている。最初の連射でコクピットが吹き飛び、シートの詰め物や計器類が切り刻まれた。二度目の連射で操縦士が殺され、身体がほぼまっぷたつにされた。彼は甲板に倒れる前に即死した。

制御を失ったボートは、波頭に突っこんだ。水面を螺旋状にねじれるボートに、ヘリのパイロットは苦もなく追いつき、射撃手がさらに弾幕を浴びせる。

ボートが燃えはじめた。漆黒の煙が、エンジン搭載部からもうもうと上がる。

シェハブはこの煙幕を利用した。ボートの船尾に急いで這い、そのまま水に飛びこんで、海に潜り、機関銃の一斉射撃を受けて四散するモーターボートの陰で、気づかれずに逃げようとする。潜水したまま水をかいた。水面に浮き上がったら絶好の標的だ。肺が痛くなってきたところで、ようやく浮き上がり、息を吸いこんだ。

黒煙を上げたモーターボートは、数百ヤード離れたところでほぼ静止し、たなびく煙はますます黒く、濃くなっている。フィリピン軍のヘリコプターはなおもボートの周囲を旋回し、船体に弾雨を注いでいた。

シェハブの前でボートが炎上し、急角度に傾いたが、彼にその光景を見ている余裕はなかった。船が沈む前に、できるかぎり遠く離れなければならない。ヘリはいったん上空を去ったと見せかけて、また舞い戻り、海面を捜索するだろう。シェハブは大きく息を吸い、ブブアン島めざして、ゆっくりと泳ぎはじめた。ひとかきごとに、アッラーの加護を祈りながら。

攻撃型原子力潜水艦〈トピーカ〉は海面下を静かに潜航していた。海上でその方向を見ても、同艦の姿は誰にもわからない。黒い巨獣のような艦（ふね）は、北朝鮮の沖合一二海里の狭い海域を往復している。同艦は朝鮮民主主義人民共和国へ可能なかぎり接近しながら、公海にとどまっていた。万一、北朝鮮軍にその行動を探知された場合に備え、国際法を遵守しなければならないのだ。

先端技術を駆使したアンテナは、巨大な掃除機さながらに、絶えず電波信号を収集している。潜水艦乗組員は港湾を出入りするあらゆる船舶に疑いの目を注ぎ、無線を傍受していた。〈トピーカ〉がこの海域で配置に就いてからの三週間で、暗号の専門家はおびただしい電子情報をふるいにかけてきた。すべての分析を終えるまでは、さらに一カ月かかるだろう。

水雷長のマーク・ルサーノが、潜望鏡から身体を起こし、両手の拳（こぶし）を痛む目に当てた。

長時間に及ぶ退屈な監視任務は、身体的苦痛となってこの若い潜水艦乗りをむしばんでいる。見るべきものはさほどないのだが、任務により見つづけなければならないのだ。ルサーノはふたたび潜望鏡に目を戻し、ゆっくりと回転しはじめて、ねずみ色に垂れこめる雲と、その下で波立つ灰色の海を見た。

「まったく何もないときたもんだ」彼は誰にともなくつぶやいた。「いぼ痔でも見ていたほうが、ずっと面白いだろうな」

「何か言ったか、大尉？」発射管制指揮官のジョー・カリーが訊いた。カリーはBSY－1発射管制パネルの前に座っている。USS〈トピーカ〉の高精度ソーナー・システムは、この改ロサンゼルス級攻撃型原潜の周囲の水中から収集した情報を、BSY－1に送信している。BSY－1が消化した情報は、カリーに戻されて分析されるのだ。

「ちょっとぼやいただけだ」ルサーノが答えた。「来る日も来る日も、どんよりした空と海ばかりで、うんざりするよ。海上で、もう少し面白いことが起きていればいいんだがね。何せここは、北朝鮮で最大の海軍基地の目と鼻の先なんだからな」

彼はソーナー・リピーター・スクリーンを一瞥した。唯一のコンタクトは、ここ数時間、聴音探知している貨物船だ。旧式の船はごみ収集車並みにやかましい音をたてて沿海を航行している。きっと、ウラジオストクから出港してきた古い汽船だろう。その船はまだ遠すぎて、潜望鏡の視界に入ってこないが、ルサーノにはすでに大きさや形の見当がついており、見えたところで大して面白くもなさそうだ。まあいい。少なくとも、いままでと違うものは見られるわけだ。くすんだ空としけた海以外のものを見れば、単調さはまぎれるだろう。

「S26（シエラ）の最近接距離（CPA）は？」ルサーノが訊いた。汽船がどれぐらい接近するか、把握しておくに越したことはない。たとえ〈トピーカ〉がたやすく回避できるとしても。それにくわえ、艦長がいつ何時（なんどき）発令所に顔を出して、その質問をしても、答えられるようにしておくのが賢明だ。

カリーはコンピュータを操作し、画面の解析値を見て答えた。艦長に正確に答えられるよう、万全を期しておくのだ。

「CPAは七六〇〇ヤード、方位〇三六、到達まであと二時間二十四分だ」

ルサーノはその情報を記憶し、潜望鏡を回転させた。海上は相変わらず、三六〇度見わたすかぎり灰色の退屈な世界だ。

張光一（チャン・グアンイル）大佐は、貨物船〈元気（ウオンキ）〉の右舷の手すりにもたれ、もう一本くわえたタバコに火をつけた。マッチの火は風に吹き消されたが、タバコの先に小さく灯（とも）った火を吸いこんで、どうにかつけた。苦い煙を肺一杯に吸い、溜めて吐き出す。すり減った神経を、ニコチンがなだめてくれる。

あと六時間、ここで波に揺られていれば、祖国に戻り、この錆びついたぼろ船とおさらばだ。羅津(ラジン)の陸地を踏みしめるのが待ち遠しい。ドラマミン(酔い止めの薬)でどうにか船酔いを抑えていた。それでも胃がむかむかし、不吉な音をたてる。

不快感をこらえながらも、張は笑わずにいられなかった。ウラジオストク訪問は大成功だったのだ。経済的に困窮したロシア海軍の将校は、旧ソ連製の53-68型核魚雷をさらにもう一発、大喜びで売ってくれた。五百万米ドルで、腐食の進んだ旧式の核魚雷はロシア軍の施設から運び出され、〈元気(ウォンキ)〉の前部船倉に搬送された。張は予定どおり、この兵器を喉から手が出るほどほしがっているフィリピン人テロリストに五千万ドルを振り込ませ、来週その二発がウリザムのもとに到着したら、追加の五千万ドルを彼からせしめるつもりだった。慢性的な予算不足に悩む国家保衛省で、現金は大いに遣(つか)い出(で)がある。そうすれば北朝鮮政府の秘密警察で、張はいっきに中枢へ出世するだろう。これだけ巨額の貢献をすれば、当然、責任ある地位に就けるはずだ。せいぜい魚雷の化粧なおしをして、顧客に送り届けてやろう。

張は船がやや傾くのを感じた。両手で手すりを握り、かすんだ日没のほうへ舳先が方向転換するのを見守る。羅津までもう少しだ。

神経も胃の具合も、ずっとよくなってきた。

「発令所、ソーナー室です。Ｓ26が針路変更しました。現在方位〇五七」

ソーナー系統の27ＭＣスピーカーから報告が響き、マーク・ルサーノはぎくりとした。

ソーナー室から報告があった方位へ、潜望鏡を回転させる。確かに遠くから、靄の向こうに船の輪郭が見えた。まさしく予想どおりの船影だ。この近海でときおり見られる不定期貨物船だろう。

艦長に報告したほうがいい。艦長はいつでも、視界に入るコンタクトすべての情報を求めるのだ。

電話の音で、ドン・チャップマン中佐はシャワー室を出た。眉間に皺が寄っている。彼は潜水艦のシャワーが嫌いだった。すばやく身体を濡らし、湯を止めて石鹸をこすりつけ、急いで泡をすすぐという考えは、チャップマンの念頭にはなかった。この艦長はわたしなのだから、毎日好きなだけシャワーを浴びる贅沢を享受して当然だと思っていたのだ。彼の考えによれば、それが重責を担う者の特権なのだった。

チャップマンは電話を取り、「艦長だ」と言った。

「艦長、Ｓ26を視認しています」ルサーノは報告した。「距離一三〇〇〇ヤード。小型貨物船です。いま針路変更しました。三十六分後のＣＰＡは二〇〇〇ヤード。羅津に向かっているものと思われます」

チャップマンはズボンを穿きながら、耳元に電話を押しつけた。

「よろしい。現在の針路と速力を維持せよ。区域追尾班を配置し、同船の追尾を開始。その船が羅津に向かっているのなら、近づいて調べる必要があるかもしれん」

発令所に入ってきたチャップマンは、まだ制服のシャツのボタンを留めていた。発令所は活気を帯びている。ルサーノが目標船の目視確認を続けるかたわら、カリーはソーナー情報とＢＳＹ－１コンピュータを駆使して、目標の針路、速力、距離を解析する。ほかの当直員数名も通常任務を一時中断し、海図に目標の動きを記録して、手動による針路解析に余念がない。

チャップマンが潜望鏡スタンドにつかつかと踏み出した。

「ミスター・ルサーノ、わたしに見せてくれ」

艦長は潜望鏡の両側に突き出した、黒い金属製のハンドルを摑み、接眼部に目をつけた。確かに、小型の船舶が航行している。このさびれた国にふさわしい、錆びついた旧式の沿海貨物船のようだ。チャップマンが右側のハンドルを手首でまわすと、戻り止めがカチリと音をたてて、光学潜望鏡の倍率が二十四倍になった。拡大しても船籍や船名はわからないが、甲板は無人で、喫水線は比較的高いようだ。どうやら貨物船は、目的地の羅津で船積みするように思える。

チャップマンは潜望鏡をルサーノに戻した。

「ミスター・ルサーノ、わたしは士官室でコーヒーを飲んでくる」彼は言った。「貨物船は離れたところを通過するだろうから、本艦は現在針路と速力を維持せよ。十分で戻る」

艦長は発令所の扉の向こうへ消え、中部区画に下がる梯子へ向かった。

貨物船の幅広でずんぐりした船尾がまだ見えているうちに、チャップマンは発令所に戻った。コーヒーカップを手にしてハニーバンをかじっている。ルサーノが貨物船の船尾に焦点を合わせた潜望鏡の映像を、艦長はモニター画面で見ていた。哨戒長が潜望鏡越しに見ているのと同じ映像を、モニターで見られるのだ。船尾に記された船名は、東洋の文字だった。チャップマンにはまったく読めず、どんな意味かは見当もつかない。

「ミスター・ルサーノ、目標の船名と船籍は？」艦長は訊いた。

「艦長、暗号解読の専門家の話では、〈元気(ウォンキ)〉という名前だそうです。船籍は不明です。国旗を掲揚しておらず、データベースにこの船名は登録されていません」

チャップマンはハニーバンの最後のかけらを口に放りこみ、指についた砂糖衣をなめた。

「十中八九、北朝鮮の船だな。連中は追尾を予想しているんだろう。さもなければ、いまごろには撃ってきているはずだ」コーヒーを飲み、ハニーバンを流しこむ。「きょうの哨戒報告に、貨物船を観察したと書いておいてくれ。さて、任務に戻るぞ。南の哨戒海域に転回せよ」

ルサーノは艦長の命に従い、下令して不審な点の見当たらない古い貨物船から離れた。あのぼろ船を港まで追尾するより、はるかに重要な務めがある。

5

トム・ドネガン海軍大将は、いま一度、報告書を通読した。半縁の読書用眼鏡を顔から外し、机に放る。がたが来た古い椅子をまわし、鼻の付け根を揉みほぐしながら、窓の外を眺める。厚い防弾仕様のプレキシガラスから見える景色は、霧雨でぼやけていた。深更（しんこう）とあって、さすがに国防総省（ペンタゴン）周辺も交通量は少ない。二台ほどの車が、濡れたハイウェイを走り去る。残業で疲れた職員が、遅い夕食をとりに家路に就くところだろう。雨のはるか向こうに、ワシントン記念塔が見える。ポトマック川沿いのオークや柳の木立の黒い輪郭にすっくと空高くそびえたつ、金の針を思わせる記念碑だ。上空の低く垂れこめた雲は、街のオレンジや黄色の光を淡く反射している。

アメリカの首都の夜の静かな美しさも、この古強者（ふるつわもの）の潜水艦乗りの頭にはなかった。海軍情報部長の地位に就いて二年も経つと、大将はたいがいのことでは驚かなくなっていた。ときおり、とても本当とは思えないような報告が机上に載ることがある。今回の報告も、いつものような類（たぐい）ならいいのだが。たいがい彼は、激昂したり人に話したりする前に、報告者に裏づけを取らせ、地味で単調な作業をさせて、事実かどうかを確認させる。よくあるのは、数日後に、恥じ入って顔を赤くした青年士官がおずおずと現われ、まちがいを認めるという落ちだ。

しかし、今回はちがう。この報告には火急の対応を要する。時間の浪費は許されない。

こんなとき、ドネガンはこよなく愛する艦隊のそばへ、パールハーバーの熱帯の陽差しのもとへ帰りたくなる。この窮屈で陰鬱なペンタゴンのEリングの執務室ではなく。ここに比べれば、太平洋のどまんなかでの暮らしはまだ単純明快だった。あのときだって、世界最大にして最強の潜水艦群の半分がドネガンの指揮下にあったのだが。

ドネガンは即決した。この情報を政権中枢に伝えなければならない。

大きくため息をつき、古い傷だらけの木の机に手を伸ばすと、架台から赤い受話器を摑む。この〝秘密の電話〟と呼ばれている秘話回線は、通話先が三つしかない。中央情報局（CIA）長官、国家安全保障局（NSA）長官、ホワイトハウスの国家安全保障問題担当大統領補佐官だ。

もうすぐ午前零時だが、サミュエル・キノウィッツ博士は二度目の呼び出し音が鳴り終わる前に出た。アドルファス・ブラウン大統領の国家安全保障問題担当補佐官を務める博士は、仕事中毒で有名だ。いつ寝ているのか、誰にもわからないのだ。

「トム、わたしに何か用かね？」キノウィッツは快活な口調で応対した。西海岸のスタンフォード大学で長年教鞭を執っていたにもかかわらず、ブルックリン訛りのアクセントがいまだに強い。「こんな夜更けにかけてくるんだから、いい知らせではなさそうだ」

ドネガンはうなった。

「おっしゃるとおりです。いいニュースではありません。たったいま、ロシア海軍内部の情報源からの報告を受け取ったばかりです。大変由々しい事態が発生しています。ウラジオストクの潜水艦基地から、二基の核兵器が行方不明になったという有力な根拠があるとのことです」

受話器の向こうがしばらく沈黙した。ドネガンには博士の息を呑む音が聞こえたような気がした。サム・キノウィッツを驚愕させるのだから、よほどの事態だ。ふたたび口をひらいたとき、博士の口調は緊迫していた。最初の快活さはかけらもない。

「確かなんだな？　情報源の信頼度は？　裏づけは取れているのか？」

矢継ぎ早の質問に、ドネガンは報告書をめくりながら答えた。

「もちろんです。さもなければ、こうしてお電話していませんよ、サム。このようなケースでは、最も確度の高い情報です。情報源はロシア海軍最高指導部の一員なのです。これまでも、彼がもたらす情報はつねに信頼できるものでした。第二の情報源からはまだ確認が取れていませんが、目下照会中です。しかし、裏づけを取るあいだに拱手傍観(こうしゅぼうかん)しているわけにもいかないと思います」

「確実にわかっていることは？」国家安全保障問題担当大統領補佐官が詰問した。

「ウラジオストクの武器庫から、二発の53-68型核魚雷が行方不明になったということです。一九六〇年代に製造された、古い兵器です。性能はよくないですが、大規模な核爆発を起こし、多量の放射性降下物をまき散らします。核弾頭の威力はおよそ二〇キロトンです。しかし、鋼鉄製でかなり大きな魚雷です。全長二〇フィート以上、重量は二・五トンほどあります。そう簡単に紛失するような大きさではありません。それに、背負ってディスコへ持ちこめるような大きさでもありません。つまり、自爆テロに使えるような兵器ではないということです」

「わかった。ではなぜ、そいつを盗み出したやつがいるんだ？」キノウィッツはそう訊くと、間を置いた。「きみはその点を心配しているんだな、トム？」

「ええ、それで由々しい事態と申し上げたのです。いまのご質問には、わたし自身、確たる答えは持ち合わせていません。論理的に筋が通らないのです。核弾頭をテロリストが使えるような、持ち運び可能なサイズにするには、かなり優秀なエンジニアと、特別な設備が必要です。われわれが把握しているかぎり、そうした設備を持っているテロ組織はないはずです」

「なんてことだ、トム。最悪のタイミングじゃないか。ロシアとの核弾頭数削減交渉が、合意目前だというのに」

「ええ。しかしまさしくこのタイミングで起きたことが、報告の信憑性を裏づけているようにも思えるのです」ドネガンは同意した。「いま核兵器が二発、行方不明になれば、核兵器を絶対的に安全に管理しているというロシア側の主張が傷つけられることになります。そうすれば国連は、それを有力な根拠に、核兵器をきちんと管理できないのであれば、一方的に廃棄すべきだと要求するでしょう。ロシア側としては、交渉の前提が崩れることになるのです」

キノウィッツは咳きこみ、それが収まってから言った。「トム、いますぐにその報告書を持ってきてくれ。大統領を起こして、概況を報告したほうがいい」やや間を置き、補佐官は訊いた。「その核兵器がいまどこにあるか、心当たりは？」

「あるかもしれません。目下、〈トピーカ〉が朝鮮民主主義人民共和国の沖合で、示唆・警告任務に就き、敵対的な行動の徴候がないかどうか情報収集と監視にあたっています。昨日送られてきた日次報告は、興味深いものでした。ウラジオストクを出て羅津（ラジン）に向かう北朝鮮の貨物船を追尾したというものです。あの海域は、ふだんはほとんど行き来がありません。それにわれわれの情報源も、ロシアから核魚雷が運び出されるとしたら、その方法が最も可能性が高いと示唆しています。貨物船に、問題の核兵器が積まれているかもしれません」

「ちくしょう、大将」キノウィッツは毒づいた。「まったくきみは、最悪のニュースを最後まで取っておいてくれたな。つまりきみが言っているのは、北朝鮮がロシア製の核兵器を入手したと信ずべき、有力な根拠があるということじゃないか。しかもその問題は、現在進行形で悪化しているようだ」

国家安全保障問題担当大統領補佐官の、このうえなく控えめな要約に、トム・ドネガンは沈黙で応えた。

ドネガンはまた、電話で話しているあいだに、濃い霧がかかってきたことにも気がつかなかった。いまやワシントン記念塔は霧でかすみ、アメリカの首都の暖色系の明かりもかき消している。

北朝鮮国家保衛省の張光一（チャン・グアンイル）大佐は、荒れ狂う自然からの逃げ場を求めて古い倉庫の陰にあとずさりした。いまにも壊れそうな建物だが、凍えるような波止場の風からは守ってくれる。港の海は灰色の怒濤（どとう）が逆巻き、波が泡立っていた。ときおり大きな波が盛り上がり、埠頭に冷たく塩辛い飛沫(しぶき)が砕け散る。

張が一心に見守る前で、港湾労働者の一群がクレーンや鋼索の周囲で立ち働き、銀灰色(ぎんかいしょく)の円筒を〈元気(ウォンキ)〉の主甲板から吊り下げている。張がロシアから大事に持ち帰ってきた、二発目の大型兵器が、空高く吊り上げられ、凍てつく風にかすかに揺れて、トレーラーの平台に載せられる。くすんだ緑に塗装されたセミトレーラーには、人民軍特殊兵器局を示す、赤い星と白い円が描かれていた。この謎めいた、ほとんど知られていない部局は、朝鮮民主主義人民共和国の開発途上の核兵器計画を担っている。

突き刺すような風にも動じることなく、人民軍の哨兵が、埠頭の入口に駐まった兵員輸送車のかたわらにじっと立っている。積み下ろし作業中、誰も港に迷いこんでこないように警戒しているのだ。埠頭でも、数名の哨兵が見まわっていた。核兵器が安全にトレーラーに積み替えられ、防水シートをかけられるまで、あらゆる動きに目を光らせているのだ。

大尉(ダエウィ)の襟章(えりしょう)をつけた士官が、張が立っているところへきびきびと近づいてきた。張が民間人の服装をしていても、大尉は敬礼した。

「兵器の積み替えが完了しました、大佐」彼は報告した。「わたしの部下が、輸送車の列を護衛して研究所まで向かいます。金大長(キム・ダイジャン)大将が、お車で大佐をお待ちです。門のすぐ外に駐まっている車です」

研究所？　魚雷は埠頭の目と鼻の先にある倉庫へ運ばれ、一発目といっしょに保管されるはずだ。

張はコートの襟をきつくかき合わせ、吹きすさぶ風のなかに踏み出して、倉庫の周囲へ向かった。計画の変更があったのなら、金大長大将が来ているのは、そのことを説明するためにちがいない。

埃っぽい通りに、金大長大将の黒いメルセデスが駐まっていた。運転手が後部ドアを開け、張に乗るよう促す。乗りこむと、その隣に小柄で銀髪の紳士が座っていた。正装の軍服姿だ。金大長大将は、金在旭（キム・ジエウク）総書記に次いで、北朝鮮で最も権力を持つ人物だ。張が乗りこんできても、金は敬礼をしなかった。いつものように、お気に入りのプレイヤーズをすぱすぱ吸っている。リムジンが埠頭を離れるや、金は口火を切った。

「張大佐、任務はうまくいったんだろうな？」金大長の口調は、成功を確信しているようだ。

シートにもたれた張は、運転手が急ハンドルを切って最初の角を曲がったとき、身構えた。金大長大将が埠頭で待っていたのは、思いがけない展開だった。この軍の実力者が表に出ることはめったになく、ほとんどは平壌（ピョンヤン）南部の山岳地帯にある、居心地のよい司令部で過ごしている。高級将校の張でさえも、この五年間で金に直接会ったことは二度しかない。金大長大将が藪(やぶ)から棒に現われたのは、やはり核魚雷をめぐる計画に変更があったからとしか思えなかった。

大型リムジンは再度、急ハンドルを切って曲がり、埠頭から離れ、幹線道路に出て、不規則に広がる羅津海軍基地を離れた。でこぼこした路面で車が跳ね、会話を難しくしている。張は核魚雷を運ぶ車列が、リムジンについてきているのがわかった。目的地はわからないが、羅津の倉庫ではないのは確かだ。

「どこへ向かっているんですか?」張は勇を鼓(こ)して訊いた。「わたしは核兵器を二発とも、サブル・ウリザムが前金を支払うまで、基地に保管するよう手配したのですが」

金大長大将はタバコの煙を、肺に深く吸いこんだ。それを吐き出してから、質問に答えた。

「計画を多少変更することにした、大佐。魚雷をウリザムに引き渡す前に、やっておきたいことがある」

それっきり大将は押し黙り、続きを話そうとしなかった。車は南へ向かい、幹線道路を通って清津(チョンジン)(北朝鮮北東部の日本海に面した都市)方面の海岸を走っている。大将は石のように無表情で、西に連なる険しく黒い山々のように、その心中は窺(うかが)い知れない。目の表情は、東の灰色の海さながらに、不吉な色をたたえていた。

二人は押し黙ったまま車に揺られた。張は沈黙を守ったほうが賢明だとわかっていた。

車は不意に海岸沿いの幹線道路を逸れ、狭く曲がりくねった道に入った。急峻な渓谷を通る、未舗装の小道だ。川の奔流が、高い山から溶けかかった冷たい雪を運び、山道の急坂を流れていく。

一時間ほど、這うようなスピードで進んだ一行は、やがて、海沿いの道を見下ろす小高い台地に出た。平坦な台地を見わたすと、山の斜面に近いところに、数軒の錆びついた納屋が固まっている。その周囲には背の高い金網が張りめぐらされ、上端には鋭利な蛇腹型鉄条網がついていた。構内の四隅には、背の高い監視塔が配置されている。それぞれの塔から、一四・五ミリKPVT車載型重機関銃のまがまがしい銃口が突き出していた。狭い敷地にこれほど厳重な警戒をしているからには、よほどの重要施設にちがいない。

黒いメルセデスは誰何(すいか)されることもなく、検問の哨兵の前を通過した。車は入口から最も遠い場所にある納屋の前に駐まった。金大長大将は、停車する前に車を飛び出した。

「ついてこい」肩越しに叫ぶ。「おまえのおもちゃのために造ってやった新居を見せてやる」

答えも待たず、金大長は戸口から納屋に入り、内部の暗闇に消えた。

張は慌ててあとを追った。納屋の内部は、外観とは別世界だった。煌々(こうこう)と灯(とも)る蛍光灯が、傷ひとつないステンレスと合成樹脂の内装を照らしている。室内には、最新の電子機器類が並んでいた。白衣を着た数人の男たちが、細長い円筒形の金属の周囲に集まっている。なんとそれは、張がこの一週間、ウラジオストクから羅津までつききっきりで運んできた、53-68型核魚雷とうりふたつの外観だ。張は困惑し、目を見ひらいて金大長を見た。

　金大長はうっすら笑みをたたえながら、張の無言の問いに答えた。

「いかにも、これはおまえが持ち帰ってきたもう一基の核魚雷だ。あるいはその一部と言うべきか」乾いた笑い声をあげる。「おまえの顧客がうっかり自爆しないように、ちょっとした改造をしているのさ。あるいは輸送中に、われわれのところで事故が起きないように」

　張は魚雷のほうへ一歩踏み出した。核弾頭の覆いが取り外されている。張は開口部を覗きこんだ。見分けがつくかぎり、内部に手を加えられた痕跡はない。彼はふたたび、小柄な大将に訝しげなまなざしを注いだ。

「どこかちがうか？」

　今度は、金大長は満面に笑みを浮かべていた。張は首を振った。前回、海軍基地の倉庫で魚雷の内部を見たときと、まったく同じに見える。

「いいえ、どこにもちがいはありません」

「よろしい。まったく同じに見えなければならないのだ。寸分たがわぬように見せかけるのに、大変な苦労をしたからな。本物の核弾頭はすでに除去し、わが軍の兵器工廠へ送ってある。これは単なるダミーだ」

張はあえいだ。

「ダミーですって？　ではわたしは、どうやってこの武器を売ればいいんです？　ウリザムはきっと、われわれが騙そうとしていることに気づくでしょう。そうすれば彼は、わたしを捜しに来て……」

「さて、気づくかどうか。いかなる見地から見ても、まったく見分けはつかないはずだ。われわれは炉心部に、少量のプルトニウム２３９まで挿入したからな」大将はガンマ検出器を取り出し、魚雷の近くにかざした。計器の針が振り切れ、警告音が鳴り響く。「このとおりだ。本物とうりふたつだろう」

張はさらに困惑した。

「わたしにはわかりません、いったいなぜ、こんなことを？」

金大長は笑みをかき消し、下僚を睨みつけた。張は、室温がいっきに下がったような気がした。

「大佐、通常ならおまえは、わたしの行動に疑義を呈した罪で射殺されるところだ。しかし今回にかぎり、おまえには事態を知り、理解してもらう必要がある。わたしの執務室に来い。そこで説明しよう」

小柄な大将は踵を返し、すたすたと建物を出て、狭い中庭を横切り、別の納屋に入った。張はふたたびあとを追った。この建物はほかとはちがうようだ。内壁はほぼ一フィートもの厚さがある。室内は狭く窮屈だ。電話やコンピュータの端末が、壁一面にぎっしり並んでいた。暗い室内で、電子装置やモニター画面の明かりが明滅している。

圧倒されている張を一瞥し、金大長は言った。「ここは通信センターだ。この施設の通信はすべてここから、地中に埋設された通信線で送受信される。アメリカのスパイ衛星に嗅ぎつけられないよう、あらゆる手段を講じているのだ。壁も防音で、いかなる電磁波も洩れないように遮蔽されている」

金は中央の机に向かって座り、張に向かいの椅子を勧めた。金はことさらにゆっくりとタバコに火をつけ、おもむろに語を継いだ。

「大佐、話はきわめて単純だ。ウリザムとその一味に核兵器を売るのは、誰にも知られることなく、われわれ自身が核兵器を手に入れる絶好の隠れ蓑なのだ。ウリザムの組織に核の入手を許したら、連中がいかなる目的に使用するのか見当がつかず、われわれがその入手に関与したことが、いつ何時露見するかもわからない。そこで、われわれがなすべきなのは、ウリザムの組織に、核兵器を入手したと信じこませることだ。実際にそれを使おうとすれば、やはり大爆発が起き、いくらかのプルトニウム239もまき散らされるだろう。そうすれば、核兵器が不完全爆発を起こしたとみなされる。

世界じゅうの誰もが、ムスリムのテロリストが核兵器の使用を試みたと非難するだろう。そして誰もが、哀れなテロリストどもには爆発を成功させるだけの技術がなかったとみなす。あらゆる人間がこう確信する――核兵器を造ったのはウリザムの配下の技術者か、さもなければイランかシリアのような、イスラムの大義に理解を示す勢力の未熟な技術者だと。われわれの関与を疑う者は誰もいない。そしてウリザムのキャンプでは誰一人、魚雷はすり替えられたものではないかと疑問を持つことはない。連中の見方では、魚雷が爆発し、放射性物質を放出すれば、望みどおりの結果というわけだ」

金大長大将は上機嫌でタバコを机の灰皿でもみ消し、大仰な手つきで、もう一本に火をつけた。

「ですが……」張は口にした。しかし金大長は片手をかざしてさえぎった。

「まあ待て。しかるべき時が来たら、おまえの質問にすべて答えよう。いいかね、われわれが自らの目的のために、核兵器の一発を使用する必要に迫られても、痕跡として残る同位体は、旧ソ連の核兵器として知られているものだ。旧ソ連の核兵器を盗み出したテロリストが、彼らの目的のために使用したということになる。つまりそれは、ウリザムやその一味による、第二波でしかない。われわれによる攻撃は、狂信者どものしわざということにされるだろう。朝鮮民主主義人民共和国の関与を疑う者は誰一人いない」

張はじっとその場に座り、自らの靴のつま先を見ていた。わりあい簡単だった取引が思いがけない方向に転換し、彼は呆然としていた。目を上げると、金大長大将が、立ちこめる紫煙(しえん)越しに、ふたたび笑みを浮かべている。

「さて、われわれのささやかな計画をどう思うかね、大佐?」

張は肩をすくめ、笑い返した。いったい何が言えるだろう?

それでも確かに、きわめて単純な計画ではある。

6

サブル・ウリザムの顔は怒りで朱に染まっていた。頸動脈が、きつく巻きついたロープのように浮き立っている。読んでいたメッセージを捨て、足音荒く、司令部の通信室を出て灼熱の午後の陽差しを浴びる。テロリストの宗教指導者は、豚を食うならず者の張(チャン)大佐の言葉が信じられなかった。厚顔無恥(こうがんむち)にも、こんなやりかたでわたしの偉大な計画を遅らせるとは。北朝鮮人の侮辱はさらに続いた。盗み出した武器がほしければ、五千万米(ドル)ドルを**います**ぐよこせというのだ。

ウリザムは弟子たちに憤怒の表情を見られないよう、司令部の中心を離れた。彼らには、ウリザムが自己抑制し、感情ではなく、知性と祈りと内面の強さによって活動していると思わせなければならないのだ。大きなベンガルボダイジュの木陰に、粗造り(あらづく)の小屋が一軒あり、司令部キャンプのほかの建物からは離れている。そこに行けば、わずかな時間でも一人になれる。腰を下ろして考え、複雑な計画のすべての動きを練りなおすのだ。いまや、計画には修正が迫られている。
強いて自らを落ち着かせ、新展開を客観的に見ようとした。核兵器に要する追加の費用は、難なく調達できるだろう。最初の五千万ドルについては、ウリザムには後援者から出してもらえる見通しがあった。彼らは追加の分も、喜んで拠出してくれるはずだ。より深刻な問題は、核魚雷の搬送が一ヵ月遅れるという点である。彼の入念に練り上げられた計画には、ぎりぎりの対応を要する部分がいくつも組み合わされ、こうした思わぬ変更を受け入れる余地はほぼない。精緻な時計の内部機構さながら、多くの歯車がかみ合った計画は、タイミングこそが要（かなめ）なのだ。そのうちのどこかが遅れれば、詮索好きなアメリカの諜報機関に計画を嗅（か）ぎつけられるリスクも高まる。二〇〇一年の9・11以降は、さらに困難の度合いが増しているのだ。ウリザムには、この予期せぬ遅れをどう埋め合わせたらよいのか、わからなかった。

ウリザムは後ろ手に扉を閉め、こめかみを揉んで痛みをまぎらわせようとした。頭痛はひどくなる一方だ。苦痛で目が眩（くら）むことさえある。鎮痛剤のイブプロフェンを二錠、口に放りこみ、水で飲み下す。もとより、気休めにしかならないのは承知のうえだ。絶えざる緊張が悪影響を及ぼし、判断力や決断力を鈍らせるようなことがあってはならない。アッラーは強さを与えてくれるにちがいない。その点だけは確信していた。

祈りの時間だ。ウリザムは顔や上腕を洗い、すり切れた祈禱用の敷物をメッカの方角に広げた。身をかがめ、静かに朗誦を始める。

それでも、祈禱のあいだ、心を静めることはできなかった。張大佐のメッセージで心の平安は乱され、祈禱をしても気分は落ち着かない。ウリザムはおのれに鞭打ち、祈禱に集中しようとした。なおも波立つ心は従おうとしない。うわべだけの祈りを早々に切り上げ、仕事に戻るしかなかった。

アッラーはわかってくださるにちがいない。やるべきことが多すぎるのに、時間はあまりにかぎられている。

過激な宗教指導者は祈禱用の敷物から立ち上がり、痛む長い脚を伸ばした。敷物をたたみ、定位置の棚に戻す。数時間後には、より穏やかな心境で祈禱に臨めるだろう。

ウリザムは扉から出ると、山頂司令部の通信室がある小屋まで、駆け足で短い距離を移動した。ひょっとしたら、資金に関する知らせがすでに入ってきているかもしれない。近々に、陰の大口後援者である隋暁舜との会合を手配する必要があるだろう。取り決めでは先方に、資金の支払い義務が生じているのだ。ウリザムは、ヘロインを積んだ密輸船を襲うのと引き換えに、資金を得られる約束だった。

彼はかすかに笑みを浮かべた。なんと皮肉で愉快な成り行きだろう。ウリザムと彼の信徒たちに、アジアの麻薬王から通航料が入ってくるとは。麻薬王はアジアの域外から南シナ海に麻薬を運ぶために、彼らに気前よく支払ってくれる。なんといっても皮肉なのは、その麻薬王である隋海俊（スイ・カイシュン）が、隋暁舜と仲違いした父親だということだ。父と娘がいかなる理由で離間したのかは、ウリザムの知ったことではない。骨肉の争いは深く広範囲におよび、いくつもの大陸に影響を及ぼす麻薬戦争が勃発（ぼっぱつ）した。ウリザムとその信徒たちにとって、そしてアッラーにとってもっけの幸いなのは、この家族の分裂が彼らの大義をかなえ、神の栄光を広める資金をもたらしてくれることだ。

資金が送られたという知らせがなかったとしても、腹心の弟子、マンジュ・シェハブから、なんらかの知らせがあるかもしれない。これまでのところは、悪い知らせしかないが。マンガルで一行が官憲の攻撃を受け、手下が全員死亡したものの、シェハブは奇跡的に逃げおおせたという。しかしそれ以来、杳（よう）として便りはなかった。シェハブは命の危険にさらされながらも、使命を遂行していると信じるしかない。彼ならきっとそうしているはずだ。ウリザムの信奉者のなかでも、シェハブは最も忠実にして献身的な男だ。とはいえ、最も強い者が恐怖に屈することもありうるが。

ウリザムは否定的な考えを念頭から振り払い、山頂司令部の通信室に足を踏み入れた。計画はすでに動きだしている。疑念に苛（さいな）まれてはならない。彼は掲示板に手を伸ばし、暗号化されたその日の通信文を読みはじめた。

そのころ、マンジュ・シェハブはビントゥルのモスクの中庭で、脚を組んで絨毯(じゅうたん)を敷いた床に座っていた。サラワク州屈指の都市の喧噪(けんそう)は、むしろ気分を落ち着かせてくれる。この古く広壮なモスクは、何世代も前に、混沌とした熱帯の街で静かな祈りのオアシスとして建てられたものだ。現代文明の影響で都市の混沌が増したいまもなお、モスクはその役割を立派に果たしている。

浅黒く屈強なテロリストの前には、低い紫檀(したん)のテーブルが置かれていた。テーブルには複雑な幾何学模様の彫刻が見事に施されている。ハンマーで鍛造(たんぞう)された真鍮の盆には、砂糖菓子と、小さな陶磁器のカップに入った濃く苦いコーヒーが並び、テーブルの中央にきちょうめんに置かれていた。中庭を心地よい微風が吹き抜け、ジャスミンとショウガの心安らぐ香りを運ぶ。風は鉢植えの木々のあいだを踊り、まるで木漏れ日と戯れているようだ。

シェハブと差し向かいに座るスブラマニアン師こそは、ボルネオ島全土のムスリムの指導者だ。スブラマニアン師はコーヒーカップを盆に戻し、柔和な笑みを浮かべた。年老いた師からは、平和で穏やかな空気が漂っている。白い顎鬚(あごひげ)と深く刻まれた皺は、長い人生を歩んできた証だが、その目は力強く、人を惹きつけた。深みを帯びた黒い瞳は、重責にともなう労苦を窺わせる。おびただしい苦悩を見てきた目だ。

二人の高弟が脚を組み、老師のすぐ後ろに座っている。彼らは主人に付き添い、師と客人の対話に静かに耳を傾けていた。

「シェハブ師」老師は言った。「あなたの艱難辛苦に満ちた旅の話を聞き、悲しい気持ちだ。あなたが無傷だったことが、せめてもの幸いだ。アッラーを讃えよう。ここへ無事に到着したことに」

「おっしゃるとおりです。アッラーを讃えましょう」シェハブは答えた。「わたしの主人であるサブル・ウリザム師から、このうえない敬意をお伝えいたします。主人はただ、率直な言葉をあなたさまに聞いていただきたいのです。最近はとみに、悩みの種が増しています。不信心者どもは日ごとにその勢いを強めているのです。彼らは真の信仰を持つ者を抑圧し、われわれの生きかたそのものを穢して、邪悪な現代文明によって、わが国土を征服し、蹂躙しようと企てています。ウリザム師は、われわれが最終的に、アッラーの祝福によって勝利を収めることを知っていますが、その闘争の過程でさらに多くの無辜の生命が失われ、さらに大勢の殉教者が家族と必要のない別離を強いられることを恐れています。不信心者の勢いがさらに強くなる前に、いまわれわれが立ち向かわなければ、そのような事態に至るのです。

ウリザム師は、聖戦(ジハード)のために信心深い人々を結集しようとしています。彼はここ南シナ海に、聖なる統一国家を打ち立てようとしているのです。彼はあなたさまと、サラワク州の信徒のみなさんと連合して、イスラム世界すべての正義のために、聖なる国を造りたいと願っています」

スブラマニアンはため息をついた。訪問者を見るその目が陰っていく。

「残念ながら、あなたの危険に満ちた旅に成果は見こめないようだ。ウリザム師の敬意はありがたく、ご懸念はもっともではあるが、彼のやりかたはとても認められるものではない。ウリザム師は、ムハンマドの真の道に従っていないのではないか。わたしはそのように危惧している。われわれの宗教は愛と平和に基づいたものであり、戦争と流血によるものではない。どうかウリザム師にお伝えいただきたい。われわれサラワク州の信徒たちは、変わらぬ平和の道を歩むものであり、彼との連合の一部になることに興味はない、と」

「しかし、ご主人様」高弟の一人がたまらずに言った。「われわれは不信心者どもと戦わなければなりません。コーランもそれを求めています」

「静粛に！」スブラマニアンは年若(としわか)の男を一喝(いっかつ)した。一瞬、高弟を睨(にら)みつけ、ふたたびシェハブのほうを向き、静かな口調に戻って言った。「若い者は血の気が多い。彼らは、傾聴して学ぶべきときに話そうとする。彼らがあせって行動を起こそうとするときには、実際には慎重さと祈り、そして話し合いのほうが賢明な場合が多いのだが、若い者にはそれがもどかしく見えてしまうのだろう。ともかく、いま言ったように、ウリザム師には、われわれは平和を愛する信徒であると伝えてほしい。彼が自らの戦いにわれわれを引きこむことは、まずできないだろう」

シェハブは長居しなかった。それ以上話し合ったところで、得るものはない。この老指導者はかたくなに心を閉ざしている。シェハブは立ち上がり、老師に丁重な礼をした。

「アッラーの思し召しのままに（インシャラー）」

そう言うと、一同に背を向け、ことさらにゆっくりとモスクをあとにした。

なるほど、ウリザムが正しかったわけだ。あの老人にもう闘争心は残っていない。スブラマニアンの弟子たちにはそれがある。しかしこのままでは、なんら決断は下されない。スブラマニアンには去ってもらうしかない。大義のために戦い、死ぬ覚悟のある者が、彼に取って代わるだろう。

狭く、混雑した通りを歩きながら、シェハブは衛星電話に番号を打ちこんだ。一回目の呼び出し音で、嗄（しゃが）れ声が応答した。シェハブは口早（くちばや）に話し、計画の第二段階を実行した。

「恐れていたとおりです。わたしはこの目で見ました。ここビントゥルのモスクは、武装した男たちで一杯です。まさにこの瞬間にも、大きな集会が行なわれています。スブラマニアンは今夜、政府の宮殿を攻撃する計画なのです。いますぐに、そちらの人員を送ってください。ただし、ひとつ警告しておきます。連中は戦闘準備を整えています。少なくとも二十人が自動小銃で武装しており、彼らは集会が襲われたら、問答無用で撃つように命令されています」

電話の相手は観念したように、強硬手段もやむを得ないと答え、さらにシェハブの安全を慮(おもんぱか)って、できるだけ速やかに現場を離れるよう警告した。ビントゥルのモスク周辺はきわめて危険な状態になる、と。シェハブはそうすると言い、通話を切ったが、急いで現場を離れるどころか、混雑している通りをぶらぶら歩きつづけた。

一台目の警察のバンが猛スピードで通過したとき、シェハブはようやくブロックの突き当たりの小さなカフェにたどり着くところだった。あらかじめ、目星をつけておいた店だ。ここなら、関係者の誰からも気づかれることなく、一部始終を見届けられる。しかも現場にほど近く、隠れるところもある。

小さなカフェは満員で、大半の者は仕事帰りに茶飲み話を楽しんでいた。シェハブは背の低い日よけをかがんでくぐり、奥まったテーブルに座って、西日の長い影にまぎれた。絶好の観察地点だ。モスクの表玄関は通りの向かいで、カフェの正面の大きなガラスのない窓に収まっている。

　標章のないバンがさらに四台、タイヤを軋ませてモスクの正面に急停車し、最初の一台に並んで駐まった。誰かの合図で、暴徒鎮圧用のヘルメットをかぶり、完全武装した黒ずくめの一団が、車両から飛び出してきた。

　マレーシア保安警察の特別機動隊チームは、市民の権利に配慮して時間を無駄にするようなことはしなかった。通報によれば、モスクの内部に武装したテロリストたちが大勢いるのだ。彼らに先制攻撃させるチャンスを与えるつもりはない。正面玄関が爆破された。煙が上がる入口から閃光弾が投げこまれるのに続き、間髪を容れず、警察のM-16自動小銃が咆吼をあげる。特別機動隊は扉から、暗く煙の立ちこめる内部に一斉突入した。閃光弾がさらに炸裂し、自動小銃の銃声がモスク内にこだまする。

　モスクの側面で大爆発が起き、建物が大きく揺れた。瓦礫が宙高く飛び、雹のように通りに降り注ぐ。モスクの壁が爆破され、大きな穴が開いた。さらに多くの隊員たちが、黒煙のなか、割れたレンガやモルタルを乗り越えて続々と突入し、走りながら撃ちまくる。

　ふだんは買い物客で混み合う市場は、大混乱の巷と化した。人々は何が起きていてどこが安全なのかもわからないまま、四方八方に駆けだした。恐怖に駆られた群衆がなだれを打って逃げ出し、露店がひっくり返され、踏みつけにされる。カフェは瞬く間に無人になり、客は逃げていった。パニックで誰もがわれを忘れている。

シェハブは周囲の混乱をよそに、さらに暗がりへ隠れた。誰かに気づかれたとしても、怯えきって逃げることさえできず、物陰に縮こまっている無害な通行人だとしか思われないだろう。

モスクへの攻撃は、十分足らずで終わった。銃撃は始まったときと同じく、突然やんだ。無人の通りは静まりかえっている。モスクの外壁の割れた窓から火の手が上がり、雲ひとつない青空へもうもうと黒煙がたなびく。煙が上がる建物の爆破された壁の穴から、治安部隊が現われた。肩に銃を下げている。ヘルメットを脱ぎ、汗だくの顔は煙と煤(すす)で黒ずんでいた。

続いて警官隊がモスクの表玄関から出てきた。二人の警官が、両側からスブラマニアン師を支えている。師の服は破れ、茫然自失して、困惑した表情だ。左耳の上が裂け、血が流れ出している。シェハブには、警官たちが老師を拘束しているのか、まっすぐ立てるように支えているのか、はっきりとはわからなかった。

自らの讒言(ざんげん)が招いた襲撃でもなお老師が生き残った場合、シェハブは腹を決めていた。周囲を見まわす。カフェには誰もいない。彼はチュニックの下から拳銃を取り出し、テーブルに置いた。この距離からの狙撃は難しいが、不可能ではない。下見をしたときに、距離は測っておいた。弾道に影響を与えるほどの横風は吹いていない。シェハブが携(たずさ)えている、高精度(マッチグレード)で製造されたデザート・イーグルをもってすれば、充分に可能だ。しかもシェハブには、それを使いこなす狙撃手としての卓越した技倆があった。テロリストの腹心は、両肘を木のテーブルに置いて、ずっしりした銃の重量を支え、入念に照準を合わせて、弾着に四インチの落下を見こんだ。深呼吸し、引き結んだ口から息の半ばをゆっくりと吐き出して、両手を安定させる。

肩の力を抜き、引き金を引いた。

耳をつんざく銃声が響くのはいつものことだ。大口径の三五七マグナム弾を撃てば、大音響がともなう。相当な距離だが、銃弾はスブラマニアンの額にあやまたず命中し、老師の頭がのけぞるのが見えた。それから宗教指導者は、あたかも見えざる巨人の手に突き飛ばされたかのように、警官の腕を離れて後ろに倒れ、路上にくずおれた。

老師は路面に倒れる前に即死した。

シェハブは、犠牲者の両脇を固めていた警官たちの反応を見ないでその場を離れた。カフェの店内を走り、奥の狭い厨房を駆け抜けて、裏口から抜け出す。誰にも気づかれることなく、シェハブは狭い路地に消え、パニックに駆られて走りまわる群衆に溶けこんだ。

今夜、ウリザムに電話を入れよう。スブラマニアンが警察の保護観察中に死んだという、

すばらしい知らせを伝えるのだ。指導者の聖なる計画に立ちはだかっていた障害が、また
ひとつ取り除かれた。喜ばしいことではないか。

7

金大長(キム・ダイジヤン)大将は、大きな会議用テーブルに居並ぶ、陰鬱な表情と灰色の肌の男たちを見まわした。磨き上げられたチーク材の楕円形のテーブルを囲むのは、朝鮮民主主義人民共和国で最も権力を持つ、秘密のヴェールに包まれた男たちだ。地球上で最も外界から閉ざされたこの国では、いまここでひらかれている国家保安委員会の承認なしには、何事も動かない。金大長ほどの権力者にしてなお、委員会の承認を得なければ計画を実行できないのだ。

金大長はもう長年、この委員会の委員を務めてきた。そのあいだに彼は、ここの委員の誰かが眉をひそめただけで、何人もの男たちの夢が砕け散るのを見てきた。かと思えば、同意のつぶやきを得られた男たちの人生は、夢想だにしない高みにまで引き上げられた。

そしていま、金は自らの大胆不敵な計画を、この委員会に諮(はか)ろうとしている。

「委員のみなさん」老将軍は切り出し、その目はテーブルを囲む一人一人に注がれた。

「いまさら念を押すまでもありませんが、本日これからご相談する議題は、最高度の国家機密です。ここで話されることは、くれぐれも口外無用に願います」

この警告は形式的なものではなかった。この集団にとっては、秘密の厳守こそが生命線なのだ。それでも室内には、委員たちが姿勢を正したり注意を集中したりする、かすかな衣ずれの音が響いた。金大長大将はとりわけ重要人物であり、その発言は軽視できない。金が提案する計画であるからには、慎重に吟味することが求められた。とりわけ、この日の金の口調や物腰は、ただならぬ重大な話であることをにおわせていた。

「ご高承のとおり、わたしの部下がウラジオストクのロシア太平洋艦隊の将校団と交渉してきた結果、二基の核兵器を購入できる運びとなりました」室内の面々がうなずいた。苛立たしげに肩をすくめる者も散見される。もうとっくに聞いた話なのだ。ロシアとの交渉は、水面下で一年以上も続いてきた。「本日の委員会では、核兵器が人民軍特殊兵器局に、無事に搬送されたことをご報告します」その言葉にも、数人が肩をすくめた。委員たちは、あらゆる動きを細大漏らさず把握しているのだ。兵器が搬送されたことも、充分に承知していた。金大長は効果を狙い、間を置いてから続けた。「さらにもうひとつ、わたしの部下たちが、われわれの目的にかなうよう、核魚雷を改装中であることもお伝えします。本日の委員会では、そのことを討議したいのです」

全員の目が、将軍に注がれた。金大長は、ふたたび一同の注意を引きつけた。

「しかし、同志将軍、ひとつわからないことがあります」対外保安部長が、最初にさえぎった。「なぜ、それらの核兵器を改装しているんですか？　わたしの理解では、われわれがロシアと交渉してきたのは、武装組織アブ・サヤフの指導者に売却するためだったはずです。われわれは出費を補うため、外貨を必要としています」

金大長大将は、小柄な男に険しい視線を注いだ。この男は諜報機関の長であるくせに、風貌も考えかたも、会計士そっくりだ。鼈甲縁の分厚い眼鏡が、よけいにそのイメージを際立たせている。とはいえ、彼の質問が委員一同を代弁しているのも事実だ。

「サブル・ウリザムは予定どおりに兵器を入手し、期限内に代金を支払います」金大長は答えた。

諜報機関の長は、計画変更についての説明を求めて口をひらきかけたが、金大長大将は手をかざして制止した。

「恐れ入りますが、わたしが続けて話すのをお許しいただければ、ほどなく、すべての疑問が解消します。ウリザムと彼の率いるアブ・サヤフ運動は魚雷を入手しますが、それらは二基とも、核兵器としては機能しないでしょう。われわれは入念な研究のもと、どちらにも、本物とまったく同一に見えるダミーの弾頭を製造しました。それぞれの弾頭には少量のプルトニウムも含まれており、放射線測定器に反応します」

大将はふたたび言葉を止め、一同にその情報を咀嚼させた。グラスの水をひと口飲み、同僚の顔に浮かぶ困惑の表情を眺める。まずは餌に食いつかせた。今度は鉤針に引っかけるのだ。

「ウリザムとその支持者たちが兵器の使用に踏み切ったら、高性能爆薬は核兵器と同じように作動します。爆発の過程では、爆破地点の周囲にプルトニウムがまき散らされ、ひとどおりの調査をすれば誰でも、ウリザムの核兵器が欠陥品であり、不完全爆発を起こしたものと結論づけるでしょう。われわれが思い知らされてきたとおり、旧ソ連製の兵器には珍しいことではありません」

対外保安部長はゆがんだ笑みを浮かべ、うなずいた。テーブルを囲んでいる男たちは、長年にわたり、かつての同盟国ソ連から不良品の武器を摑まされてきたのだ。彼らは苦い経験とともに、金大長が言うとおり、旧ソ連製の兵器が信頼性に欠けることを熟知していた。

もう一人の委員が、質問をしようと口をひらきかけたが、金大長はかすかな笑みを浮かべ、人差し指を上げて制止した。そして語を継いだ。

「魚雷に挿入したプルトニウムは、わがほうの工作員がブルガリアで少量を入手し、送ってきたものです。ロシアのゼレノゴルスクにある核施設で生産されたもので、そこでは実際の核兵器に使われるプルトニウムを製造していました。同位体分析をしても、ロシア製の核兵器であることが裏づけられるでしょう」

諜報機関の長は、もう黙っていられなかった。

「つまり全世界は、ウリザムが欠陥品の核兵器の使用を試みたと考えるわけですね。それでも、まだよくわかりません。そうすることで、われわれにはいかなる利益があるのですか?」

金大長の笑みが大きくなった。いまこそ、獲物をいっきにたぐり寄せるのだ。

「われわれは、誰にも存在を知られることなく、完全に機能する二基の核兵器を手に入れることができるのです。われわれはそれらを賢明に使用することができ、しかも、わが朝鮮民主主義人民共和国の関与を示す証拠は何ひとつありません」将軍は身を乗り出し、重厚な会議用テーブルに両手の拳(こぶし)で体重をかけた。まるで、獲物の喉元に飛びかかろうとする、怒れるドーベルマンのようだ。「みなさん、わが朝鮮民主主義人民共和国は、あまりにも長いこと、世界から見捨てられてきました。われわれは笑い物にされ、正当な要求はにべもなくはねつけられてきたのです」ほとんど叫ぶような語調だ。笑みは消え、身震いするような険悪な表情に変わっている。「大食らいの西洋人が飽食するかたわらで、わが人民は飢え、工場は休止状態です。中国でさえも、資本主義者の富の追求に走り、われわれに背を向けています」

将軍は背を伸ばし、手の甲で上唇を拭うと、いま一度、笑みを浮かべた。今度は見るからによこしまな薄笑いだ。対外保安部長でさえ、その邪悪な笑みに怖気をふるった。その表情はまぎれもない悪意をたたえていた。委員の誰もが、金大長大将の生い立ちを知っている。金は祖国解放戦争（朝鮮戦争）で、アメリカの空爆により両親と妹を失った。未来の将軍は命からがら脱出したが、瓦礫を手探りしながら、死んでいく家族の悲鳴を聞かなければならなかった。

恐ろしい出来事は、少年の心に深い傷を残した。金大長は刻苦勉励し、西洋への憎悪を強烈な野心に変えて、朝鮮民主主義人民共和国人民軍で出世の階段を昇った。数十年にわたってくすぶってきた復讐の炎は、大将の座に就いたいま、いよいよ熱く燃えさかろうとしている。

低くざらついた声で、金大長はふたたび話しはじめた。憎悪に満ちた笑みを浮かべたまま。その言葉はぶっきらぼうで、とげとげしく、氷のように冷たい。

「われわれは二基の核兵器を、西洋とイスラムを衝突させるために使います。われわれが両陣営にそれぞれ、相手が核攻撃に訴えようとしていると信じこませたら、その結果起きる衝突は、破滅的なものになるでしょう。両陣営からと見せかけて、一発ずつ使えばいいのです。一発はメッカに送りこんで、イスラム最大の聖地を蒸発させます。信心深いムスリムは、アメリカかイスラエルによる攻撃と思いこむでしょう。二発目はインドで爆発させます。そうすれば世界は、パキスタンによる攻撃とみなすはずです。混乱は世界規模になります。彼らはお互いに殺し合うのです。アラブ世界はイスラエルを破壊するでしょう。インドはパキスタンを攻撃することになります。報復合戦になるのは必定です。核兵器の戦火は中東から西洋へと広がるでしょう。そのときこそ、われわれはソウルに進撃し、南の領土を取り戻すのです」

一瞬の沈黙に続き、委員全員ははじかれたように立ち上がって、熱烈な拍手でこの計画に賛同した。

老将軍は疲れ切ったように、席に戻った。

ジム・ワード少尉候補生は、桟橋を歩きながら目の汗を拭った。焼けつくような午後の陽差しが、小さなグアム島の真っ青な空から降り注ぐ。太平洋から西へ微風が吹きつづけていても、熱帯の暑さはさほどしのげない。若者はすでに、この気候に慣れなければと思っていた。

ワードはただでさえ疲れていたうえに、まとわりつくような湿気にはなすすべがなかった。バージニア州ノーフォークから、グアム島アンダーソン空軍基地まで、地球を半周する長い空路の旅で、九つの標準時間帯を横断してきたのだ。おかげで体内時計は混乱していた。もう一度腕時計を見、故郷がいま何時なのか計算を試みる。どうにか見当がつくかぎりでは、昨夜のようだ。いや、それとも昨日の午後だろうか？

ただひとつだけ、確かなことがある。待ち望んでいた日は、きょう、ここグアムでついに現実になるのだ。たとえ夏期訓練のあいだだけであっても、彼が初めて潜水艦に乗り組む日が。

手をかざし、目を陽差しからさえぎる。アプラ湾の緑青色の海が広がり、USS〈フランク・ケーブル〉の灰色の艦尾に打ち寄せていた。この大型の潜水母艦は、A埠頭の端に艦尾を繋留されている。埠頭から潜水母艦の後甲板まで、長いスロープが架けられ、ワードが立っているその頭上高くそびえ立っていた。潜水艦を探すには、ここから始めるのがよさそうだ。

ジム・ワードは重い緑の帆布製の袋を肩に担ぎ、後甲板までの長い坂を登りはじめた。最初の踊り場で肩の袋の場所を調整し、ふたたび登る。

スロープを登りきったところで、ワードは立ち止まり、袋を甲板にどさりと落とした。

頭上の艦尾旗竿に翻る星条旗の前で、きびきびと敬礼する。それから向きを変え、かたわらに立つ当直士官に敬礼して、太平洋を横断する機内で、何度も心のなかで唱えてきた言葉を口に出した。

「乗艦の許可を願います！」

熱帯用の白い制服を皺ひとつなく着こなした上等兵曹が、答礼し、歯切れよく答えた。

「乗艦を許可する」

白髪混じりの上等兵曹は、人生の大半を熱帯の太陽が照らす甲板で送ってきたように見えた。その顔や腕――少なくとも、色とりどりの刺青に覆われていない、わずかに残った肌――は、古いなめし革のような色に焼けている。上等兵曹は険しい顔つきで、帆布製の袋と格闘する若々しい候補生を見た。と、ベテランの水兵は破顔一笑し、人なつっこい笑みを浮かべた。

「乗り組む艦は、お若いの？」

「〈コーパスクリスティ〉に乗艦命令を受けました」ワードは答えた。「どうやって行けばよろしいですか？」

「左舷に繋留されている。そのハッチを通って、舷梯を降りるんだ」上等兵曹は目の前の大きなハッチを指さした。「修理工場に突き当たるまで、まっすぐだ。工場の艦首側から、

〈コーパス〉に向かう舷梯が見える。行けばわかるよ」

ワードはにこりとし、帆布製の袋を背負いなおした。

「ありがとうございます、上等兵曹」と言い、ハッチに踏み出す。

「海軍潜水艦部隊へようこそ」上等兵曹は答えた。

ワードは足早に梯子(はしご)を降り、狭い艦内の通路を通った。以前、父が乗り組む潜水艦を訪ねたことはあるが、潜水母艦の内部を見るのは初めてだ。その大きさと周囲の活気には、圧倒された。両側に並ぶ船室の扉に掲げられた名前は、海軍の専門用語に慣れた者でなければ理解できないだろうが、気がつくと、ワードの目の前には広大な修理工場があった。母艦全体を貫くように、少なくとも五〇〇フィート先まで広がっている。さまざまな大きさの旋盤や工具を備えており、必要があれば、ここで潜水艦を設計図から造れそうな気がする。

若き候補生は、灰色の甲板に黄色と黒で描かれた線をたどって歩いた。その線は、うなりをあげて稼働する機械類のあいだで、歩いても安全な場所を示しているように見える。工場の艦首側、巨大な鋼鉄の水密扉を通ったところで線は一度消えかかったが、別の線が舷側の開け放たれた扉へ向かって伸びていた。ワードは扉まで二、三歩歩いたところで、眼前を見下ろし、これから数カ月を過ごすことになる新居を見た。彼が立っている場所の三〇フィート下に、USS〈コーパスクリスティ〉の低く黒い艦体がぬっと突き出し、潜水母艦の高くそそり立つ灰色の艦体に寄り添っている。急勾配の鉄製の舷梯が、ワードの立っているところから、潜水艦の丸みを帯びた主甲板まで伸びていた。いよいよ、彼の新たな艦に乗り組むのだ。潜水艦乗りとしての第一歩がここから始まる。

改良型KH‐11高精度画像偵察衛星、通称キーホールEISは、静かに大西洋上空を横断し、カナダ上空を通過した。その楕円軌道がベーリング海峡を越えるころ、一五トンのスパイ衛星の操舵用ロケットが点火し、衛星は数度西へ向かった。カムチャツカ半島、オホーツク海を経て、偵察衛星はデジタル画像を地上にデータ送信した。道路標識の文字さえもくっきり見える、鮮明な地上の画像だ。だがアメリカ国家偵察局は、ロシアの道路標識を見るために十五億ドルもの巨費を投じたわけではない。この衛星のセンサーは、はるかに危険な動きを監視するために設計されたのだ。

KH‐11は北海道の北端を飛び、日本海上空を横切った。南西へ向かいながら、北朝鮮沿岸の一〇〇マイル沖合を通過する。

朝鮮半島の韓国上空を通過するころには、衛星は撮影した画像すべてを別の通信衛星に送信した。太平洋上空で静止軌道を飛行している衛星だ。北朝鮮上空を通過した三分後、衛星画像はすでに、バージニア州シャンティリーの国家偵察局本部にある、高解像度モニターに表示されていた。

その十分後、トム・ドネガン海軍大将は、国家安全保障問題担当大統領補佐官の執務室で、同じ画像を見ていた。大統領補佐官のサミュエル・キノウィッツ博士は、海軍大将の肩越しに、キーボードを操作しながらその画像を見、北朝鮮沿岸の羅津（ラジン）周辺を拡大した。二人は荒涼とした海沿いの山々と、薄汚れた産業都市を凝視し、密輸されたはずの核兵器を示す徴候を探した。

ドネガンが首を振った。

「ありませんね」彼はつぶやいた。「まったく何も見当たりません」

「ガンマ分光計はどうだ？」キノウィッツが訊いた。「それを使えば、核兵器があることが直接わかるんじゃないか？」

「通常なら、そのとおりです」ドネガンはうなずいた。「そもそも、だからこそわれわれは、キーホールに巨額の予算を注ぎこんでその装置をつけたのです。実際それは、ロシアの草原（ステップ）地帯やイランでは威力を発揮していますが、北朝鮮の花崗岩でできた山地では通用しません。この山地では、自然に発生するラジウムが多く、すべてを覆い隠してしまうのです」

キノウィッツはしばし、画像から目を逸らし、静かな声で訊いた。

「もし北朝鮮に核兵器があるのなら、われわれはどうやって突き止めればいい、トム？」

ドネガン大将は一瞬ためらい、口をひらいた。

「確実な方法はたったひとつしかありません。昔ながらのやりかたです。現地に要員を送り、偵察させなければなりません」ドネガンは淡々とした口調で答えた。

キノウィッツは下唇を嚙み、ドネガンの目を見た。

「トム、つまりきみはこう言いたいんだな。われわれは北朝鮮の領土にアメリカの工作員を送りこみ、ごみをあさるかのような偵察をさせると？　彼らが捕まった場合、それが何を意味するのかはわかっているんだろう。あるいはもし、彼らが汚れ仕事をする羽目になり、それをさせたのがわれわれだと、全世界に知られた場合はどうなるのか」

トム・ドネガンのブラックコーヒーのような顔は、さらに暗く見えた。彼は大統領の最側近にじっと見られても、目を逸らさなかった。

「補佐官と大統領は、ほかの手段を考えたいですか？　二基の核兵器が、世界で最も危険な政権の手に入り、あるいは狂信的な勢力の手に渡って、テルアビブか、ロンドンか、チェチェンか……もしかしたら、リグレー・フィールド（大リーグ球団シカゴ・カブスの本拠地球場）が狙われるかもしれないんですよ。北朝鮮に核兵器があるかどうかを確実に知る、よりよい方法があれば、わたしだってそうしたいのはやまやまです。しかし、そんな方法は存在しません」

「わたしも同意見だ。さっそく手配にかかってくれ。わたしは大統領に説明する」

8

ラングーンでは豪雨が打ちつけてきた。いまは〝ヤンゴン〟と呼ばれている街だ。この東南アジアの国は、近年は軍事独裁政権に統治され、国号を〝ミャンマー〟としている。モンスーンによる突然の雨のなか、穏やかな海風が吹いてきた。五月の蒸し暑さでは、ありがたい風だ。最初の雨粒が過熱した舗装路でジューと音をたてたが、すぐに土砂降りの雨が路面を洗い、乾季に積もった土埃を押し流していく。降り注ぐ雨は滝のような奔流になり、古びた排水溝からあふれ出して、通りを川に変えた。

昼下がりの街なかはふだんは車がまばらだが、この日の車列は這うようなスピードで、水があふれた通りに差しかかると動けなくなった。だが、誰も気にしていないようだ。クラクションを鳴らす車はなく、水が深すぎるところをあえて通ろうとするドライバーもいない。雨がやめば、水はすぐに引く。コンザイダン通りの商店主はみな、午後一杯店を閉めている。この雨では、夕食の野菜を買いに来る客はいない。

一九五〇年代のイギリスの遺物である黒いモーリスのタクシーが、エンジンを低くうならせ、豪雨をものともせずに走っている。乗客のサブル・ウリザムは後部座席で、フロントガラスをひっきりなしに往復するワイパーをじっと見ていた。不潔で騒がしいイサベラの町から来ると、ヤンゴンの広く清潔な通りは別世界のようだ。むしろ、いささか不安になるぐらいだった。ウリザムは親指の爪を噛み、運転手がどこかに衝突して、増水した運河に転落しないよう神に祈った。

コンザイダン通りはパズン・ダウン川の狭い岸辺で行き止まりになった。幅広の水流は濁流となってドーボン群区を蛇行し、バゴー川に合流している。タクシーの運転手は、ウリザムが指示した場所で停まった。過激な宗教指導者は運賃を支払い、ドアを開けて、土砂降りの雨のなかへ出た。岸辺の突端に繋留されている小舟に着くころには、服はずぶ濡れになり、髪が目に入ってきた。

屋根のない小舟では、生温かい雨に打たれるしかなかった。ウリザムは揺れる小舟に用心深く乗りこみ、両端を摑んでバランスを取った。風と嵐が川の流れをかき乱し、不規則に泡立つ渦巻きを作って、まだ桟橋から離れてもいない小舟を引きこもうとしている。それでも船頭はどこ吹く風だ。乗客が乗りこむと同時にもやい綱を解き、濁流のなかへ船を出す。雨と川の飛沫(しぶき)でウリザムはさらに濡れながら、小舟の両端にしっかり摑まった。

数分後、小舟は川のまんなかに錨泊(びょうはく)している、みすぼらしい古びたジャンク船に接近し、並んで繋留した。その船は、折からの嵐で避難所を求めてきた数艘の古い船にまぎれていた。木造船の船側に、にわか造りの縄梯子(なわばしご)がぶら下がっている。縄梯子は風に頼りなく揺れ、昇るのは危険に見えたが、それを掴むよりほかに選択肢はない。船頭が小舟を少しでも安定させようと努める。ウリザムは縄梯子を掴み、それに命を預けた。

何段か昇ったところで、ウリザムは下を見た。それはまちがいだった。小舟はすでにいなくなり、眼下には緑茶色の濁流が渦を巻いているだけだ。

ウリザムは不信心者の銃弾は恐れていなかった。刺客のナイフも怖くなかった。しかし、水だけは死ぬほど怖かった。少年時代から、泳ぎは苦手だった。いまは大勢の敵がウリザムの残酷な死を願っているのを自覚しているが、彼自身の悪夢はつねに溺死だった。

濡れ鼠になった宗教指導者は深呼吸し、揺れる縄梯子にしがみついて、慌てて昇った。縄梯子の上端に達し、高く滑りやすい舷縁(ふなべり)を乗り越えると、そこにはジャンク船の持ち主が出迎えていた。美しい顔、黒く深みを帯びた瞳。ウリザムは強く印象づけられたが、その女性のことは何も知らないに等しい。

「ようこそ〈風旅(フエン・ルー)〉へ、ウリザム師」隋暁舜(スイ・ギョウシュン)が会釈した。「この船の名前は広東語(かんとんご)で〝風の旅〟という意味です」

女性は小柄で、身長は五フィートほど、漆黒の髪に楕円形の目の持ち主だ。黄色のレインコートと帽子で、叩きつけるような雨をしのいでいたが、身体の曲線はほぼむき出しだった。よきムスリムの女性なら、顔も隠すにちがいない。ウリザムはそう思わずにいられなかった。しかしそんなことを言えば、よきムスリムの女性はヘロインの強奪作戦を取り仕切ったりしないだろう。それは男の仕事だ。それでも、この女性に説教するつもりはなかった。大口後援者という彼女の価値と、ウリザムの大義を思えば、それを失うような危険を冒すわけにはいかない。

「お招きありがとうございます」ウリザムは慇懃に会釈を返した。

「どうぞこちらへ。乗組員が船室にご案内し、乾いた服をご用意します。これから、風に乗って短い船旅に出ます。お話はまたのちほど」

ウリザムは彼女に、訝しげなまなざしを投げかけた。ヤンゴンに来てほしいという隋のメッセージに、船旅をするとは書かれていなかったのだ。その簡潔な文面には、〝ビジネスの〟話をしたいと述べられていたほかは、ジャンク船の停泊している場所しか記されていなかった。ウリザムは、拠出を依頼した一億ドルについて隋が訊きたいのだろうと見当をつけたが、話し合いは港でするものとばかり思っていた。

隋暁舜はウリザムの表情に浮かぶ疑問を見逃さなかった。

「アンダマン海に出たほうが、人目につかないからです。話し合おうとしている案件の性質上、人目が少ないに越したことはないでしょう？」

彼女は返事を待たずに背を向け、高くせり上がった船尾甲板の下にある船長室とおぼしき場所に消えた。ウリザムはまだ用心しながらも、手招きしている乗組員のあとを追い、広い木の梯子（はしご）を降りた。いつも同行している護衛をともなわずに、一人きりでここへ来るのは無謀な賭けだった。のみならず、ここから行き先もわからない船旅に出るというのは、さらに大きなリスクだ。しかしウリザムには、それだけのリスクを冒す必要があった。それにいまのところ、この中国人女性は彼を丁重に遇しており、信頼できそうだ。両者は互いを必要としていた。それこそが、取引を成功させる要諦（ようてい）だ。

船内に入るや、ウリザムは驚いた。古風な外観とは打って変わり、このジャンク船の設備は最新だ。足もとからは、強力なディーゼル・エンジンのかすかな振動を感じる。チーク材の羽目板を使った通路の壁には、間接照明の暖かな金色の明かりが反射していた。床は毛足の長い栗色の絨毯（じゅうたん）に覆われている。重厚な船室の扉を三度通りすぎたあと、乗組員は立ち止まり、通路の突き当たりの扉を開けた。

そこは船尾全体を占める、広い客室だった。ウリザムは室内をすばやく見まわした。大きなキングサイズのベッドが鎮座し、その片側に小さな座れるスペースがある。後部隔壁は大半がガラス張りで、数フィート下の海が見えた。ヤンゴンの海岸が船尾に消え、雨の厚い帳にかき消されようとしている。

ベッドの上に、ウリザムのための乾いた衣類が用意されていた。カーキ色のズボンと青いポロシャツを着ると、船員とほとんど区別がつかなくなった。それから彼は、日課の祈禱を始めた。敷物をメッカとおぼしき方角へ広げる。

〈風旅〉がアンダマン海に出て一時間ほど経ったころ、乗組員がウリザムを、隋暁舜の船室へ案内しに来た。外海に出ると、船が穏やかに揺れるのを感じる。三本のマストにはそれぞれ、大きな赤い帆が広げられていた。陸へ向かうモンスーンの風に逆らい、この大きな船はゆっくりと帆走している。

ウリザムは不思議だった。ディーゼルを使えば簡単に沖合に出られるのに、この船の乗組員はなぜ、労力を費やして帆走にこだわるのだろう。ウリザムは手下たちが使うモーターボートのほうにずっとなじんでいたが、彼のごくかぎられた帆走の知識からすると、この船の乗組員はほぼ三十分おきに、この不恰好な船を方向転換してジグザグに航走させなければならないはずだ。このジャンク船はラガー式帆装なので、操船はすべて、主甲板の綱を引いて行なわれる。旧式の横帆式艤装と異なり、マストに昇る必要はないが、それでも、絶えず注意していなければならないのは同じだ。その点ディーゼル・エンジンなら、一度ギアを入れればあとは何もしなくてよい。

ウリザムがそんな疑問を覚えているあいだに、隋暁舜が船室の扉を開けた。もう、レインコートと帽子の出で立ちではない。いまは高い立襟の、鮮やかな赤いチュニックに、黒いパンツ姿だ。チュニックの前側には、幻想的に絡み合う金と黒の龍があしらわれていた。職人の手仕事による服が、ほっそりした彼女の体型を際立たせている。上質なシルクが、船室の金色の間接照明にきらめいていた。やはり彼女は、まばゆいほど美しい。

「こんばんは、ウリザム師」隋は挨拶した。柔和で歌うような声。ウリザムは、フィリピンの密林の司令部キャンプでさえずる小鳥たちを思い出した。「軽い夕食をとりながら、お互いの利益を話し合いましょう」

ウリザムはたじろいだ。それは不穏当だった。宗教指導者（イマーム）たる者、不信心者の女性と会食などしてはならない。とりわけ、二人きりでは。だが、今度ばかりはそんなことを言っていられなかった。この愛らしい、小柄な女性が、ウリザムとその信奉者が必要としている資金を握っているのだ。この難局をどう乗り切ればいいだろう。

隋暁舜は彼の心を読んだようだ。

「わたしの経理責任者に、同席してもらうよう頼んでおきました」隋は船室に一度下がり、そこに立っていた小柄で浅黒い男を手招きした。「孫令（スン・レイ）をご紹介します。この人は、わたしたちがこれから話し合う案件をすべて把握していますから、どんなことでも遠慮なくお話しください」

孫は黒っぽいピンストライプのスーツを着、赤と青の縞模様のクラブタイを締めている。中国式のジャンク船に乗っているよりも、シンガポールあたりの巨大銀行にいるほうが似合っているようだ。経理責任者は宗教指導者に会釈したが、口はひらかなかった。

ウリザムがあてがわれたものより、さらに広い船室だった。調度品はとりわけ見事だ。まるで紫禁城の、明朝皇帝の私的な食事の間に足を踏み入れたかのようだ。紫檀の家具には真鍮、翡翠、真珠母で凝った装飾が施されている。深みのある古つやは、数世紀にわたる手入れで初めて培われるものだ。床には手織りの中国絨毯が敷かれていた。毛羽が長いシルクのクッションが低いテーブルを取り巻いて重ねられ、そのテーブルには漆塗りの食器がずらりと並んでいた。食欲をそそる料理の芳香が船室に立ちこめる。そういえばウリザムは、この日の早朝から何も食べていなかった。腹が鳴る音が、周囲に聞こえないことを願うばかりだ。

隋暁舜はウリザムを船室に案内し、説明した。「わたしの家系は、中国の歴史を千年もさかのぼる昔から続いています。大いなる遺産をいまに伝える豊かな伝統です。わたしは祖先から受け継がれた伝統を誇りに思います。それらはわたしと祖先を繋ぐ絆なのです。

あなたも、ご自身の歴史との繋がりから、力を与えられると思いませんか？　まるでご先祖がここにいて、あなたの事業に力を貸そうと待っているかのように」

ウリザムには理解できるような気がしたが、それでも彼女の言葉はどこか腑に落ちなかった。とどのつまり、彼女がウリザムに資金を出しているのは、父親のヘロイン取引を破壊するためなのだ。それは単なる、無情な競争にとどまるものではなかった。彼女の父、隋海俊は、数年前の企てが失敗したことで、娘を家族からも、家族の事業からも追放した。娘は失敗の責任を問われたのだ。隋暁舜は、古い伝統を持つ中国の家庭に生まれ、家族の義務や恩義のみならず、家族ならではの相互扶助や同志愛も叩きこまれて育った。しかしいまでは、そのすべてが彼女から失われたのだ。だからこそ彼女は、昔ながらのやりかたや伝統工芸品でそれを埋め合わせているのではないか。ウリザムはそう推察した。

船が方向を変え、船体が傾いた。エンジンではなく帆を使った古い航海術にこだわるのも、同じ理由によるものだろう。

「わたしはアッラーから力を得ています」ウリザムは彼女の質問に答えた。「神はわたしに助言し、われわれの生きかたを破壊しようとしている者たちを打ち破る力を与えてくださるのです」

隋暁舜はおざなりに相槌を打った。

「ええ、そうでしょうとも。では、食事にして、ビジネスの話をしましょう」

隋は宗教指導者を低いテーブルに誘った。ウリザムはクッションに座り、脚を組んだ。孫令はその右側に座った。隋暁舜はウリザムの真向かいだ。彼女は極上の薄い陶磁器の茶碗に緑茶を注ぎ、ウリザムと孫令に渡してから、自らの分を注いだ。美しい所作で茶をすすると、隋は小さな茶托に茶碗を置いた。

「あなたはわたしたちに、莫大な金額を出してほしいと言ってきました」隋は婉曲な言いまわしをいっさいせず、単刀直入に本題に切りこんだ。

「それはアメリカの不信心者どもを打ち破るためです」ウリザムは気圧されながらも言った。「彼らはわれわれの文化を穢し、統一イスラム国家を樹立しようとするわれわれの正当な努力を妨げています。これだけのご出資をいただければ、われわれは……」

隋は手をかざし、制した。

「大変失礼ですが、あなたが資金をいかなる用途に使うのかを知りたいわけではありません。何に使おうと、いっこうに構わないのです。むしろ、あなたの胸の内に秘めておいたほうがいいでしょう。ただ、ひとつ覚えておいてください。アメリカ人はわたしにとって、最高の顧客です。薬物で幸福感に浸りたいという彼らの飽くなき欲求こそ、わたしたちに利益をもたらしてくれるのですから」

孫令は声を出さずに笑い、女主人の言葉を補足した。

「隋が言っていることはまったくそのとおりで、彼らからは巨額の利益が得られています。われわれの最大の商売敵から、より大きな需要を獲得することができれば、われわれは価格決定権を握り、さらに多くの利幅を得られるでしょう」経理責任者の口ぶりは、麻薬ではなく、織物や食器類の輸出について話しているようだ。孫が点心を長い箸で摑み、ひと口かじるあいだに、女主人があとを引き取った。

「孫令はわたしたちの目的を簡潔に要約してくれました」隋は続けた。「わたしたちの関心は、政治や宗教にはありません。あるとしたら、それはわたしたちの事業に重なる部分だけです。わたしたちはあなたの宗教の熱烈な信奉者ではありません、ウリザム師。わたしたちが追求するのは、利益だけです。あなたの大義に出資するのと引き換えに、応分の見返りを求めます。これはきわめてリスクの高い投資ですから、それだけ高い利率を期待して当然です。おわかりでしょうが、ビジネスの話です」

ウリザムはうなずいた。こうした展開になることは、予想できた。彼らは信仰に生きる者たちではない。彼らもまた、不信心者なのだ。そんなことは最初からわかっていた。そうした立場の相違があることは、絶えず銘記しておくべきだ。隋暁舜がアブ・サヤフ運動を支援しているのはあくまで、それが彼女自身の欲得ずくの目的にかなうからだ。それで結構。ウリザムもまた、彼女に求められる代価が不当に高すぎないかぎりはそれを提供する用意がある。それによって張大佐の核兵器を購入できるのなら。少なくとも、提供すると約束することは可能だ。

「わたしたちはふたつの方法で、見返りを求めます」隋暁舜が続けた。「ここにいる経理責任者にわかるように、金融用語を使って話し合いましょう」彼女がかたわらの孫令に顎をしゃくると、孫はかすかな笑みを浮かべた。「短期的な見返りは利払い、長期的なほうは元本返済と呼ぶことにします」

ウリザムは疑念に満ちた表情で隋を見た。話し合いは、思わぬ展開をたどっている。いったいどこへ向かうのだろう。

「ご承知のように、いまのわれわれアブ・サヤフが所有する金融資産は非常にかぎられたもので、しかもそれは大義を実現させるために使われるのです」過激な宗教指導者は抗弁した。「われわれが勝利を収めるまで、利払いに充てられる資金の余裕はありません」

「その点は重々承知しています」隋は陰険な笑みとともに答えた。「どうかおわかりいただきたいのですが、わたしが〝利払い〟とか〝元本返済〟と言っているのは、あくまで比喩的な意味です。わたしたちの出資に対する見返りは、金銭ではなく、あなたがたの奉仕によって支払ってもらいます。ご存じのように、わたしの組織は、この分野の市場における支配的な地位を確立しようとしています」間を置き、茶を口にする。「現在、この市場に君臨している支配者は、老いさらばえ、くたびれてしまいました。その男は熟しきり、摘み取られるのを待っているのです。わたしはそのために、あなたが力を使ってくれることを求めます」

ウリザムは悟った。この取引において、彼が果たすべき目的、彼が大義を実現させるために果たすべき目的が、はっきりした。

サブル・ウリザムとアブ・サヤフは、隋暁舜が父親の生命を奪うための剣になるのだ。

エレン・ワードは空調が効いた空港ターミナルから、バンコクのうだるような暑さと湿気のなかへ踏み出した。飛行機での長旅がようやく終わった。彼女と学生たちがノーフォークを出発してから、実に二十三時間の空路の旅が。そのうえ航空会社は、エレンの手荷物を見失ってしまった。よくあることだ。彼女の首はこわばっていた。太平洋を横断中、じっと窓の外を眺め、ときおり通りすぎる島々のなかからグアムを見つけようとしたのだ。その島で彼女の一人息子が、夏期訓練で潜水艦に乗り組むことになっているのだが、エレンには広漠たる青緑の大洋に、島のかけらのようなものしか見つけられなかった。

彼女は疲労困憊（こんぱい）していた。歯は砂を噛んでいるような感触だ。早くシャワーを浴びたいが、それまでにはまだしばらくかかる。

ロジャー・シンドランはどこにいるのかしら？　空港で待ち合わせることになっていたのだが、植物学者らしき人物は見当たらなかった。エレンがその男と会うのは、二十年前に博士課程を修了して以来だ。彼の姿が変わっていたらどうしようと思わずにはいられない。記憶にあるシンドランは小柄な、浅黒い肌の青年で、オックスフォード訛りときちょうめんな振る舞いが、イギリス統治下のインド貴族を思わせた。長身痩軀で、ブロンドの潜水艦乗りの夫、ジョン・ワードとはまったく異なるタイプだ。

エレンは額の汗をハンカチで拭いながら、なぜ昔の同窓生と夫を比べたのかしらと思った。シンドランを恋愛対象として意識したことはなかったのだ。彼女は苦笑した。きっと中年になると、ホルモンの働きが不規則になるんでしょう。

周囲を見まわし、空港でひしめく群衆のなかから学生を見分けようとする。東南アジアのどこかへ散り散りばらばらになる前に、学生たちを集めなければならない。さもなければ、学術調査旅行の初日で、預かった子どもたちを見失ってしまったと学部長に報告する羽目になる。

エレンがどうにか学生全員を捕まえ、山のような荷物を縁石近くの一ヵ所に集めたとき、真新しい紺色のツアーバスが目の前に現われて停まった。黒っぽいスモークガラスで、内部は見えない。団体名の類もいっさい掲げられていなかった。きっと、ほかの団体用のバスでしょう。シンドラン博士とは、この調査旅行の前に国際電話で何度か打ち合わせをしたけれど、ツアーバスのことは何も言っていなかったわ。バンコクでタイに入国したあと、内陸部までの移動手段は彼が手配してくれると言っていただけ。

バスは寝床に就く哺乳動物さながらに、歩道に横づけした。圧搾空気の音とともにドアがひらき、白いリネンのスーツと明るい緑の開襟シャツを着た小粋な男が降りてきた。その男はエレンを見ると相好を崩し、歩み寄ってきた。

「エレン！」腕を伸ばし、抱擁する。「本当に久しぶりだ。ちっとも変わっていないね」

エレン・ワードは抱擁を返すしか選択肢がなかった。くすくす笑う。

「嘘おっしゃい。さもなければ、目が悪くなったのね、ロジャー。でもありがとう。あなたこそ、昔と同じだわ。きっと、さぞかしもてるんでしょう」

シンドランは抱擁を解いたが、エレンを腕から離そうとせずに顔を見つめた。

「少し髪が薄くなったけどね。でもきみは……」そこで彼女を離し、荷物の周囲に集まっている烏合の衆に目を向けた。若者たちの大半はイヤホンをつけっぱなしで、けたたましい音楽がシャカシャカと洩れている。「とにかく、きみの学生たちに乗ってもらおう。ぼくたちの専用機が、国内線ターミナルで待機しているから、そこまでバスで移動する。目的地に着いたら、いよいよ大冒険の始まりだ」

「ちょっとした問題があるの。わたしの手荷物が」エレンは言った。「ここまで届かないのよ。なんとかして見つけ出さないと」

シンドランは大丈夫だと手を振った。学生時代にも、心配事があったときにはそうしていた。彼には、事態を収拾する不思議な力があったのだ。その点はわたしのジョンとそっくりだわ。エレンはそう思った。

「心配ない。手荷物は届けさせるよ。今夜、きみの部屋に届くようにする。よし、まずは出発だ。きみの滞在は、あっと驚くようなツアーから始まるからね」

「ツアー？　でもわたしは……」

「ぼくの寛大な雇い主が、ぼくたちを泊めてくれることになったんだ。ものすごく裕福な中国人実業家でね。これから乗る飛行機は、彼の自家用機のガルフストリームだ」シンドランはスーツケースの山を指さした。どこからともなく二人の男が現われ、バスの手荷物室に次々と積みこむ。「きみも、彼に会ったらひと目で好きになるよ、エレン。その人はマレーシアとタイに広大な農園を持っていてね」シンドランは学生たちに身振りで、バスに乗るよう促した。「ランの熱烈な愛好家なんだ。彼は私有地の自生ランすべての目録を作るために、ぼくを雇ってくれた。これまでに千種類以上見つけたよ。そのうちの六種類は、いままでに知られていなかった」エレンの背中に手を添え、クーラーの効いたツアーバスに誘うと、すぐ後ろに続いてステップを上がる。「きみも気に入るよ、エレン。彼こそは本当の紳士だ。その人の名前は、隋海俊というんだ」

9

「冗談だろう！」アドルファス・ブラウン大統領の口調は驚愕に満ちていた。「つまりきみたちの提案は、こういうことか？　主権国家に、われわれの兵士を不法に侵入させるのを認めろ、と。しかも相手は、とうてい友好的とは言えない国だぞ」

ホワイトハウス西棟の地下四階にあるブリーフィング・ルームは、大企業の重役が集まるような会議室と大差なかった。くぼみに取りつけた間接照明が、落ち着いたクルミ材の羽目板とベージュの生地の壁紙に反射している。モネの複製画が、大統領の背後の長い壁に申しわけ程度の彩りを添えていた。

だがこの部屋は、一般的な会議室とはいささか趣（おもむき）を異（こと）にしている。重厚な木製の扉がいったん閉められたら、外界からは完全に隔絶されるのだ。技術の粋を集めた防御壁により、いかなる音波も電波も洩れることはなく、最先端の盗聴装置を使っても、話し合われている内容を聞き出すことはできない。国家安全保障局（NSA）のエンジニアは考えられるかぎりの対策を講じ、室内の電力を絶縁変圧器に通すことさえした。電線を使った最新の盗聴装置に対応するためだ。ここが設置されたのは、国家の最高機密や機微に触れる決定について話し合うためだった。

　サミュエル・キノウィッツ博士は会議用テーブルで、大統領の向かいに座っている。彼は大統領の目を正面から見据え、あけすけな質問に答えた。

「イエッサー、大統領閣下。万一、偵察チームが発見されれば、まちがいなく戦争行為とみなされます。チームの展開や帰還のため、潜水艦を領海内に向かわせることさえ、戦争行為に該当します」

「サム、きみが言っているのは、ほかに方法はないということなのか？　われわれが上空を周回させている偵察衛星をすべて動員しても、北朝鮮国内の核兵器を探知できないと？」ブラウン大統領は訊いた。テーブルを囲む面々を見まわしながら、顎をきつく引きしめる。これだけの錚々たる人々がこうして一堂に会していると報道機関が嗅ぎつけたら、ハゲタカが獲物を見つけ出したように、あらゆる可能性を憶測し、荒唐無稽なストーリーをでっち上げるだろう。たとえそうであっても、この会議がひらかれるに至った恐るべき危機の真相にたどり着くことはなさそうだ。キノウィッツ博士は、いくつもの諜報機関にくわえ、国土安全保障省のトップも招集し、現在進行中の北朝鮮の核兵器問題に関し、大統領の前で概況説明(ブリーフィング)させることにした。そしてその全員が、危機の存在を裏づけ、対策を講じなければならないと認めた。

誰一人、大統領の問いかけに答えなかった。CIA長官がかすかに頭(かぶり)を振ったが、無言のままだ。ほかには誰も動かない。国家安全保障問題担当大統領補佐官がもたらした凶報を裏づける役まわりは、誰も引き受けたくなかった。

キノウィッツ博士がようやく、大統領の問いに答えた。

「ありません。ほかに方法はないのです。われわれがなんら手を打てないあいだに、北朝鮮人が核兵器を手に入れたことを、確かな事実として認めなければなりません」

「では、それを公表すればいいだけじゃないか？　国連の査察団を受け入れるよう、北朝鮮に要求するまでのことではないのか？」

「その結果どうなるかは、おわかりかと思います。北朝鮮はただ否定し、われわれが彼らの領土を侵略するための口実だと非難するでしょう。これから、ドネガン海軍大将によるブリーフィングをお許しいただければ、われわれの提案が取りうる唯一の可能な選択肢であることがおわかりいただけるかと思います」

ブラウン大統領はうなずき、椅子に座りなおして、考えを凝(こ)らすように顎をさすると、長身で黒人の海軍大将を見た。

トム・ドネガン大将はレーザーポインターを、北朝鮮と東シベリアの地図に向けた。小さな赤い点が、港湾都市の羅津(ラジン)でぴたりと止まった。

「大統領閣下、先ほど申し上げたように、われわれはロシアの核兵器二基が、不定期貨物船に積載され、朝鮮民主主義人民共和国の羅津海軍基地に密輸されたと考えています。核兵器はいずれも、旧ソ連時代に製造された古い核魚雷で、NATOの呼称では53‐68型とされているものです。それぞれ、二〇キロトンの破壊力があります。魚雷の射程は二〇〇〇〇ヤードです。使用するには、ロシア製の五三センチ魚雷発射管と、フェリクス・アルティカ型発射管制システムを必要とします。非常に手ごわい対潜・対艦兵器です」

「北朝鮮軍は、その兵器を発射できる潜水艦を持っているのか?」ブラウンは訊いた。

ドネガン大将はその質問を予期していた。間髪(かんはつ)を容れずに答える。

「彼らが保有する潜水艦は、旧ソ連が一九五〇年代に建造したウィスキー級やフォックストロット級数隻などです。五三センチ魚雷発射管は持っていますが、フェリクス・アルティカ発射管制システムは持っていません。ただ、照準の正確性にこだわらなければ、携行型の試験用発射管で、発射自体は可能でしょう。魚雷の安全保護装置は粗雑な造りで、迂回して起爆させるのは容易なはずです。それでもわからないのは、彼らがどうやって魚雷を展開させるのかです。同国海軍の潜水艦はすべて、埠頭に繫留されたまま錆びついています。どの艦も、二十年は使われていないかと……」

「なんだと！　どういうことだ」ブラウン大統領はふたたび、さえぎった。「なぜ、使うすべがないのに核魚雷を盗み出す？」

「大統領閣下、われわれもまさに困惑しているところです」ドネガンは答えた。「魚雷本体から核弾頭だけ取り外したとしても、やはり大きくてかさばる金属の塊であることに変わりはありません。重量は一トンを超えます。北朝鮮人がミサイルの先端に取りつけられる代物ではなく、あるいは自爆テロリストが身体にくりつけて、テルアビブあたりのディスコに運べるようなものでもありません。この点ばかりは謎であり、われわれも確たる答えは持ち合わせていません。ですが、ひとつだけ確かなことがあります。北朝鮮人は、なんらかの目的があって盗み出したのであり、おそらくその目的は、冬に暖を取るためではないでしょう。その用途がいかなるものであるにせよ、それはわれわれにも、全世界の人々にも、朗報ではないはずです」

キノウィッツ博士が踏み出し、ドネガン大将の隣に立った。

「彼らが核兵器を入手した目的がいかなるものであろうと、そのありかを突き止め、可能ならば破壊すべきという決断には影響しません」キノウィッツが付け加えた。

ブラウン大統領は、重々しくうなずいた。あらゆる悪い知らせを消化しようとして、眉間に深い皺ができている。彼はドネガン大将に手を振り、続きを促した。

「核兵器があまり長時間、羅津にとどまっていなかったことは確かだと思われます。羅津に核兵器を取り扱える施設が存在する徴候はなく、これまでのところ、不審な動きは見つかっていません。ですが、われわれの衛星写真で、核兵器と思われる積荷がトラックで搬送され、羅津の南へ向かう海岸沿いの幹線道路を通ったことがわかっています。残念なことに、トラックの目的地は見きわめることができませんでした。ちょうどその時間帯に、上空に衛星がいなかったのです。ふたたび撮影できたときには、トラックの姿はありませんでした。道路の先の町まで行ったとは考えられません。それだけの時間はなかったのですから。そうすると核兵器は、道路沿いのこのあたりのどこかにあるはずです」ポインターの赤い点が、海沿いをのたくる幹線道路の特定の一帯を動きまわる。「われわれの考えでは、核兵器が運ばれたと考えられる候補地は三カ所あります」

ドネガンは次に、レーザーポインターを地形図の三点に、順番に動かした。

「ここに示した三カ所はいずれも、比較的荒廃しているこの国にあっては珍しい、新たに建設された施設です。いずれも、重要な機密を隠しておくにはうってつけの場所と思われます。お配りしたフォルダーに、最新のキーホール衛星によって撮影された写真を添付しました」ドネガンは室内の出席者全員に配られた、黒い表紙の薄い冊子を示した。表紙には高さ二インチの赤い文字で、〈最高機密、特別隔離情報〉と押印されている。「ご覧のように、どの候補地にも顕著な変化は認められません。われわれはすべての施設を、確かめる必要があります」

　ブラウン大統領はノートをひらき、幅八インチ、長さ一〇インチの大判の画像をまじまじと見た。表紙を閉じ、目を上げる。

「専門家が見てもちがいがわからないのなら、わたしが見たところでわかるとは思えない。では海軍大将、どんな提案かね？」

「大統領閣下、われわれは少人数の海軍特殊部隊（ＳＥＡＬ）チームを差し向け、それぞれの候補地に同時に展開させる計画です。自己防衛用の武器と、高精度の検知機器を携行させます。幸運に恵まれれば、53-68型魚雷を実際に見たり触れたりしなくても、検知できるはずです。核兵器を発見できたら、その位置情報を横須賀基地の司令・制御チームに知らせます。標的の位置情報は潜水艦に転送され、搭載されたトマホーク・ミサイルで攻撃する計画です。ＳＥＡＬチームは現地で待機し、核兵器が破壊されるのを見届けてから、潜水艦で脱出します。この地域に居住する民間人はおらず、巻き添えの被害は最小限にとどめることができます。死亡するリスクがあるのは、現場を警備している守備隊だけです。それから、もちろんＳＥＡＬ隊員にもリスクはありますが。質問はありますか？」

　室内は静まりかえった。どの出席者も、提案されている作戦の重大性を考えていた。外国の国土に、兵士を送る。その国にミサイルを撃ちこみ、核兵器を破壊する。どこかで、不測の事態が起こる懸念は大いにある。

　ブラウン大統領は立ち上がり、左右を見た。会議室の面々の表情を、しばし見わたす。ここにいるのはいずれも、全幅の信頼を置いている側近だ。大統領が吐き気を催したら、どの出席者もさっと洗面器を差し出すだろう。しかしいまは、誰もが無言だ。

　大統領は向きなおり、ドネガンとキノウィッツを見た。

「われわれが入手した情報は、確かなんだな？　きみたちは、いま提案した作戦を実行しなければならないと考えている。そして、北朝鮮の連中が隠した核兵器のありかを探し出すのに、ほかの方法はない、と」

　ドネガンは即座に答えた。「イエッサー」

「ほかの選択肢はないのか？」

「これが最善の方法です」

　ブラウン大統領は背筋を伸ばした。大統領の口調は、最終決定者としての威厳に満ちていた。

「作戦を遂行せよ。必要なあらゆる機材や人材を駆使するのだ。連中が核兵器を使用する前に、そいつを除去しなければならん」一拍の間を置き、付け加える。「それから諸君、CIA本部（ラングレー）や国防総省（ペンタゴン）から、細かい点まですべて管理しようとしないことだ。現場の人間を信頼し、彼らが滞りなく作戦を遂行できるよう、見守るんだ」

「イエッサー！」全員がいっせいに言った。

その言葉とともに、大統領は踵（きびす）を返し、会議室を出た。

ジム・ワードは慎重な手つきで、真新しい青の作業服に、少尉候補生の襟章（えりしょう）を留めた。ついに念願がかなったのだ。父が着ていたのと同じ作業服に、初めて袖を通した。そしていよいよ、あすには〈シティ・オブ・コーパスクリスティ〉が、魚雷発射訓練に出港する。潜水艦生活で最初の一日、この若者には何もかも初体験だ。

寝台が並んだ列のあいだの通路は、人一人がやっと立てるほどの幅しかない。ワードは運がいいと思った。上段の寝台をあてがわれたからだ。マットレスの板を持ち上げれば、その下に薄い平底の私物ロッカーがある。下段の乗組員は、私物を取り出すのに鋼鉄製の床にかがまなければならない。

兵員居室は最小限の広さしかなかった。ノーフォークの自宅の寝室より狭いスペースで、十一人もの男たちが寝起きするのだ。頭上と隔壁には、あらゆる方向へ迷路のように、配線や配管が通っている。プライバシーらしきものを確保できる空間は、各員の寝台の四周に張りめぐらされた青いカーテンの内側だけだ。

ワードは腕時計を見た。急がねばならない。副長から、今後二カ月の彼の訓練スケジュールを協議するため、一五三〇時に士官室に出頭するよう申し渡されている。ワードにとって、きわめて重要な案件だ。潜水艦乗りとして多くのことを学び、潜水艦乗組員としての資格を満たしたことを証する、憧れの銀の潜水艦乗員記章（ドルフィン・マーク）（イルカと潜水艦をあしらった記章）を授けられるには、二カ月という時間は決して充分とは言えないのだ。

ジム・ワードはすでに、胸にドルフィン・マークを誇らしげに掲げて、アナポリスの海軍兵学校を闊歩（かっぽ）する自分の姿を思い描いていた。それには大変な努力を要するだろう。原子力潜水艦の複雑きわまるシステムの運用方法とその理由をすべて学び、正規の乗組員と同等の知識と能力を会得するには。そして、この巨大な艦の操縦法を学んで潜航長になるには。それらがすべてできるようになって初めて、胸を張って潜水艦乗りになったと言えるのだ。

ワードは青のつなぎの作業服を穿（は）き、ファスナーを締めた。カーキ色のベルトを掴み、熱ルミネッセンス線量計（TLD）が装着されているかどうか確認して、腰にベルトを通す。衛生下士官のドク・バルデスから、乗艦早々にTLDを支給されたのだ。そのさいに、何があっても絶対になくさないようにと厳命された。海軍はつねに、乗員全員が被曝した放射線量を測定、記録していなければならないのだ。TLDは黒い弾丸のような形をし、ベルトクリップがついた小型の機器だ。潜水艦乗りがこうむる中性子やガンマ放射線量を、絶えず記録している。

ワードは十一人収容の兵員居室を出ると、足早に通路を士官室へと向かった。副長のブライアン・ヒリッカー少佐が、士官室のテーブルに向かって座っている。心なしか、ヒリッカーはいつも、何かに追い立てられているのか過労ぎみに見えた。皺の寄った制服越しにも、突き出た腹の形がはっきりしている。士官室の外では自艦のロゴ入り野球帽(キャップ)をかぶり、はげた頭頂部を隠していた。コーヒーカップはつねに、手を伸ばせば届くところにある。周囲には本や書類が山積みだ。狭苦しい副長室では足りないとき、ヒリッカーは士官室を予備の作業スペースに使っている。それに、ここにいればほかの士官に逃げられる心配もない。副長が猫の手も借りたいほど忙しいときには、誰かを捕まえて雑用を割り振ればいいのだ。

ヒリッカーに手で促され、ワードは人工皮革に覆われた広いテーブルをまわり、副長の向かいの椅子に座った。ワードが腰を落ち着けたちょうどそのとき、扉がノックされた。カーキ色の制服に身を包んだ青年が、こわごわ入室し、直立不動の姿勢を取る。青年は震えたかすれ声で言った。

「候補生ニール・キャンベル、入ります」

鼻にかかる話しかたは、中西部の訛りだ。

キャンベルは年齢も身長も、ちょうどワードと同じぐらいだ。キャンベルのほうがややずんぐりしており、ふさふさした髪は、トウモロコシの実のようなブロンドだった。ヒリッカーは笑みを浮かべ、キャンベルをワードの隣に座らせた。

「ミスター・ワード、ミスター・キャンベルはたったいま乗艦したところだ。出身はオハイオ州。きみたちのどちらが早く資格を取得できるか、見ものだな。海軍兵学校と、本物の大学教育の対決だ」

二人の若者は、互いを警戒しながらも笑みをかわした。海軍兵学校と、一般の学校を出て海軍予備士官訓練課程（NROTC）を経た者たちとの競争意識は、脈々と受け継がれているのだ。

ヒリッカーは二人に、分厚いノートを手渡した。

「潜水艦実習ノートだ。これからの二カ月、肌身離さず持ち歩いてくれ。ノートがびっしり埋まるころには、この〈シティ・オブ・コーパスクリスティ〉のことを、最初に建造した工廠（こうしょう）の連中よりも知り尽くしているだろう。毎週、進捗状況をわたしに報告してもらう。後（おく）れを取ったら、〝のろまのリスト（ディンク）〟に載せるからな。そのときは、映画や睡眠の時間を削って、補習に充ててもらう。わたしの候補生はもの覚えが悪くて資格が取れませんなんて、艦長に報告する羽目になるのはご免だぞ」

キャンベルが目を上げた。

「副長、質問があります。どうして、この艦は〈シティ・オブ・コーパスクリスティ〉と呼ばれているんですか？　たとえば〈シンシナティ〉は誰も〈シティ・オブ・シンシナティ〉とは呼ばないと思うのですが」

ヒリッカーはあくびをし、候補生の質問に答えたものかどうか考えるように、無精鬚(ぶしょうひげ)を撫(な)でた。

「オーケー、まだ資格のないきみたち二人のために、少し歴史の勉強をしよう。ロサンゼルス級原潜は〈ハイマン・G・リッコーヴァー（三十年以上にわたって海軍原子炉プログラムの指揮を執り、〝原子力海軍の父〟と呼ばれた海軍大将）〉以外はすべて、都市名にちなんでいる……〈サンフランシスコ〉、〈アトランタ〉、〈バッファロー〉などだ。ところが、お偉方がテキサス州の街の名前を〈ダラス〉のほかにもう一隻つけようとしたときに、キリストの遺骸にちなんだ名前を軍艦につけろという運動が起きた。〝コーパスクリスティ〟とは、スペイン語でまさしく、〝キリストの遺骸〟という意味だ。というわけで、政治家のお歴々が、〈シティ・オブ・コーパスクリスティ〉という折衷策を採用したのさ。だが、ちょっと長ったらしいと思わんか？」

ヒリッカーはコーヒーをひと口飲み、語を継いだ。

「さて、資格取得にくわえて、きみたちにはそれぞれ、分隊士として配置に就いてもらう。それぞれの科で職務を覚えてもらいたい。ミスター・ワードは原子炉制御科、ミスター・キャンベルは補助機械科を受け持ってもらう。機関長は機関室にいる。彼がきみたちを、同僚になる乗組員に紹介してくれるだろう。しっかりやってくれ」

二人の若者はうなずいた。ヒリッカーがもう一度、あくびをした。

「さて、候補生のお二人さんは下がってよろしい。わたしは忙しいんでね」

トム・キンケイドの忍耐はとうに尽きていた。ベニト・ルナとともに、このノミのたかったホテルの客室で、もう一カ月近くも過ごしている。その時間の大半は、ハエの糞がついた窓から、貨物船〈ドーン・フラワー〉の錆びついた船体を眺めることに費やしてきた。この貨物船はいまだに、岸壁に繋留されたままなんの動きもない。

情報提供者は確信に満ちていた。この古びた貨物船こそ、アメリカ合衆国に麻薬を密輸するルートの要（かなめ）だと断言していたのだ。それが正しいとしたら、今回の密輸は麻薬取引史上、最も遅い記録を更新すること請け合いだ。

キンケイドの目には、山奥の広壮な隠れ家にふんぞり返り、彼とルナを嘲笑（あざわら）う隋海俊（スイ・カイシュン）

の姿が浮かぶようだった。しみったれたホテルの客室で時間を浪費しているうちに、二人の麻薬捜査官はまんまと出し抜かれたのだ。しかし、かくなる上はしかたがない。この経験を糧にして、次に進むしかなかった。本来ならサンディエゴの国際共同麻薬禁止局（JDIA）の本部へ、とっくに引き揚げているところだ。はるかに成果を見こめる案件がいくつもあり、そのどれもが注視に値する。

「ベニト」キンケイドはうめくように言った。「そろそろ潮時だ。荷物をまとめよう。これからマニラ行きの便に乗り、本部へ戻るよ」

ルナはうとうとしていた皺くちゃのベッドから、さっと起き上がった。そして抗弁しはじめた。なんといっても、情報源は彼の協力者なのだ。大捕物を期待して、わざわざ太平洋を横断してきたボスを、手ぶらで帰すわけにはいかない。これまでに起きためぼしい動きといえば、市場で説教していたサブル・ウリザムを、オルテガ大佐に似た男が襲撃した事件だけだった。むろん、その一件はキンケイドにもルナにもＪＤＩＡにも、ほとんどかかわりがなかった。それはフィリピンの国内問題であり、麻薬密輸には無関係だ。それでもなお、ルナは法執行官であり、あの計画的襲撃にはどこか釈然としないところがあった。しかし、そのための手がかりが摑めていない。

キンケイドは反対しようとするルナを制した。

「こういうことだってあるよ。きみも知るべきだ。連中がいつも勝てるわけじゃない。今回は引き揚げるが、いずれ借りは返してやるさ」

「わかったよ、ボス」ルナは悔しげに言った。肩をすくめ、語を継ぐ。「先に降りて、車を拾ってくる。もうこの部屋に来ることもないんだから、そんなに慌てなさるな」

ルナはドアノブに手を伸ばした。と、まだノブを掴んでいないうちに、扉が荒々しく開け放たれ、掛け金が壊されて、木っ端が飛び散った。四人の武装警官が室内に突入し、二人の捜査官に銃を突きつけた。キンケイドにもルナにも、反応する暇はなかった。経験豊かな捜査官の二人にして、なぜ自分たちが急襲されるのか見当がつかない。闖入者たちは二人を背後から掴み、乱暴にうつ伏せにした。二人は抗弁もできないうちに、手錠をかけられ、ふたたび立たされた。

室内には新たな人物がいた。ベニト・ルナのかつての上司、マヌエル・オルテガ大佐だ。このフィリピン国家捜査局ミンダナオ支局長は、邪悪な笑みを浮かべて言った。

「ベニト、懐かしいな。こんな形で会うことになるとは、残念だ。おまえとミスター・キンケイドは逮捕されることになる」

「逮捕！」ルナは反駁した。「いったいなんの容疑です？　あなたにわれわれを逮捕する権限はありませんよ。われわれはＪＤＩＡの捜査活動をしているんです」

「きみのご立派な大義名分とは裏腹に、きみとアメリカ人のお友だちが、フィリピンの国家安全保障を脅かす陰謀を企てている容疑がある」オルテガは高笑いしそうな口ぶりだ。「きみたちはサンボアンガの要塞に行くんだ。そこできみたちの陰謀を、とことん調べ上げてやるからな。われわれが捜査を終了して罪状を確定するころには、きみたち二人とも、うんと年を取っているだろう」オルテガは部下たちに手を振った。「連れていけ」

警官たちはルナとキンケイドを連行し、扉から路上へ出た。二人が聞こえない距離まで遠ざかると、マヌエル・オルテガはポケットから携帯電話を取り出し、短縮ダイヤルの番号を押した。応答した相手に、オルテガは声をひそめて話した。

「隋総帥に、JDIAの捜査官を逮捕したとお伝えください。これで、邪魔者はいなくなりました」

10

金属の屋根に雨が叩きつけ、稲妻が大砲さながら、渓谷にこだまする。張光一（チャン・グアンイル）大佐は、北朝鮮の漆黒の夜闇（やあん）を覗（のぞ）きこんだ。

最高の条件だ。この悪天候が、アメリカのスパイ衛星の目をくらましてくれる。いまこそ出発のときだ。

張は小さく手を振った。二十人の男たちが、軛（くびき）に繋がれた馬さながらに、荷車を引いて車庫を出た。積荷はロシア製核魚雷の第一陣で、防水シートに覆われている。一団は左折し、積荷を引いて山へ向かった。これから、道には見えないほど細くぬかるんだ道を通って、切り立った急峻な斜面を登ろうというのだ。荷車と並んで、さらに五十人の男たちが足早に歩いていた。荷車を引く男たちが転落したり、疲労で引けなくなったりしたときの交代要員だ。男たちの一群は、ほどなく降りしきる雨のなかに消えた。

山を高く登るほど、道幅はどんどん狭くなり、二輪の荷車でも通行は困難になる。そこまで来たら、今度は核魚雷をそりに載せ、滑車とロープを用いて引き上げる用意をしていた。必要に迫られれば、男たちはこの巨大な金属の塊を、自らの腕力だけで山越えさせるつもりだ。

純然たる人力作戦。困難な問題に直面したときに、これまで北朝鮮が出してきた典型的な答えだ。

金大長(キム・ダイジャン)大将は張大佐に、本物の核弾頭を偽物と入れ替えたら、両方とも羅津(ラジン)に戻すよう命じた。羅津に戻せば、サブル・ウリザムとアブ・サヤフの武装勢力に、船で送り届ける手配をするのは簡単だ。

唯一の障害は、つねに目を光らせているアメリカのスパイ衛星だ。トラックに積んで海沿いの幹線道路を通れば、活発になった動きをまちがいなく見とがめられる。人里離れた一カ所の地点から、何台ものトラックが動き出せば、アメリカの不審を招くのはまちがいない。彼らがちょっと調べれば、行方不明になったロシアの核魚雷のありかを知られてしまうだろう。

だが彼らは、アメリカ的な思考様式から逃れることができない。魚雷は大きくて重い。したがって、トラックに積載して幹線道路を通るしかない、と考えるのだ。アメリカ人は夢想だにしないだろう。まさかこれほど重いものを人力で、北朝鮮の沿岸部と内陸の渓谷を分かつ、高い花崗岩の山を越えて運ぶとは。ふだんから数千人の農民を使役し、籠(かご)や棒きれだけを使って山を切り崩すような人間でなければ、こんな方法で核兵器を運ぼうとは考えもしない。

最初の一団が山に消えるのと同時に、別の一団がもう一基の核魚雷を引いて出発した。大変な重量の兵器を運搬し、二〇〇〇メートルもの高い峠を越えて下山するまで、三日がかりの苛酷な道行きだ。そこからは、雄牛の一団が運搬を引き継ぐ。牛に牽(ひ)かせて一日運べば、核兵器は清津(チョンジン)と茂山(ムサン)を結ぶ鉄道のほとんど使われていない引き込み線に着き、そこで貨車に積み替えられる手はずだ。

そこから魚雷はほどなく、五〇両編成の貨物列車にまぎれて羅津に到着する。その列車には、国連人道支援(リリーフ)ウェブの協力により、アメリカの小麦が満載されることになっていた。張はこの絶妙な取り合わせに笑いを禁じ得なかった。アメリカ帝国主義を滅ぼす魚雷を運ぶ、まさに同じ列車が、今度はアメリカから送られた小麦を積んで、北朝鮮軍に食糧を供給してくれるとは。言うまでもなく、この小麦が飢える農民の手に届くことはないのだが、独りよがりの善意に満ちたアメリカ人は、そんなこととはつゆほども疑わない。

張は第二の一団をじっと見た。彼らが引いているのは、本物の核魚雷だ。金大長大将は明確な口調で、それらも山越えさせるよう命じた。たとえそうであっても、張は不愉快だった。字も読めない農民どもが、この急峻で滑りやすい山道を、彼が苦労して手に入れた核兵器を引いて運ぶのだ。この危険な運搬の途中で、不測の事態が起きる懸念は多々あった。

張は登山用の装備に身を固め、土砂降りの雨のなかを外に出た。この強行軍に立ち会うのだ。金大長大将の逆鱗(げきりん)に触れるぐらいなら、嵐の山を登ったほうがはるかにましだ。

トム・ドネガン海軍大将は、受話器を手にし、すっかり暗記している番号にかけた。ジョン・ワードが二度目の呼び出しで応答した。ドネガンは社交辞令で時間を浪費しなかった。彼が洗礼式に立ち会い名を授けたジムの近況は、この作戦が終わってからたっぷり聞かせてもらおう。

「ジョン、荷物をまとめてくれ」開口一番、ドネガンは言った。「やってほしい仕事がある」

それから二十分間、ドネガン海軍情報部長はこの潜水艦部隊司令官に、北朝鮮の核の脅威が疑われること、同国に侵入して核兵器を除去せよという大統領命令が出たことを、詳細に話した。

「なぜわたしにその話をするんですか？」ひとしきり終わると、ワードが訊いた。「まさか……」

「そのまさかだ。きみに現地の司令官をしてほしい」

「なぜわたしなんです、トム？　格上の人材が十人以上はいますよ。それに、これは事実上、ＳＥＡＬの作戦です。ＳＥＡＬ関係者が指揮を執るべきでは？」

「ロシアの件があったからな。大統領が名指しで、きみに指揮を執ってほしいとおっしゃったんだ」ドネガンは言った。数年前、あるロシアの提督がクーデターを画策したときに、恐ろしいほどぎりぎりのところで、からくも食い止めた秘密作戦があった。そのときに現地指揮を執っていたのが、ジョン・ワードだったのだ。そのときの作戦でも、外国の領土にＳＥＡＬを潜入させたことが成功の鍵となった。ドネガンはワードに、抗弁する間を与えなかった。「それに、きみの副官にそのＳＥＡＬ関係者をつけるつもりだ。きみの顔なじみだよ。現地司令部に、ビル・ビーマンも送ろうと思っている。きみたち二人で、横須賀基地に現地司令部を立ち上げてくれ。きみたち老兵には、北朝鮮の半径七〇〇マイル以内に立ち入ってほしくない。わかったかね？」

ワードの顔がほころんだ。あの大男のＳＥＡＬ指揮官と、またいっしょに仕事ができるのはすばらしい。ビル・ビーマンはサンディエゴ近郊のコロナドで、ＳＥＡＬチーム３を統率している。二人は旧友にして、競争相手であり、とりわけここ数年は、困難な任務で苦労をともにしてきた仲だ。ロシアの秘密作戦でも、ＳＥＡＬを率いてロシアに潜入し、ロシア政府を転覆させようとするアレクサンドル・ドゥロフ提督の野望を阻止したのは、誰あろうビーマンだった。二人の海軍指揮官の思考回路はきわめて似通っている。大統領でさえ、この二人を最高のチームだと目していた。

「イエッサー。わかりました。ビルにはもう話したんですか？」

「これからだ」ドネガンはうなるように言った。「いまのわたしのリストでは、彼は三番目だ。実際に潜入するのは彼の部下で、おそらく〈トピーカ〉が彼らを運ぶ大役を担うことになりそうだ。同艦はすでに、沖合で任務に就いている」

ワードは考えを凝らし、顎をさすった。信じがたいほど困難な軍事作戦になりそうだ。北朝鮮の防衛体制は最新鋭ではないかもしれないが、その小さな社会主義者の天国に潜入しようとする者には異常に神経を尖らせている。不審な動きがあれば、問答無用で攻撃してくることでも定評があった。政治情勢の現実にもまた、意気阻喪させられる。近年、韓国はアメリカをはじめ、いかなる国による朝鮮半島への介入にもいい顔をしない。北朝鮮の政権と韓国政府との関係進展は遅々としたものだが、ようやくここまでこぎつけた外交努力が頓挫させられるのではないかと恐れているのだ。したがって韓国は、いかなる支援もしないだろう。のみならず、アメリカがほかの主権国家の領土に戦闘部隊を送りこみ、よからぬたくらみを進めているという嫌疑でミサイルを撃ちこんだら、世界からはどう言われるだろうか。

「大将、作戦は実行可能かとは思います」ワードの口調には、まぎれもない疑念があった。

「そのあとに、〝しかし〟が続きそうだな、司令」ドネガンが辛辣に言った。「わけを聞かせてもらおうか、それとも、当ててみたほうがいいかね？」

「第一に、潜水艦からトマホークを発射するのはいかがなものかと思います。北朝鮮側に位置を特定される危険が大きいです。そうなれば、SEALが同艦を使って脱出するのはきわめて困難になります。別の艦艇からミサイルを発射するわけにはいきませんか？ ずっと遠くの海域からです」

「調整してみよう」ドネガンは約束した。「周辺海域のイージス艦から発射できるだろう。同時にグローバルホークを配置して、リアルタイムで監視させる。沖縄から離陸させることになるだろうが、その前にサンディエゴの格納庫から移送しなければならん。移送が完了し、準備が整うまで三十六時間かかる」

大型の監視用無人機グローバルホークは、標的国のはるか上空を旋回し、地上で起きている事態を偵察して、その情報をリアルタイムで司令部に送信するために設計生産された機体だ。合成開口レーダーと赤外線・電子工学センサーを装備し、上空六五〇〇〇フィートから、移動しているトラックを探知して、そのナンバープレートまで読み取れる。さらに人工衛星ではないため、グローバルホークは周回軌道に制約されることがない。紛争地点上空を二十四時間以上旋回でき、そのあいだずっと、撮影画像を送信可能だ。唯一の問題は、この大型ロボットがふだん、南カリフォルニアの基地に駐機していることだ。ロールスロイス・ターボファンエンジンは、地球を半周する航続距離でこの無人航空機（UAV）を飛行させ、紛争地点まで向かわせられるが、三五〇ノットなので三十時間かかる。こうした特性により、グローバルホークは、作戦地点により近い基地から展開しなければならないのだ。沖縄の嘉手納（かでな）基地は長い滑走路を備えており、うってつけだった。

「わかりました」ワードは言った。

「ほかに懸念事項はないか？　あるならいまのうちだぞ」

「われわれが正しいことを祈るのみです、トム。北朝鮮が核兵器を保有しており、彼らと一戦交える前に、そのことを証明できるように、と」

受話器の向こうで、ドネガンは長く、ゆっくりとため息をついた。

「その点はわたしも同感だ、ジョン。しかし、やつらが核兵器を持っているのなら、新年の打ち上げ花火よりはるかに戦略的なことをやろうとしているにちがいない。なんらかの陰謀があるはずだ。やつらが馬鹿なことをやらかす前に、なんとしても核兵器を始末したいものだ」

「われわれは、必ずやり遂げます、大将」ジョン・ワードは確信に満ちた声で言った。「必ずやり遂げてご覧に入れます」

マンジュ・シェハブは大型高速ボートの船尾のシートにもたれた。彼が根拠地とするキャンプは、鬱蒼としたマングローブの湿地に囲まれており、法執行機関の捜査網から隠されているが、夜更けの割には奇妙に静かだ。たいがいの夜は、密林の生態系で繰り広げられる、生死をかけたドラマの咆吼が響きわたる。しかし今夜にかぎっては、夜の狩人もその獲物も、不気味に静まりかえっていた。まるで、自分たちよりはるかに危険な狩人が出てきたことを直感したかのようだ。

シェハブは周囲を見まわしたが、手下の男たちが動きまわる姿は、立ちこめる靄にかすんでいる。二艘のボートに、これから必要になる武器や弾薬を積みこんでいるのだ。

このキャンプは、パラワン島の西側の大半を覆う、人を寄せつけないマングローブの森の奥深くで、きわめて稀な小高い土地に位置している。シェハブと彼が率いるアブ・サヤフの活動拠点としては、これ以上ない立地だ。ここなら、彼らは誰の目にもつかず、近づこうとする者から安全でいられる。この海域を往来する船舶が南シナ海に出るには、神経をすり減らすほど狭い海峡を通らなければならない。海賊が夜闇に乗じてボートを出し、疑うことを知らない船舶に襲いかかって、夜明け前に山地へ隠れるのはたやすいことだ。

指導者のサブル・ウリザムからの電話は突然だった。そのときシェハブは、この人のまばらな島の東側にある、うらぶれた中心都市プエルト・プリンセサで、警察の目を逃れつつ、ひそかに必要な物資を買い集めていた。ウリザムはヤンゴンで麻薬組織を束ねる女性との会見を終え、無事に戻ってきていた。いまはここからスールー海を隔てて三〇〇マイル先の、バシラン島にある山頂司令部にいる。

ウリザムは単刀直入に命じた。シェハブにいますぐ、海賊のキャンプへ戻れと言ったのだ。それから彼の指揮で、カンボジアのプノンペンからマレーシアのクダトへ向かう不定期貨物船を襲撃せよ、と。その船の入港予定はあさってだ。

シェハブには充分な準備期間がなかった。彼は襲撃のタイミングに関する懸念を訴えたが、ウリザムは取り合わなかった。どうしても、その船を襲わなければならないというのだ。

命令とあらばしかたがない。シェハブはいま一度、小型のフラッシュライトを点灯し、膝に広げた地図を入念に検討した。前回に検討したときから、予定時刻も場所も変わっていない。襲撃可能な唯一の地点は、皇路礁（ロイヤル・シャーロット・リーフ）とクダトの中間に位置する、パラワン海峡では水深の深い一帯だ。最近、この近辺は海賊を防ぐため、ひんぱんにパトロールされるようになった。まさしく、シェハブが率いる男たちのような海賊を防ぐために。襲撃は、きわめて危険だ。さらに悪いことに、襲撃可能な時間帯は日中だった。

シェハブは肩をすくめた。神の思し召し（インシャラー）のままに。彼は手下たちに、艫綱（ともづな）を解けと叫んだ。貨物船を捕捉できる望みがあるとしたら、いま出発しなければ間に合わない。

いまだに奇妙に静まっている密林のなかで、男たちはボートを出し、ひらけた海に出る狭い海峡へ向かった。

「どうやらわたしはこの先ずっと、シラミのたかった部屋できみと暮らす羽目になりそうだな」トム・キンケイドは言った。その口調にユーモアの気配はかけらもない。

「すまないね、ここがホテル・マリオットじゃなくて」ベニト・ルナが応じた。

二人の麻薬捜査官は、またもやいっしょに狭い部屋に閉じこめられることになった。今度はサンボアンガの古い石造りの要塞にある、じめじめしてかび臭い監獄だ。国家捜査局（NBI）の人間は、ここを支局本部と呼んでいる。オルテガ大佐はツアーガイドさながらの口調で、この石の要塞はスペイン人によって、フィリピンの愛国者を投獄するために築かれたと説明した。その後、アメリカ人や日本人が同様の用途に使った。そしてこれから――オルテガは誇らしげに言った――フィリピン人がアメリカ人を投獄するために使うのだ。大佐はそう言うと、扉をぴしゃりと閉め、笑い声をあげながら去っていった。

それから丸二日、誰も監房に入ってこなかった。キンケイドが弁護士と話すのを許可するか、アメリカ大使館員に面会させろと言っても、看守は笑って取り合わなかった。その間(かん)ずっと、ベニト・ルナは無言で座っていた。だが最後にぽつりと、脅してもすかしても意味はないと言った。オルテガ大佐がうんと言わないかぎり、事態は動かない。それまではじっと座り、力を蓄えておくことだ、と。

キンケイドにもようやく、相棒が正しいことがわかった。そして、不潔なシーツから虫を追い払うと、薄っぺらいマットレスに座りこんだ。きっといまごろは、サンディエゴの国際共同麻薬禁止局(JDIA)本部でも、二人に連絡がつかないことに気づき、捜索を開始しているだろう。二人がサンボアンガの要塞に収監(しゅうかん)されていることが判明するまで、どれぐらいかかるかはわからない。

キンケイドがうとうとしていたとき、鍵が開けられた。見上げると、目の前には白いリネンスーツにピンクのシャツ、明るい青のネクタイという服装の長身痩軀の男が、監房に足を踏み入れるところだ。訪問者はまるで、アバクロンビー&フィッチの広告から抜け出してきたような、常夏の国にふさわしい正装をしている。男はものうげにキンケイドに近づき、湿っぽい手を差し出した。

「こんにちは。わたしは合衆国国務省の、レジナルド・モリスという者だ。アメリカ領事館を代表して来ている」おざなりな笑みを浮かべる。「どうやら、お二人はトラブルに巻きこまれたようだ」

キンケイドははじかれたように立ち上がり、差し出された手を摑んだ。うれしさのあまり、熱意を込めて手を振り動かす。モリスはすぐさま手を引っこめ、扉に向かってあとずさりしたように見えた。どうもおかしい。

「お会いできてよかった。わたしはトム・キンケイド。JDIAの特別捜査官で、こちらは地元機関のベニト・ルナ捜査官だ。さあ、ここから出よう。一刻も早く電話したい」

モリスはさらにあとずさりした。キンケイドが一歩近づいてきたら、そのまま扉から逃げ出しそうだ。

「そう簡単には出られないだろう」外交官の甲高い嗄れ声は、ティーンエイジャーのようだ。「お二人は、きわめて深刻な犯罪に関わる容疑で告発されている」

「犯罪だって？　いったいなんの犯罪だ？」キンケイドは叫んだ。「われわれは南フィリピン全域にまたがる、ヘロイン密輸を捜査しているところだったんだぞ」

「そうした捜査に取りかかる前に、まずわたしの領事館に話を通しておくべきだったたな、ミスター・キンケイド」モリスは答えた。「そうしたらオルテガ大佐に、彼の管轄区域で捜査を行なう許可を求められたんだ。ここではそういうしきたりになっているんでね。決まり事を守るのが、何よりも重要だ」

ベニト・ルナが声をあげた。

「そいつはまるで、鶏小屋の番をするのに狐の許可を取れと言っているように聞こえるが」

モリスは肩をすくめた。

「お二人はまず、こうした問題が外交や政治の機微に関わることを理解すべきだ。われわれはこの土地でアメリカの立場を守ろうと、大変デリケートな交渉をしているところでね。領事館が積み重ねている努力を台無しにする、お二人のようなカウボーイを擁護することはできない」

「ちょっと待ってくれ、モリス。われわれはマニラの捜査当局に話を通してある」キンケイドは反論した。「フィリピン政府の当局がこの捜査を許可した以上、われわれはここを出て、仕事に戻れるはずだ」

「ここからマニラまでは、ずいぶん遠い」モリスが応じた。「ここでは、マヌエル・オルテガが法律なんだ。しかも大佐から聞いた話は、まったくちがっている。それによると、お二人はバシラン島で、武装蜂起を扇動しようとしたそうだ。大佐の胸ひとつで、あなたがたは反乱罪で裁判にかけられるだろう」

キンケイドは仰天し、怒り、苛立ちを覚えた。この現代社会で、いまだにこんなことがまかり通るのか。たとえここがどれほど田舎町であっても、こんな無法が許されていいはずがない。

「外交特権か何かに訴えることはできないのか？　とにかく、ここから出してくれ。大使を呼んでくれ」

モリスは答えなかった。彼は無言のまま、二人に背を向け、扉を出た。看守が手を伸ばし、扉を固く閉ざす。鍵がかかる音は、不吉なほど大きく響いた。モリスは狭い覗き窓越しに、二人を見た。

「当面、お二人は自力でがんばってくれ。状況を鑑みると、あなたがたは独自に捜査なるものを進めたいらしいので、この件に関して国務省ができることはない」

キンケイドはブリキのカップに入った水を、扉にぶちまけた。水は上に跳ねたが、気取った外交官にはかからなかった。モリスは踵を返し、狭い通路から監房の外へ消えた。

「ちくしょう！」キンケイドは憤懣やるかたなかった。

「こんなことに巻きこんでしまい、申しわけない」ルナが言った。

「詫び言はいいさ。ただ、このごたごたから抜け出す手助けをしてほしい」

だがトム・キンケイドは、虫のたかる不潔な寝台に戻るしかなかった。突破口がどこにあるのか、見当もつかない。

11

背の低い二艘の黒いボートが紺碧（こんぺき）の海を疾駆し、白く泡立つ航跡が広がっていく。雲ひとつない濃青色（のうせいしょく）の空から、灼熱の太陽が容赦なく照りつけていた。

マンジュ・シェハブの不安は尋常ではなかった。いやな感じがしてたまらない。二艘のボートは完全に丸見えなのだ。彼らを守ってくれるパラワン島のマングローブの湿地帯は、三〇〇キロかなただ。これほどひらけた水域では、彼らのほうが恰好の餌食にされてしまいかねない。本来、海賊の舞台は夜であり、こんな真昼の太陽に照らされた、さえぎるもののない洋上ではないはずだ。

しかし、ほかに選択肢はなかった。ウリザムの命令は絶対なのだ。標的の船を取り逃がすことは許されない。まちがいなくこれは、ウリザムが麻薬組織の魅惑的な美女（フーリー）、隋暁舜（スイ・ギヨウシュン）と交わした取引の一部なのだろう。その船を襲うことが、父を亡き者にするための復讐の一環なのだ。父と娘の争いの渦中に、アブ・サヤフも否応なしに巻きこまれてしまったということだ。

シェハブの率いる海賊の一団はボートに座り、不安げに水平線に目を凝らした。標的の船がいるかもしれないが、逆に彼らのほうが追跡されているかもしれないのだ。シンガポールを中心とする周辺諸国の海軍は、南沙諸島からモルッカ海峡西側の入口にかけて、狭い海峡地帯を集中的にパトロールしている。それにアメリカ海軍も加わっているので、条件が最もよいときでさえも、海賊行為はきわめて困難だ。軍艦がいつ水平線の向こうから現われるか、わかったものではない。もっと始末が悪いのは、ヘリコプターだ。相手が哨戒艇ならまだ逃げられる可能性はあるが、地獄の使者のようなヘリからロケット弾を撃ちこまれたら、まず逃げるすべはない。

シェハブは足もとの甲板に置いてあるスティンガー・ミサイルの発射筒を軽く叩いた。上空を嗅ぎまわるヘリが来たら、こいつでやつらの肝を潰してやろう。パイロットがよほどすばやく反応できたら、逃げおおせるかもしれないが。

エリンケ・タガイタイが西側を指さし、大声で叫んだ。この長身で屈強な海賊が、誰よりも最初に、海と空が溶け合うあたりで、灰色のけしつぶのような点を見つけたのだ。一隻の船が、彼らのほうへ向かって航行してくる。それが彼らの標的なのか、海軍の艦艇なのか、はたまた別の船なのかはわからない。

シェハブはその船の針のような舳先めがけて、スロットルを全開にした。相手が獲物なのか、狩人なのかを見きわめてやる。あっちから近づいてくるのをじっと待ち、凶と出るよりはよほどいい。ボートは猛然と加速し、波から波へと飛ぶように走った。海賊の男たちは手すりをしっかり掴み、脚を踏ん張った。ボートが波頭を飛び跳ね、乗員は激しく揺さぶられて、小心な人間なら縮み上がりそうだ。

二艘目のボートもフルスロットルで追いすがる。

タガイタイは呵々大笑し、何かを叫んだが、その声はエンジンや波の音で聞こえない。風の咆吼とともに、海賊の頰に邪悪な笑みが浮かぶ。大男は機関銃を空中に向けて連射した。たぎる血を抑えられないのだ。

二艘の高速ボートは、競うようにして船の針路を阻んだ。風に飛ぶ波飛沫のあいだに、小型商船の輪郭が徐々に見えてきた。ウリザムは正しかったのだ。明らかに、クダトへ向かう貨物船だった。

白昼に相手に気づかれることなく接近する方法はまずない。シェハブはまっしぐらに、船へと突き進んだ。双眼鏡を手にし、船名を読もうとする。錆が浮いた船側の高い場所に、かすれた黒い文字で〈ムーン・フラワー〉と書かれていた。この船にまちがいない。

二艘の高速ボートが獲物へと競って接近する。シェハブには、〈ムーン・フラワー〉の操舵室から踏み出してくる船員の姿が見えた。その船員は双眼鏡でこちらを見た。双眼鏡を下ろし、大きく身振りをする。貨物船がゆっくりと転舵しはじめた。

シェハブは不敵な笑みとともに、船のスクリューが猛然と水をかき、瞬く間に近づいてくる高速ボートから逃げようと、無駄なあがきをしているのを見た。

海賊は情け容赦なく、獲物へと迫っていく。船橋の男がどこからライフルを持ち出し、撃ちかけてきた。シェハブは嘲笑した。遠すぎるうえに、男の照準のまずさでは、当たる気遣いはない。

シェハブはタガイタイに、船橋を指さした。大柄の海賊はにやりと笑い、うなずいて、いとも軽々と、RPG-7ロケット推進式擲弾発射筒を肩に載せた。船までは五〇〇メートル、熟練した射手なら、RPG-7の射程ぎりぎりだ。タガイタイは熟練した射手だった。

海賊は大きく揺れるボートで姿勢を安定させ、船橋を狙って、距離や横風も考慮して照準を定めた。引き金を引き、ロケットモーターを点火させる。PG-7対戦車弾頭が、轟音とともに短い発射筒から放たれた。長い舌のような炎が白熱して尾を引く。発射されたロケットから、小さな尾翼が飛び出して軌道を安定させた。弾頭は優雅な弧を描いて水上を飛び、一瞬後、不定期貨物船の船橋ハッチの奥にある、薄い金属の隔壁に命中した。

プレキシガラスの船橋の窓が、くぐもった音とともに粉砕され、破片の雨を降らせる。重厚な側面ハッチも、蝶番(ちょうつがい)から吹き飛ばされた。ライフルを撃った男がハッチに直撃され、船橋の金属に叩きつけられる。即死した男の身体が手すりにぶら下がり、鮮血が上部構造物を赤く染める。破壊された操舵室から、黒煙がもうもうと上がった。

シェハブは高速ボートを〈ムーン・フラワー〉に向け、よろめく貨物船のゆっくりした速度に合わせて、横づけしようと近づいた。彼が配下の男たちを振り向くと、まがまがしい引っかけ鉤(かぎ)のついた三本の綱が、ボートから貨物船の甲板へいっせいに投げ上げられた。海賊の男たちがすばやく綱をよじ登り、視界から消える。

二艘目のボートがすぐあとに続いた。男たちが続々と、綱をよじ登って甲板へ向かう。驚き慌てる乗組員を制圧するには、六人もいれば充分だろう。ただしそれは、相手が一般の船員で、戦闘訓練を受けた護衛が乗り組んでいなければ、の話だ。すなわち、ウリザムの情報どおり、隋海俊(スイ・カイシユン)がまだ配下の船舶に警護の傭兵を乗せていなければ、だ。仮に情報が不正確で傭兵が乗り組んでいたら、二艘の高速ボートに乗せてきた男たちや武器では不充分であり、そのことはすぐにわかるだろう。その場合、海賊はことごとく、今夜から天国で眠ることになる。

舷梯(げんてい)がゆっくりと水面に下ろされたとき、シェハブの耳に、船内のどこかからＡＫ－47

の銃声が聞こえてきた。配下の誰かが、乗組員の抵抗に遭ったらしい。応射の音は聞こえなかった。シェハブは笑みを浮かべ、舷梯にボートを繋留して、甲板に駆け上がった。ここまでは迅速に進んでいる。アッラーが微笑んでくれれば、誰かに発見されるころには、やるべきことを終えて船を離れられるだろう。

シェハブは幅の広い鋼鉄製の甲板に立った。甲板はがらんとしており、船首楼の隣に、二台の大きな赤いコンテナが綱で固定されているだけだ。大半の積荷は、眼下の船倉に納まっているのだろう。

ちょうどそのとき、タガイタイが上部構造物の左舷側から現われた。大男のテロリストはAK－47の銃身を突きつけ、四人の怯えきった乗組員たちを追い立てている。

「船は完全に制圧しました」タガイタイが叫んだ。「機関室で、馬鹿な船員が抵抗したんです。そいつはもう、始末しました」

シェハブはうなずき、叫び返した。「ほかの乗組員はどこだ？」

「ワッハーブが食堂に集めています。みんなで昼めしを食っている最中でした。爆発音で乗組員はすっかりびびったようで、パニック状態ですよ」タガイタイが叫び返した。「まるで怯えきった子どもみたいに」

「だったら、そいつらを早く連れてこい」シェハブは苛立ちを露わに命じた。「やってもらう仕事があるんだ。さっさとしろ」

シェハブは最寄りの赤いコンテナへ急いだ。ハッチは大きな南京錠で施錠され、針金を巻かれて、マレーシア税関の検査済みのシールが貼ってある。シェハブはチュニックの下から、愛用のデザート・イーグルを手にし、狙いをつけた。大口径の三五七マグナム弾が鍵を吹き飛ばし、破片が掛け金からぶら下がる。シェハブはハッチをいっきに引き開けた。内部には、ウリザムが言ったとおり、米粉の袋がきちょうめんに積まれている。少なくとも、〝米粉〟とラベルを貼った袋が。

シェハブは戦闘用ナイフを取り出し、袋を切って開けた。開口部に手を伸ばし、白い粉末に触れる。すぐに指先が、目当てのものを探り当てた。取り出したのは、密封された純度の高いヘロインの包みだ。持った感触では二キロ入りだろう。

シェハブが振り向くと、タガイタイとほかの男たちが、六人の茫然自失した船員を甲板に連行してきた。

「あったぞ」シェハブはコンテナを指さして言った。「ボート一艘につき、十袋ずつ積みこめ。船員に手伝わせ、残りは海に捨てろ」

大柄の海賊は、当惑した表情で言った。

「しかしシェハブ、ウリザム師の命令ではいつも……」

シェハブは険しい表情で海賊を睨み、黙らせた。

「師の命令がどうだったかなど、このわたしに指図するな。今回は変更だ。かさんでいる出費の穴埋めが必要だ。命令どおりにやれ。早くすませないと、サメの餌にしてやるぞ」

タガイタイは躊躇しなかった。虜囚や海賊たちのほうを向き、さっそく仕事にかかった。


ポール・ウィルソン艦長は、USS〈ヒギンズ〉の戦闘指揮所に駆けこんだ。艦橋で午後の陽差しと穏やかな海風を楽しんでいたときに、戦術管制士官のブライアン・サイモンソンから、駆逐艦のCICへ呼び出されたのだ。艦長は目をしばたたき、電子機器の青い光が明滅する、ほの暗い室内に目を慣らした。

「何かあったのか、ブライアン？」ウィルソンが訊いた。「いい知らせを聞きたいものだ。日光浴をしながら、ヘリの曲芸飛行を眺めていたところだからな」

イージス駆逐艦群で初期の型に属する〈ヒギンズ〉のような艦艇には、ヘリコプターの格納庫がついていない。コスト削減のためだ。そのせいで、駆逐艦にはSH-60シーホークを着艦させ、給油や兵器換装ができる広い飛行甲板があるにもかかわらず、自前のヘリコプターを搭載することができないのだ。しかしながら、〈ヒギンズ〉はシンガポールで修理のため数日間停泊している巡洋艦から、ヘリを一機借用していた。このヘリが、駆逐艦の〝目〟となって行動範囲を広げてくれる。唯一の問題は、ヘリが飛行を終えたら、毎日シンガポールへ引き返さなくてはならないことだ。

サイモンソンは、指揮官席の前に吊るされている大型液晶ディスプレイを指さした。彼がトラックボールを動かすと、〝２０７〟と記された記号のかたわらに矢印が表示された。

「艦長、これは二〇七号船舶の航跡なのですが」と若き大尉は言った。「本艦は同船を、カンボジアからずっと追跡していました。同船は、皇路礁（ロイヤル・シャーロット・リーフ）およびライフルマン浅瀬の南を通過しています。どうやらボルネオへ向かっているようです。目的地は、クダトかコタキナバルあたりでしょう。ともかく、同船は数分前まで、まっすぐ通常どおり航行を続けていました。ところが、突如としてほぼ三六〇度転回すると、そのまま海上で停止し、航行不能になった模様です」

駆逐艦のＡＮ／ＳＰＹ‐１Ｄイージス・レーダーは、艦の半径二〇〇マイル以内で航行および飛行するあらゆる艦艇や航空機の動きを探知、追跡できる。〈ヒギンズ〉は目下、ライフルマン浅瀬の一〇〇マイル南を航行中だ。史上最初のジャンク船が、陸地が見えないところまで航海しようとしたときからこのかた、この海域の波の下に隠された無数の岩礁は、船乗りの罠でありつづけてきた。いまは海賊がその陰で、無防備な商船が通りすぎるのを待ち伏せしている。〈ヒギンズ〉はその海域で、略奪行為を阻止しようと活動しているのだ。

ウィルソンは大型スクリーンに表示された航路の履歴をじっと見た。

「さほど不審な動きには見えない。それに、こんな明るいうちに白昼堂々と略奪行為を働く海賊がいたら、それこそ驚きだ。この近辺を航行する貨物船は老朽化していて、しょっちゅうどこかが故障する。スクリーンの船も、舵が壊れたのかもしれん。停船して、修理しているとか」

「自分もその可能性は考えてみました」サイモンソンが答えた。「しかし、電子戦システム(EW)が、救助要請とも受け取れる通信を傍受したのです。〝海賊〟という意味の言葉のあと、通信は途絶しました。発信源の方位はまさしく、二〇七号船舶です」

AN/SLQ‐32(V)3電子戦システムは、コンピュータによる最新技術の粋というべきもので、〈ヒギンズ〉の操作員は、電子スペクトルを働かせて、周囲の電波信号をすべて探知できる。

ウィルソンはうなずき、その新情報を咀嚼(そしゃく)した。

「わかった。調べてみてもいいだろう」ふたたび大画面を見る。〈ヒギンズ〉の現在位置から、二〇七号船舶を示す光点までは一八〇海里離れており、〈海上で航行不能(DIW)〉と表示されている。全速力で向かっても、駆逐艦がその海域に到達するまでには六時間以上かかる。海賊に遭遇したのだとすれば、灰色の軍艦が到着するころにはとっくにすべて終わっているだろう。しかし〈ヒギンズ〉には、はるかに速くその海域へ飛べる手段がある。

「ミスター・サイモンソン、客人を着艦させ、給油するんだ。任務に就いてもらおう。万が一に備えて、ヘルファイア・ミサイルも装塡したほうがいい」

シェハブが見ている前で、米粉と高純度の麻薬が入った最後の袋が切り裂かれ、中身が洋上にぶちまけられた。コンテナは二台とも、すっかり空だ。〈ムーン・フラワー〉の周囲の海は、米粉とヘロインが波と入り混じり、白く糊状に濁っている。この老朽貨物船には、一トン近くの高純度のヘロインが積載されていた。アメリカかヨーロッパか知らないが、本来の目的地へ無事に渡っていたら、どれだけ莫大な金になったのか、シェハブは想像するしかなかった。いずれにせよ、隋海俊の事業には相当な打撃にちがいない。老いた中国人が知らせを聞いたら、怒り狂うことまちがいなしだ。

しかし、積まれていた麻薬をすべて投棄したわけではない。二十袋の〝米粉〟は、二艘の高速ボートに無事積み替えられている。そろそろ立ち去る潮時だが、最後にもうひとつ、やるべきことがあった。

タガイタイとザルガジ・ワッハーブは、それぞれボートから鞄を提げて主甲板へと上がり、古い貨物船の船倉へ消えた。五分後に二人が戻ってきたとき、鞄はなかった。

「セット完了しました。起爆装置は十分後にセットしてあります」タガイタイは楽しげに報告した。「それだけあれば、船から充分離れて、沈没するところを見物できますよ」

麻薬を運び出す労役に疲れ切り、襲撃のショックからまださめやらぬ〈ムーン・フラワー〉の乗組員は、大柄な海賊の言葉に狼狽した。そして一様に、ふたたび命乞いを始めた。まだ陸地からは遠く、救助が来る望みはほとんどない。リーダー格の船員が、せめて救命筏に乗って逃げるのを許してほしいと懇願した。

シェハブは船員の言葉に耳を傾けると、上部構造物の右舷側にくりつけられたオレンジの小さな救命筏のほうへ、無言で手を振った。乗組員は感謝して筏のロープを解き、海に投げ落とした。誰の指図も受けないうちに、乗組員は次々と飛びこみ、波に揺れる筏のほうへ急いで泳いだ。

最後の船員が手すりから姿を消すのと同時に、ワッハーブが西の水平線を指さして叫んだ。

「ヘリコプターがこっちへ来るぞ!」

水平線の上空から黒い点が現われたかと思うと、襲撃された貨物船のほうへ、みるみる近づいてきた。数分も経たないうちに、真上まで飛んできそうだ。海賊に猶予は一刻もない。

シェハブがタガイタイから、ＡＫ‐47を掴み取った。筏を狙い、発砲する。七・六二ミリ弾が浮かんでいる筏を切り裂き、粉砕した。船員たちは悲運に見舞われた。物陰に隠れようとする間もなく、銃弾の雨をまともに受けてはひとたまりもなかった。

五秒足らずですべてが終わった。

シェハブはむごたらしい光景に目もくれず、舷梯を下りて高速ボートに向かった。

「急げ」舷梯を降りながら叫ぶ。「起爆するまで時間がない。早く離れるぞ」

ボートはスロットルを全開にして出発し、北のアーディジア礁へ向かった。そこの小島や岩だらけの丘にひそみ、ヘリコプターをやり過ごすのだ。

シェハブはボートの船尾にうずくまり、点だったヘリコプターがぐんぐん大きくなるのを見守った。ヘロインの一部をかすめ取ったことで、アッラーはお怒りなのか？　心の中で祈りを唱え、襲撃された貨物船に近づくヘリを見つめる。

「Ｈ（ホテル）Ｉ（インディア）指揮所、こちらＤ（デルタ）９（ナイン）Ｆ（フォクストロット）」シーホークのパイロットが〈ヒギンズ〉に無線で呼びかけた。「二〇七号船舶を発見。小型の沿海貨物船のようです。海上で航行不能（ＤＩＷ）。主甲板に動きあり。これより接近して確認します」

「了解、Ｄ９。海賊の動きに警戒せよ」ブライアン・サイモンソン大尉が無線で返答した。

目の前の大型ディスプレイで、ヘリコプターを表わす緑の記号が、二〇七号船舶に近づき、重なっていく。同時に、〈ヒギンズ〉の記号もその地点へゆっくり向かっている。これでも駆逐艦は全速力で、襲撃された貨物船へと急行しているのだ。しかし、それにはあまり意味がない。どのみち軍艦が到着するころには、手遅れになっているだろう。

「HIへ、二艘の小型ボートが二〇七号から高速で離れ、北へ向かっています」ヘリのパイロットが報告した。「まもなく、二〇七号の上空に到達します」

パイロットの目に、あっという間に小さくなっていく二艘のボートが見えた。まあいい。こっちは一八〇ノットで、簡単に追いつける。錆びついた貨物船が眼下で大きくなってきた。操縦桿を引き、船の上空でホバリングする。

「船橋が破壊されています。おそらくロケット弾でしょう。右舷ウイングに、一人の遺体を発見」パイロットはサイモンソンに告げた。「襲撃と認めます。国旗は掲揚していません。船名は〈ムーン・フラワー〉です」

「了解、船名のデータベースを確認する。生存者の徴候は？」

「ありません、HI。繰り返します、生存者なし。救命筏らしきものが浮いています。水死体が漂っています。乗組員は射殺されたものと思われます」

当面、パイロットができることはもうなかった。操縦桿を操作し、逃走したボートへ機首を向ける。あそこに乗った血も涙もないやつらが、なんの理由もなく、罪のない船員を射殺したのだ。代償を支払わせてやる。それができるのは、俺しかいない。

「HIへ、当機は逃走中の海賊の追跡に移ります。武器の使用を許可願います」

サイモンソンは、隣の指揮官席に座るウィルソン艦長を見た。ウィルソンは首を振った。

「D9へ、武器は使用するな。繰り返す、武器は使用するな」

パイロットは歯を食いしばり、怒りを抑えた声で答えた。

「了解、武器は使用しません。ですが、お願いです。いまなら海賊どもを捕捉できます。目の前にいるんです。チャンスをください」

と、〈ムーン・フラワー〉から轟音とともに、火の手が上がった。トラックが入りそうなほど巨大な穴が、喫水線の真上に開く。命運尽きた貨物船は、すぐに傾き、沈没していった。

「HI、やつらは船に爆薬を仕掛けていました。船が爆発し、沈んでいきます。海賊どもを処罰させてください！」

ウィルソン艦長はマイクに唇を当てた。

「D9、交戦法規は承知しているはずだ。小型ボートの追跡を続行せよ。交戦できるのは、自己防衛目的のみだ。了解したか？」

「了解しました。命令どおりにします。小型ボートの追跡を続行します。やつらが向かっているのは、中国が領有権を主張している海域です。本官に追跡する権限はあるんでしょうか？」パイロットは訊いた。その口調には皮肉が色濃く滲んでいる。

ポール・ウィルソンには、パイロットの憤懣やるかたない心境が痛いほどわかった。水上に漂う死体、爆発した罪のない貨物船を見せつけられたあげく、それらを引き起こした犯人がボートでまんまと逃げおおせるのを、指をくわえて見ていろというのだ。引き金ひとつで、ヘルファイアは発射できる。そうすれば、問題はいとも簡単に解決できる。だが、それは交戦法規に則っていなかった。法執行者は、法規を守って行動しなければならないのだ。

「その海域は公海だ」艦長は冷静な口調で言った。「貴官には追跡の権限がある」

パイロットはためらわなかった。シーホークを低空飛行させ、海面ぎりぎりの高さで、逃走するボートへ向かう。こっちから撃てないのなら、せいぜいやつらを怖がらせてやる。

そのときパイロットの目に、手前のボートの男が立ち上がり、こちらを振り返るのが見えた。ヘリの方向を、何かで狙っているようだ。気づいたときには、ほぼ手遅れだった。あれはスティンガー・ミサイルの発射筒だ。

パイロットは操縦桿を強く引き、ヘリを急転回させて、ただちにフレア（赤外線誘導ミサイル用のおとり）

を投下した。

「スティンガーを撃たれました！」マイクに向かって叫ぶ声は、まぎれもなく動揺していた。これは訓練ではない。怒り狂った敵からミサイルを発射されるのは、パイロットが海軍に入隊して初めてだった。

それでも、ボートをレーザー照射し、発射ボタンに親指をかけることはできた。AGM－114Bヘルファイア・ミサイルの燃料ロケットが点火される。推力六〇〇ポンドで、弾頭は起爆状態になり、ヘリの支柱から飛び出し加速した。発射されて三〇〇メートル以内で、ミサイルはわき目もふらず標的へ向かった。レーザー追尾装置が、猛スピードで逃げるボートのレーザー波を検知し、ロックオンする。ミサイル誘導システムがあやまたずに向かう小さな赤い点は、スティンガーを発射した海賊のいかつい胸の中心に定まっていた。

八〇〇ノットで飛翔するミサイルは、発射されてほんの数秒で目標に到達した。厚さ一一インチの装甲を貫通する威力がある、銅のフィラメントがついた円錐形の爆薬は、海賊の身体で爆発し、高速ボートごと瞬時に消し去った。

しかし同時に、スティンガーの一・五ポンドの弾頭がヘリの至近距離に達し、シーホークの左側のエンジン排気口の真後ろで爆発した。榴散弾が左側のタービンを吹き飛ばし、回転翼の一部を破壊して、歯車列を引き裂いた。左側で吹き飛ばされた回転翼のかけらが、爆発と遠心力で四散し、瞬時に右側のエンジンを壊す。回転翼の一部とエンジンを失ったヘリは、自力で飛べなくなった。

「HI、こちらD9。当機は滑空飛行(オートローテーション)しています。エンジンが二基ともやられました」

しかしパイロットの声は、驚くほど冷静だった。「ああ、それから、海賊を一艇やっつけました」

12

ビル・ビーマンはゆっくりと立ち上がり、長身の身体を伸ばして、節々の痛みをほぐそうとした。これほど長時間、輸送機の座り心地の悪いシートに座っているには、年を取りすぎたようだ。カリフォルニアのトラヴィス空軍基地から太平洋を横断し、東京郊外の横田空軍基地へ向かうフライトは、永遠に続くように思えた。しかし、それももうすぐだ。あと少しの我慢で、ようやく窮屈な機内から解放され、やるべき仕事にかかれる。

ドネガン海軍大将からの呼び出しは、まさに青天の霹靂だった。そのときビーマンは、アフガニスタンに展開するチームを訓練するという、まったくちがう仕事に没頭していた。そして、それよりはるかに難しい課題に取りかかる準備もしなければならなかった。四年以上寝食をともにしてきた、SEALチーム3をもうすぐ離れるのだ。とうとうビーマンにも、出世の階段を昇り、後進に持ち場を譲るときが来たということだ。頭ではそうしなければならないとわかっていた。海軍人事局の知り合いからの情報では、ビーマンの異動はすでに決定事項で、ワシントンに栄転させることが取りざたされているという。しかし、その話を聞いたときの衝撃からは、いまだに立ちなおれない。ビーマンはまだ、部下を置き去りにし、海軍での残りの日々を五角形の迷宮（ペンタゴン）で過ごすことに葛藤を感じていた。そんなときにドネガン大将からの電話が鳴り、悶々（もんもん）とした日々は一時棚上げとなった。

　ドネガンはいつものようにつっけんどんで、無意味な社交辞令はいっさい言わなかった。前置きなしに、いきなり本題に入る。

　彼の話はこうだった。信憑性の高い情報によると、北朝鮮が核兵器を入手し、羅津（ラジン）の外れにある山中に隠した疑いがある。北朝鮮の連中が核兵器を盗んだのだとしたら、それを実際に使用するつもりか、そうするつもりの何者かに売り渡す可能性が高い。そうした可能性が現実のものになる前に、核兵器のありかを突き止め、破壊するには、ビーマンが統率するＳＥＡＬチームを送りこむことが考えうる最善の方法だ。したがってビーマンには少人数のチームを選抜し、一刻も早く日本へ向かってほしい。そこから現地に隊員を向かわせ、核兵器の場所を特定しだい、トマホーク・ミサイルで破壊せよ、ということだ。

　ただし、ひとつ問題があった。ビーマンは日本にとどまり、そこから作戦を監督するよう命じられたのだ。それはつまり、部下たちが危険な現場で活動するのをやきもきしながら見守り、司令部の床を歩きまわることを意味する。命令なのでしかたがないのだが、それでもビーマンにはこたえた。俺はまだそんな年齢(とし)じゃない。彼はそう思ったが、背中の凝(こ)りや痛みは治まらず、輸送機の通路を端から端まで往復しても消えてなくならない。席に戻り、着陸に備えて留め具(ハーネス)を締めるときにも、治まらないだろう。それでも俺は、数々の任務を成功させてきたんだ。それに俺には、あの若いやつらに対する責任がある。いままでずっと、現場で飛んでくる弾丸をぐり抜けてきた。俺がいるべき場所は作戦現場なんだ。

「総員、ハーネス着用。あと十分で横田に着陸する」スピーカーががなり、ビーマンの自己憐憫(れんびん)をさえぎった。

空軍制式の座り心地の悪い座席に戻り、ハーネスを着用する。右側の小さな窓から、灰色の壁の外を眺めた。フラップやスポイラーが下がり、巨大なジェット機が着陸態勢に入って雲の帳(とばり)を抜け出す。東京を囲む広大な平野が、眼下に広がった。ささやかな水田地帯と工場地帯が、狭い土地をめぐって争っているようだ。

灰色の大型輸送機が滑走路に着陸し、急制動をかけて速度を落とした。数分ほど滑走すると、駐機場の奥まったところにある、特徴のない格納庫の前に停まった。

「降機準備、完了しました、隊長」

その言葉で、ビーマンは物思いから覚めた。報告した若者はつるりとした顔立ちで、これから向かう任務には若すぎるように思える。ブライアン・ウォーカーは中尉に昇進したばかりだ。苛酷な訓練課程を終え、SEALチーム3に入隊したての、ひょろ長いテキサス出身の青年には、今回が最初の作戦となる。母音を延ばす強い訛りで、入隊してすぐに彼のあだ名が決まった。

「ご苦労、カウボーイ。ジョンストン上等兵曹に点呼させ、装備を下ろせ。あとで会おう」

ビーマンは自分の背嚢を担ぎ、兵員用区画を出て、洞穴のようなC - 17の貨物室からハッチをくぐり、エプロンに降り立った。

彼は振り返らなかった。

〝カウボーイ〟ことウォーカーが見ている前で、隊長は側面のハッチを出ていき、ジョンストン以下のチームが組織的、効率的に、山のような装備品を機内から下ろして、待ち受けているトラックに積み替えた。ウォーカーは、自分の背嚢をトラックに投げ下ろして、待つしかやることがなかった。

ウォーカーはいまだにわが身に起きている現実を信じかねた。思えば長い道のりだった。彼の家族はアマリロ郊外の低木地帯に牧場を構えている。父とは進路をめぐって激しく衝突した。父には理解できなかったのだ。なぜ一人息子が、せっかく入ったテキサスA&M大学（Aは農学、Mは工学の頭文字）を中退し、やがて自分のものになる牧場もなげうって、イカれた愛国者の志願兵とともに戦地に飛びこんで、泥まみれになりたいのか、を。基礎水中爆破訓練（BUD/S）の辛苦と昂揚感（こうようかん）は、いまなお記憶に新しい。そしていま彼は、歴戦の猛者（もさ）たちを率いて、作戦任務に就こうとしている。近年ではコロンビアおよびロシアで、実際の作戦を目の当たりにしてきた男たちを。苛酷な訓練を受けてきたウォーカーだが、本当に現場で指揮を執れるのか、生きて任務の完遂を見届けられるのか、事態が切迫したらどう対処するのか、実証するのはこれからだ。

ウォーカーの四方八方から、不安や疑念がのしかかってくる。そうした重圧を避けることはできなかった。彼は頭を振ってそうしたことを考えまいとし、チームが最後の装備品をトラックに載せ、無邪気に互いを小突き合うのを眺めた。

ウォーカーは口元を引きしめ、トラックの荷台に上がった。いよいよ、待ち望んでいた作戦に赴くときが来た。このときのために、彼は苦しい訓練を重ねてきた。いまこそ、おのれの力を証明するのだ。チームの面々に。ビーマンに。父親に。そして彼自身に。

ビル・ビーマンは空調でひんやりした格納庫の整備室に足を踏み入れた。目が慣れると、最初に見えた顔はジョン・ワードだった。

「盛りを過ぎた人間は、わたしだけではなさそうだ」潜水艦乗りが憎まれ口を利く。二人の旧友は抱擁して、背中を叩き合った。「さっさとケツを上げて、いっしょに来てもらおう。司令部でコーヒーを淹れてくれる人間を探していたんだ」

「何を抜かすか、このとんちき」SEAL指揮官は負けじと言い返した。「コーヒーがほしかったら、ほかの老いぼれ船乗りを当たれ。おまえがこの作戦でどんな邪悪な陰謀をめぐらせているのか、俺さまが暴いてやる」

ワードは何も訊かず、ビーマンの背嚢を抱え上げ、正面の出入口を指さした。

「さあ、出発だ。迎えの車は手配していないだろう？　わたしの車を待たせてある。〈トピーカ〉があと一時間で入港予定だ。関係者全員のミーティングを、一七〇〇時にひらく。道路状況がひどくなければ、コーヒーを飲む時間もたっぷりあるだろう」

ビーマンは肩をすくめ、ワードのあとに続いた。この潜水艦乗りのことは熟知している。たわいのない軽口をたたいていても、ビーマンには旧友の緊迫した空気がひしひしと伝わってきた。

ジョン・ワードは何かを懸念しているようだ。それがいかなるものであるにせよ、相当深刻な懸念にちがいない。

それは重大な事態を意味する。尋常ならぬ重大な事態を。

マーク・ルサーノはいまだかつて、これほど混雑した海を潜水艦で航海したことはなかった。ひっきりなしに往来する船舶のどれにも衝突することなく、通過しなければならない。ずっと神経を張りつめ、彼は疲れ切っていた。首筋を汗が伝い、紺の作業服の襟も背中もしとどに濡れている。たったいま、速力を〈前進微速〉に落とし、船が多すぎて通航不能と思える一帯を迂回したばかりだ。

この海域には無数の船舶がひしめき、そのどれもが彼の乗り組む〈トピーカ〉を押しひしごうとしているように思えてしまう。東京や横須賀を太平洋から隔てる東京湾は、世界で最も混雑した海域のひとつだ。一九九〇年代後半からこのかた、経済が下り坂のこの国にあっても、東京湾には毎日、膨大な数の貨物船が行き交っている。それにくわえ、プレジャーボートや漁船、海上自衛隊やアメリカ第七艦隊の艦艇で、東京湾はさながら巨大な混沌とした洗濯槽のようだ。

ルサーノは〈トピーカ〉の艦橋コクピットに立ち、出港してきた巨大な貨物船によけてもらおうとした。その船は艦首からわずか一〇〇〇ヤードの距離にあり、ぐんぐん近づいてくる。その貨物船が針路変更してくれなかったら、ルサーノは、背後から潜水艦を押しつぶそうとしているもう一隻の巨大な、入港しようとしているタンカーの前で方向転換しなければならない。

浮上航行する潜水艦につきまとう問題は、氷山のように、艦体の八割が水中に隠れている点だ。大型船の高い船橋にいる船乗りには、潜水艦は簡単によけられる小さな船のように見えてしまう。それで彼らは、よけずに直進する。しかしその下には、第二次世界大戦当時の巡洋艦と同程度の大きな艦体が隠れているのだ。

二日前まで、〈トピーカ〉は北朝鮮の沖合を遊弋(ゆうよく)し、単調な監視任務に就いて、ほとんど無意味な音波や電波の収集分析に明け暮れていた。あと一カ月はこのまま、松に覆われた高い山々を眺めるぐらいしかすることがなく、世界で最も謎に包まれた国で何が起きているか、様子を見ることになりそうだった。

〈トピーカ〉の大半の乗組員と同じく、ルサーノもまた、変化のない任務の退屈さに苛(さいな)まれた。ところが瞬時に、すべてが変わった。

艦長のドン・チャップマン中佐が、やにわに通信室を飛び出すや、平行分度器(PMP)を操舵員の海図に当てたのだ。いったい何事かと、誰もが目を見張った。

「哨戒長」艦長は大声で命じた。「深さ五〇〇。前進最大速! 針路一四五」しかし突然の任務変更に関しては、なんの説明もなかった。

かくして〈トピーカ〉は二日間、全速で潜航を続けた。日本海を横断して対馬海峡を抜け、九州を通過して東京湾へ北上する。ルサーノにはいまだに理由はわからないが、艦長が一五〇〇時までに横須賀基地の埠頭に着岸したがっていることは知っていた。大急ぎで基地に向かっているのは、将校クラブの夕刻のハッピーアワーとは関係なさそうだ。

ルサーノは物思いを振り払い、目下の状況に集中した。出港してきた貨物船は、針路変更してくれない。あいつらは〝最大総トン数の法則〟を信じているにちがいない。俺たちの船は大きいんだから、みんなよけろ、というわけだ。

ルサーノは、自艦を針路変更し、遠まわりするよりほかになかった。両方の貨物船に、こちらの意思を知らせておくべきだ。

士官はかがみこみ、コンパス・リピーターの真下に突き出した真鍮のハンドルをぐいと引いた。ハンドルを離すと同時に、潜水艦の汽笛が一度長く鳴り響き、周囲の全船舶の船長に、〈トピーカ〉が針路を右に変更することを知らせた。汽笛は潜水艦のセイル前端の高い場所、艦橋と二五フィート下の発令所を繋ぐ昇降筒の前側に備えられている。三マイル遠くまで聞こえるような、耳をつんざく大音響だ。

ルサーノがハンドルを離した次の瞬間、チャップマン中佐が艦橋の昇降ハッチから顔を突き出した。艦長は首を振り、目をすがめて、猛然と両耳をこすった。

「いったい何をやっている、ミスター・ルサーノ！　わたしの耳が聞こえないようにしたいのか？　わたしが怒っても、自分で何を言っているのかわからないように？」

「ち、ちがいます、艦長」ルサーノが口ごもる。「衝突しないよう、右に針路変更するだけです」

チャップマンは艦橋までの最後の段をよじ登り、まだ耳をこすりながら、周囲に広がる茶色の海と、ひしめく船舶を眺めた。

「急がないと予定時刻に遅れるぞ。〈前進全速〉にしろ」

「しかし艦長、それでは……」ルサーノが抵抗しようとする。

チャップマンは手を振り、みなまで言わせなかった。反論は受けつけない。議論は始まる前に終わってしまった。

「わかったな。〈前進全速〉だ」

〈トピーカ〉は、新たな命令に応えるかのように、前に飛び出した。頑固な艦長と船長が、意地の張り合いを始める。

ドン・チャップマンは、海軍での経歴で最も重要になるであろう概況説明（ブリーフィング）に、なんとしても遅刻したくなかった。

エレン・ワードは傾斜のきついぬかるんだ山道を急ぎ、ロジャー・シンドランに追いつこうと必死だった。シンドランはすでに、行く手に繁茂した草木のカーテンに消えようとしている。一行が密林に覆われた山を登るにつれ、うんざりするような暑さと湿気で、すでに彼女の体力は消耗し、おぼつかない足場のせいで、道のりはますます険しくなってきた。ふだんからジョギングしているので、体型は引きしまっているが、これほどつらい登山になるとは想像していなかった。

引率してきた学生たちははるかに後れを取り、まばらな間隔で一列に連なっている。大学生活で何年も、朝八時の授業に駆けこむ以外、ほとんど運動をしてこなかったつけがまわってきたのだ。

エレンは山の肩まで登れば、少しは涼しい風が吹いてくるのではないかと淡い期待を抱いていた。だがいまのところは、スチームバスのなかで階段を昇っているようなものだ。エレンは自分の身体を見下ろした。シャツについた泥が固まり、両脚にも赤土がこびりついている。メイクはとっくに汗で流れ落ち、野球帽の下でアップにしていた髪はほつれて、顔や首筋にまとわりついてくる。

こんなの、山歩きなんてものじゃないわ。スチームバスで泥と格闘しているみたい。

昨夜、隋海俊との夕食で、ロジャーは意気昂揚していた。この植物学者は新種のランを発見したと確信しており、エレンや学生たちと山に登って、彼女たちの目で確かめてもらいたいと熱心に主張した。新種の花について、ロジャーは謎めかし、エレンには自生しているところをじっくり鑑賞してほしいとしか言わなかった。

エレンは思わず笑みを浮かべ、目の汗を汚れたハンカチで拭ったら、かえって頬や額に赤土がついてしまった。この調査旅行で、ロジャーの存在は天の助けだった。彼はいつでも、学生たちに驚くようなものを見せて、楽しませてくれたのだ。ロジャーのおかげで、博士課程の学生たちは数々の貴重な植物を見ることができた。その大半は、いままでに見る機会が得られなかったものだ。

のみならず、隋海俊も並外れた寛容な申し出をしてくれた。この小柄な中国人実業家は、一行がタイ北部を野外観察するあいだ、ぜひ山頂にある広壮な屋敷に滞在し、ベースキャンプとして使ってほしいと言ったのだ。それだけではなく、自家用のヘリコプターとパイロットを、調査地との往復に使わせてくれた。エレンは軍人の妻なので、こうした乗り物がどれほど燃費を食うか、漠然とした知識は持っていた。彼女の大まかな推測でも、隋がいかに破格の気前の良いもてなしをしてくれているのか、見当はついた。

到着初日、ロジャーと隋海俊は一行を連れ、隋が誇るランのコレクションを見せた。何年もかけ、屋敷の周辺の山々を覆う密林から集めてきたものだ。エレンはその膨大な数と、隋がこの観賞用植物に注ぐ情熱に驚嘆した。しかしエレンが、これほどすばらしいコレクションを世界のラン研究者のために出版すべきだと提案すると、隋ははにかみ、そんな大それた注目を引くほどのものではないと言って辞退した。エレンから見ると、隋はこの人里離れた美しい世界にとどまり、人目につかない存在でありたいように思えた。

「次に曲がったところだ！」ロジャーが下生えの向こうから叫んだ。「急いで！　ほかの学生に追いつかれる前に、きみに見せたいんだ」

エレンはペースを上げ、ようやくシンドランが待っている場所に着いた。彼はでこぼこの狭い道のかたわらに立っていた。倒木にしがみついている小さな植物を指さす。まだらになった深緑の葉の中央から、とげが突き出ていた。そのとげには、密林の地面から数インチの高さで、可憐な白い花が咲いている。エレンが見ると、その開口部の内側がかすかに、ピンクと黄色に染まっていた。

「まあ、きれい。こんな花、いままで見たことがないわ」彼女は息を呑んだ。膝をつき、間近でよく見ようとする。

「きみはこの花を、世界で二番目に見たんだ」ロジャーがそっと言い、隣に膝をついた。エレンはすぐそばに、彼のぬくもりを感じた。「わたしはこの花に、〝パフィオペディルム・デ・エレナヌム〟と命名しよう。こんな美しい花には、きみのような美しい女性の名前がふさわしい」

張光一（チャン・グアンイル）大佐は、副官が運転してきた車のそばに立ち、労務者（クーリー）たちが最後の重量物を貨車に積みこむ様子を、魅入られたように見ていた。核兵器を運んで高い山を越える困難な登攀（とはん）が、ようやく終わった。偽物の核魚雷はすでに羅津へ送られ、そこからは、サブル・ウリザムからの現金支払いが受領できしだい、マレーシア行きの貨物船に載せて南へ送られる手はずとなっている。

木枠がしっかりくくりつけられ、手順に従って安全が確認されると、貨物列車は出発することになっている。それを見届けたら張は、小さな宿屋で入浴し、登攀の疲れと垢（あか）を流すつもりだ。本物のベッドでひと晩ぐっすり眠ったら、急いで出発し、列車が清津（チョンジン）に着く前に先まわりしよう。金大長（キム・ダイジャン）大将が、積荷の積み替えに立ち会うかもしれない。そのときに、信用されて任された自分がいなければ、不興を買うことになる。

山ではひどい嵐が荒れ狂い、二日間の予定だった行軍は、四日に延びたうえ、狭く、滑りやすい悪路で道中は悲惨をきわめた。とりわけ危険な断崖で、四人の労務者が足を滑らせた。彼らは垂直の岩から落ち、木枠に繋がれたロープ一本だけでぶら下がり、積荷を運ぼうとするほかの労務者たちに、助けを求めて叫んだ。

一団が崖のほうへ滑り、積荷も引きずられそうになったとき、張が飛び出してロープを切断した。四人の労務者は悲鳴を残して五〇〇メートルを真っ逆さまに落ち、眼下の岩にぶつかって跳ねた。彼らは身体を叩きつけられて動かなくなり、岩が点在する川の縁でぼろきれのように横たわった。

張は生き残りの労務者たちを蹴りつけ、荷物を運びつづけろと叫んだ。内心では、はらわたが煮えくりかえる思いだった。金大長大将はこんな獣同然のやつらに核兵器を運ばせると強硬に主張したんだ？　いったいなぜ、こいつらは人間の屑で、ごく簡単な命令も守れないのだ。こんな役立たずの人間どもを使うぐらいなら、本物のラバを使ったほうがずっとましだった。だが少なくとも、生き残った男たちは、その先の道を注意して進んだ。

「積み替えが完了しました」警護兵の士官が、きびきびと敬礼して報告した。「木枠は固定され、わたしの部下が配置に就いています」

張は答礼した。

「ご苦労だった。しっかり見張ってくれ。木枠にかすり傷でもついたら、おまえは一族郎党もろとも、ご先祖のところへ行くことになる」そう言うと背を向け、車へ向かった。

士官は貨物車の扉を思いきり閉めた。それから、上官が去ったところで、泥に唾を吐き、張を呪った。

張の公用車はエンジンを咆吼(ほうこう)させ、狭い未舗装路を走り去った。その十五分後、貨物列車が動きだし、カーブしながら消えた。

同じころ、三〇マイル沖合の六五〇〇〇フィート上空で、無人偵察機のグローバルホークが北朝鮮沿岸で最初の旋回をした。その合成開口レーダーと高解像度の光学センサーが、下界の画像を横須賀司令部にデータ送信(ダウンリンク)する。自動車と貨物列車は、ほかの無害な画像とともにデジタル化され、いっきにバースト伝送されて、超高速で受信アンテナに送られた。瞬時にその画像は復号され、人間の目に見える画像となって届けられた。

13

ポール・ウィルソン艦長は〈ヒギンズ〉の艦橋ウイングに立ち、ジョー・ペトランコが部下とともに効率よく、何度も重ねてきた訓練どおりに、SH‐60シーホークの乗員を水面から救出するのを見届けた。奇跡的に、ヘリコプターの乗員は怪我ひとつなく、小さな黄色の救命筏二艘に分乗して、数時間海面を漂っていた。

ウィルソンにとって大変残念なことに、貨物船〈ムーン・フラワー〉の船員は助からなかった。〈ヒギンズ〉が襲撃現場に到着するころには、海はすでに、活用可能なタンパク質を再利用する過程に入っていた。水中の血に引き寄せられたツマグロ（メジロザメの一種）が、人肉の大きな塊を獰猛に引き裂く。より小さな掃除魚も徐々に集まり、ちぎれた肉片をむさぼって、ついには残った有機堆積物が海底に沈む。こうした極小のかけらもなお、食物連鎖に組み入れられ、海面下数百フィートの珊瑚の養分となる。

ウィルソンはなすすべもなく、貨物船が悲運に遭遇した地点から広がる漂流物や油膜を眺めているよりほかになかった。

その地点から二マイルほど北で、粉砕されたシガレットボートの船体が、水面ぎりぎりのところで漂い、無言のうちに哨戒ヘリコプターD9F（デルタ・ナイン・フォクストロット）の奮闘ぶりを物語っていた。

「艦長、生存者を全員、収容しました」艦橋の無線から、ペトランコが報告した。「これより帰艦します」

ウィルソンは肩をすくめ、艦橋を出た。できることといえば、さらにもう一件の海賊襲撃に遭遇したという腹立たしい報告を、西太平洋兵站（へいたん）群のミック・ドノヒュー大佐に送信するぐらいだ。そしてまた、癇癪（かんしゃく）持ちの大佐からお目玉を食らうことになるだろう。ウィルソンにこれ以上できることはないと、お互い承知してはいるのだが。少なくとも、彼らが晴れて、海賊に先制攻撃を仕掛けてよいという許可を得られるまでは、どうすることもできない。もっとも、そんな日が来るかどうかはわからない。

ポール・ウィルソンは憤懣（ふんまん）やるかたない思いを飲みこみ、電文を起草しに艦長室へ向かった。

〈トピーカ〉艦長のドン・チャップマン中佐と、副長のサム・ウィッテ少佐は、傾斜した通路を大股で歩き、石とコンクリートでできた灰色の建物群を通りすぎた。どの建物にも、大きな青い標識が掲げられ、古びた外壁の内側に、重要な役割の機関が収容されていると告げている。通りは緩やかなカーブを描き、海軍基地にそびえる、ごつごつしてひびの入った花崗岩の岩山を迂回した。四分の三ほどまわったところで、一行は狭い舗装路に出くわし、その道は太古の昔に噴火活動を終えた火山の中心部へとまっすぐ続いていた。

その道も岩山の入口で途切れ、そこには重厚な両開きの鉄扉があった。一台のLAV－25軽装甲車が道を塞いでいる。装甲車のM242ブッシュマスター二五ミリ機関砲は、近づいてくる二人の潜水艦乗りに向けられていた。さらに車長が砲塔のハッチに座り、旋回支軸に据えつけられたM240E1七・六二ミリ機関銃を二人に向けて、油断なく警戒している。それだけではなく、ヘルメットを装着した完全武装の海兵隊員二名が、コンクリートブロック造りの哨舎を囲むように積み上げた、砂袋の山の前に立っている。扉の上には小さな青い標識に、金文字で、〈第七艦隊司令部〉と記されていた。

チャップマンは用心しつつ、周囲を見わたした。関係者は保安にずいぶん神経を尖らせているようだ。敵が扉を爆破しようと思えば、相当な覚悟をした重武装の部隊による総攻撃が必要だろう。これだけ厳重に警戒されていたら、そうした攻撃さえ難しいだろうが。

チャップマンとウィッテが身分証を海兵隊員に見せると、海兵隊員はうなずき、哨舎から海軍大尉が出てきた。左肩に、海軍大将の副官であることを示す、金の飾緒をつけている。

「どうぞこちらへ、艦長。もうみなさんが、ブリーフィング・シアターにお見えです」大尉は向きを変え、鉄扉の向こうへ消えた。チャップマンは副長に目をやり、肩をすくめた。〝みなさんがお見え〟ということは、艦長と副長が岩山のまわりを散策していたあいだ、司令官はずっと待たされていたことを意味する。

チャップマンは重厚な鉄扉をくぐり抜けた。厚さ六インチはありそうだ。どこかで読んだところによると、この場所は日本の帝国海軍司令部として建設されたという。この扉は、二〇〇〇ポンド以下の爆弾なら直撃にも耐えられるそうだ。

内部の壁は岩がむき出しだ。ほぼ百年前、のみやたがねで硬い花崗岩を掘った跡が、そのまま残されている。見るからに頑丈な電線が張りめぐらされ、ほの暗い白熱灯が、奥深くへ伸びて右側に湾曲した通路を照らしている。チャップマンが見たところ、トンネルの幅は、トヨタが二台並んで通れそうだ。

トンネルをさらに奥へ進むと、副官は二人を先導して、外側の扉とまったく同じように見える両開きの鉄扉をくぐった。

「お越しになるのは初めてですか?」先導役(ツアーガイド)は平板な口調で訊いた。答えを待たずに、言葉を続ける。「日本軍（ジャップ）は実によく考えて、ここを造りました。入口からここまで、九〇度曲がったことにお気づきですか？　入口からの距離は七四フィートで、高さは一五フィート下がっています。技術者は、一六インチ砲弾が外側の扉を貫通して内部の岩に炸裂することも想定していました。その場合でも、いま通った扉が爆風を食い止め、それより下まで被害が及ばないようにしていたのです」

チャップマンがふうんと当たり障りのない返事をした。副官は続けた。

「もちろん、いまとなってはなんの意味もありません。核爆弾なら、扉があろうとなかろうと、ここの岩山ごと蒸発させてしまうでしょう。だとしても、ここはいまだに、アジアで最も盗聴が難しい会議室なのです」

そこで副官はぴたりと、くすんだ灰色の扉の前で立ち止まった。真鍮の標札に〈ブリーフィング・シアター〉と記されている。小さな電光表示板が、扉の真上に吊るされていた。〈機密会議中〉と表示されている。

副官が二人の潜水艦乗りに、入室するよう促した。

室内に鎮座する会議用テーブルの首座に、ジョン・ワードが立っていた。ワードはチャップマンとウィッテに着席を促し、プロジェクターを点灯させた。低い話し声がやみ、大型スクリーンが明るくなって、ワードがスクリーンの右にある小さな木製の演台に踏み出した。

スクリーンに、大きな赤い文字が出てきた。〈最高機密。非公開情報。漏洩厳禁〉その下に、どこかバドワイザーを思わせるSEALの標章と、金色のイルカをあしらった潜水艦部隊の標章が並んでいる。

チャップマンは、出席者のうち数人は迷彩服姿で、大きな金色のSEALの標章をつけているのに気づいた。会議用テーブルの前に座っているのは、チャップマンと同年代の指揮官と、若く見える尉官の二人だ。

ワードが口火を切ると、室内はしんとした。

「諸君、この会議は機密扱いだ。メモを取ってはいけない。この部屋で話された内容は、何ひとつ口外するな。終了後、各員への命令書を伝書使に配達させる」

ワードはボタンを押した。画面が切り替わり、朝鮮半島の形をした地図が映し出された。

「信憑性の高い情報によると、北朝鮮が複数の核兵器をロシアから入手したようだ。この点について、わが国の諜報網は確度の高い情報を得ている」

司令官がここで間を置くと、一同からあえぎが洩れた。いま話された言葉は、彼らの最悪の懸念だった。一同がその軍歴のあいだ、ずっと恐れていた事態が現実になりつつある。

世界で最も予測不能で捨て鉢な行動に出かねない国、北朝鮮が、アジアに核戦争の大虐殺をもたらす力を手に入れたのだ。

それは考えがたく、看過し得ない事態だった。そしてワードは、出席者の全員の思いを直感した――いかなる犠牲を払っても、それを止めなければならない。

「われわれが知ったところでは、最低でも二基の旧ソ連時代の核魚雷が、ウラジオストクの潜水艦基地から紛失した」ワードは言い、レーザーポインターで地図の片隅の地点を指した。「核魚雷が最後に特定できた地点は、北朝鮮の羅津（ラジン）海軍基地だ。おそらく海路で密輸されたと思われる。近海で情報収集を行なっていた〈トピーカ〉が、貨物船を確認した」ワードはチャップマンのほうを見、潜水艦乗りへの親しみと敬意を表した。「それ以来、われわれは核魚雷の場所を特定できていない。この地域には、天然のラジウム成分が高い山岳地帯があるため、わが国の情報収集システムでは特定できないのだ。目下、われわれが頼れる方法はひとつしかない。偵察要員を送り、標的のありかを突き止めてもらうのだ。そのために、SEAL隊員と〈トピーカ〉乗員に来てもらった。同艦で北朝鮮に潜入し、SEALに核兵器があるかどうか見きわめてもらう」

〈ウォーカー〉という名札をつけたSEALの尉官が訊いた。「見つけたら、どうしますか？　俺たちがその場で爆破するんですか？」

「まあ待て、カウボーイ」年かさのSEAL隊員が、ささやくような声で言った。「ここにいるみんなに、それぞれ役割がある」

〈レイク・エリー〉のロゴ入り野球帽をかぶった大佐が、発言した。イージス巡洋艦の艦長だ。

「そこからは、われわれの出番になるだろう。きみたちが見つけてくれれば、わが〈エリー〉のトマホークで吹っ飛ばしてやる」

「まさしくそういう計画だ」ワードが割って入った。「さて、計画の前には厳しい現実が待ち受けていることを認識しなければならない。時間はあまりない。北朝鮮軍は、核兵器を絶えず移動させて、われわれにありかを特定されるのを防ごうとするかもしれない。あるいは、世界のどこかの友好勢力に売り渡す可能性もある。とにかく、どうあっても発見しなければならん。あすの払暁までには、〈トピーカ〉とSEALチームに出撃してもらいたい。続いて〈レイク・エリー〉には、あすの午後、出港してもらおう」ジョン・ワードは言葉を止め、室内の一人一人と目を合わせた。「諸君、この任務がいかに重大かつ秘密を要するか、言うまでもあるまい。連中が核兵器を使うのをわれわれが止められなかった場合、それが何を意味するかも。あるいは、核兵器が別の勢力の手に渡ったら、どうなるかも」

誰もが無言だった。

サブル・ウリザムは無言で、老朽貨物船を沈没させたというマンジュ・シェハブの詳細な報告に耳を傾けていた。海賊の報告が終わったところで、サブルは訊いた。「ヘロインはまちがいなく、すべて投棄したんだな？」

「もちろんです、わが師（ムッラー）」シェハブは力強い口調で答えた。「お話ししたとおりです。ヘロインはすべて、海上に投棄しました。一オンスたりとも残さずに。魚はとても喜んでいたでしょう。錆びたぼろ船は海底に沈み、不信心者の船員たちは天国で奴隷として仕えています」

サブルは、手振りを交えて熱心に話す腹心の部下をまじまじと見据えた。シェハブが言い終わってからも、目を逸らさない。

海賊は上唇の汗をなめとり、片足の重心をわずかにもう片方へ移した。かすかな徴候だが、それでもサブルのような明敏な人間の目はごまかせなかった。マンジュ・シェハブは何かをひどく気にしているようだ。では、何を？　作戦はめざましい成功を収めたと言ってよい。貴重なボートと数人の戦士を失ったことを差し引いても。あれだけの成果があったのだから、ささやかな代償だ。それにシェハブは無傷で逃げおおせ、船とその積荷を破壊したところを見届けた。のみならず、シェハブは恐れを知らない人間だ。確かに間一髪（かんいっぱつ）

で死ぬところだったが、彼がいまさら死の恐怖を気にしているとは思えない。唯一の可能性は、彼の報告のどこかが、真実ではないということだ。この男は嘘をつき、何かを隠している。サブルにはそれが何かわからないが、やがて明らかになるだろう。サブル・ウリザムの目からは、何ひとつ隠し通せない。

サブルはようやく、シェハブから目を離し、うっすら笑みを浮かべた。隋暁舜（スイ・ギョウシュン）は襲撃の成功を喜んでいるにちがいない。ボートと六人の勇敢な男たちを失っても、彼女が支払ってくれる一億ドルと引き換えなら、価値のある犠牲だ。父親の隋海俊（スイ・カイシュン）は、顔をどす黒くして怒っているだろう。ほんの一時間足らずで、この麻薬王は一億ドル以上の価値がある積荷を失ってしまったのだ。彼の莫大な富をもってしても、立てつづけにこれほどの損失をこうむれば、持ちこたえられまい。

サブルはマンジュ・シェハブに手を振り、下がらせた。海賊が部屋を出ると、宗教指導者は衛星電話に手を伸ばした。連絡を入れ、約束どおり支払ってもらうときだ。番号を押し、端末に耳を当てて、電話がラオスの二三〇〇〇マイル上空の通信衛星の静止軌道と同期するのを待つ。信号はそこから、香港の地上局、次いでマカオの携帯電話を経由する。この携帯電話は使い捨てで、持ち主はあるタクシードライバーだ。そのタクシードライバーは、グローブコンパートメントに電話を入れておくだけでたんまりと礼金を受け取っているが、理由は知らない。携帯電話は瞬時に、九龍(クーロン)の地上回線に信号を受け渡す。

孫令(スン・レイ)が、二度目の呼び出しで机の電話を取った。

「進展がありましたか？」

「作戦は成功しました」サブルは声をひそめて答えた。デジタル回線を何カ所も経由した声は、金属的でこわばって聞こえる。「取り決めどおり、全額をお支払いいただけるんでしょうね」

「一時間以内に半額を振り込みましょう。オンラインで確認できます。われわれのご主人がお喜びになるでしょう。近いうちに、彼女から新たな仕事の指示があります」

この短い、事務的な言葉でさえ、サブルの耳にはいかにも会計士然として聞こえた。型にはまって血の通わない、感情のない声は、表計算ソフトに並ぶ数字を思わせる。この男の血管に流れているのは、冷たい金なのだろうか。しかし、サブルはあくまで礼儀を守らねばならない。何せ、一億ドルという大金がかかっているのだ。たとえこの男がどんな冷血漢であろうとも、サブルは自らの計画遂行に役立て、利用しなければならない。それこそがアッラーのご意思なのだ。それにいずれ、この不信心者も地獄の業火に焼き尽くされるだろう。

「どうかあのかたに、喜んでお役に立ちましょうとお伝えください」サブルはなめらかな口調で答えた。「それから、われわれの新たな仕事に関しては……」

「その件は追って知らせます」孫令は切り口上でさえぎった。「詳しいことは、次回の協議で話し合いましょう。ではまた」

サブルはこみ上げる怒りの衝動を抑えた。このぶしつけな不信心者の会計士は、サブルを焦らし、仕事の話を先延ばしにしようとしている。サブルの壮大な計画は重要な段階に近づき、タイミングが死命を分かつのだ。彼は全額をいますぐに必要としている。北朝鮮人は、つけでは取引しない。兵器の受け渡しは現金と引き換えであり、その金をなんとしても、隋暁舜から支払ってもらわねばならなかった。いつ果てるとも知れない協議をこれ以上続ける余裕はなく、あの女主人の意向について、孫令が言を左右にするのをおとなしく聞いてはいられない。

自分を抑えるには鉄のような忍耐を要したが、宗教指導者は平静な声を保ち、食い下がろうとした。

「親愛なる孫令、協議とは、もう一度お会いするということですか？　これまでのところ、われわれの提携関係はすばらしい成功を収めているではありませんか。わたしの理解では……」

しかし、それは徒労だった。気がつくと、通話は切れていた。

マヌエル・オルテガ大佐は用心して、ほぼ一ブロックを占める大きな古い屋敷を見張っていた。その屋敷は、彼が張りこみをしている車から見て、木々が並んだ狭い通りを挟んだ向こう側にある。塀をめぐらせたその大邸宅は、サンボアンガの植民地時代の遺物で、二百年前に主人のスペイン人のために島の赤土で建てられたものだ。その後の歳月で、白い漆喰は色褪せてところどころ剝がれ落ち、まるで疱疹（ほうしん）のようなありさまだ。ベンガルボダイジュの木々は危険なほど枝葉を広げ、狭いレンガ敷きの通りを覆っている。その屋敷はいま、このフィリピン南部の街のアメリカ領事館として使われていた。

夕方が近づき、交通量はいつもどおり、ひどく増えている。乗り合いバス（ジープニー）やスクーターがヨーロッパの高級車と競い合い、互いをかすめるように、何年もの往来ですり減った玉石を踏んで走る。家路に就く通勤者が、日雇い労働者と肘を触れ合わせ、木陰の歩道にひしめく。

オルテガの訓練された目は、こうした人畜無害な行動もどれひとつとして見逃さなかった。かといって、興味を引かれるものはなく、あるいは彼自身、見ていると意識さえしていない。熟練した警官として、オルテガは周囲の環境を認識しつつ、まったく異なる対象に注意を集中していた。

　さらに意識の片隅では、自らのたくらみを練っていた。あの二人の国際共同麻薬禁止局（JDIA）捜査官は、声高に釈放を要求しているが、支局本部の監房に引きつづき拘禁されている。釈放はまずありえない。隋海俊のオルテガに対する命令は、このうえなく明確だった。隋の意向が変わらないかぎり、オルテガはいかなる口実を使っても二人を拘禁しつづけるだろう。隋にとってこの地域は重要な輸送ルートであり、ＪＤＩＡの存在は彼の事業に差し支（つか）えるのだ。この麻薬王は以前にも、アメリカのＪＤＩＡとの行きがかりがあり、今度ばかりは、彼らに付け入る隙を与えるつもりはない。

　それにオルテガには、アメリカ領事館の出方もほぼ読めていた。アメリカ人はかなり以前から、アブ・サヤフの勢いを増すテロ攻勢に対峙するうえで重要な地元当局者として、オルテガの存在を頼りにしており、オルテガはこの過激派に関する情報を領事館に提供している。オルテガの忠誠を確保するためなら、アメリカ人はどんなことでも協力を惜しまず、そのためなら、ＪＤＩＡの捜査官を数週間、数カ月、あるいは数年拘束することも厭（いと）わないだろう。オルテガはこの状況から大いに利益を得つつ、捜査官の拘束を最大限に引き延ばすつもりだ。何しろ多額の礼金と引き換えに、隋の事業の邪魔者を取り除いたのだから。一方でアメリカ人にも、ときおり耳寄りな情報という餌を与えて、自分のやりかたには口出しさせないつもりだった。

今夜の会合は、まさしくそのためだ。あの気取った外交官モリスに、サブル・ウリザムがスブラマニアン師の殺害を命じたニュースを知らせてやろう。そしてサブルが、サラワク州に触手を伸ばしつつあることも。そうすればあの男は、女学生のように周囲に吹聴するだろう。

領事館前の凝(こ)った装飾の鉄柵が内側にひらき、黒のメルセデスが音もなく、通りに出てきた。スモークガラスのせいで、誰が乗っているかは見えないが、それは問題ではない。オルテガにはすでに、車の運転者も目的地もわかっていた。

オルテガはランドローバーのシートに身体を沈めた。ウインドウの下に隠れ、そばを通りすぎるメルセデスをやり過ごす。メルセデスは、ひなびた地方観光を楽しむオーストラリア人客で一杯のジープニーをかすめて、通りを走り去った。

黒いメルセデスが角を曲がったところで、オルテガはランドローバーのエンジンをかけ、ギアを入れて、ゆっくりと反対方向へ進んだ。会合の予定まではまだ一時間あり、あの車は部下が追っている。

オルテガはほくそ笑み、急ハンドルを切って角を曲がった。

何もかも、予定どおりだ。

14

金大将（キム・ダイジャン）は歩きまわるのを中断し、立ち止まった。窓の前にたたずみ、外を眺めながら、上腕の赤い斑点をかく。発疹（はっしん）はひどくなるばかりだ。クリームを塗っても、絶えず神経を苛立たせるかゆみはちっとも治まらない。あの無能な軍医は、これは神経性の発疹で、休まないと症状は悪化する一方だと言いやがった。あの藪（やぶ）医者め、この老兵の我慢強さに敬意ぐらい示したらどうだ。とはいえ、かゆみなどささいな悩みであり、考慮に入れるべき問題ですらない。はるかに重要ないくつもの問題が、彼の心を占めている。あまたの要素が渦を巻いており、発疹などというささいな悩みを気にしている余裕などない。

金の大事業は、いよいよ成就に近づいている。多年に及ぶ構想、慎重な計画、彼より能力は劣るが、より大きな権力を持つ男たちに這いつくばり、協力を求めてきた成果が、ついに結実しようとしているのだ。夏までには、すべて終わっているだろう。金は人民を率い、歴史的偉業と勝利を達成する。その暁（あかつき）には、朝鮮民主主義人民共和国は世界の諸大国に尊敬され、恐れられる国になるだろう。それこそがわが国の宿命であり、その宿命をかなえるのはこのわたしなのだ。

生気のない、灰色の丘陵が地平線まで広がっている。何世代にもわたる飢えた農民が、草木をことごとく取り尽くしてしまったのだ。

ちょうどそのとき、狭く曲がりくねった舗装道路を、黒のセダンがこちらへ向かってきた。丘陵を取り巻く軍用の幹線道路から、司令部へと上がってくる道だ。その道を慎重に進む大型車を、金はじっと見た。

防備の堅固なこの国には、厚さ一メートルもの強化コンクリートで造られた幹線道路が無数にあり、この道もそのひとつだ。こうした道は、ジェット戦闘機の離着陸による衝撃にも耐えられる。道には隠し誘導路がついており、硬い花崗岩を穿った防弾の洞窟へと通じている。この国のまっすぐな道はどれも、戦時には空軍基地として使えるように設計されていた。

老将軍は頭を振った。幹線道路を利用した空軍基地も、ほかに数えきれないほどの軍用設備も、すべて無用の長物であり、徒労でしかない。北朝鮮を攻撃しようとする国などないからだ。諸外国は敵ばかりだが、石とコンクリートで築かれた要塞にわざわざ軍を送りこむ理由などなかった。彼らはただじっと座り、この包囲された小国を兵糧攻めにして、この国の人民がゆっくりと飢餓に苦しみ、忘却に葬られるのを待っているのだ。

しかし、この国にもひとつの強みがある。忍耐力だ。金大長大将もまた、時間を貴重な戦力と考えている。東洋的な戦略観からすれば、時間は強力な武器になるのだ。幾世代にもわたる時間をもってすれば、水に穿たれる岩のように、敵を打ち負かせる。一度に少しずつでも、やがてはとめどもない力になる。

しかしいまは、その時間が敵でもあった。金がその複雑な計画を一刻も早くまとめ上げ、すべての要素を有効に組み合わせなければ、大戦略は水泡に帰すだろう。そうすれば、金が祖国の支配者として立ち上がるチャンスは二度と来ない。朝鮮民主主義人民共和国は、東アジアの盟主として正当な地位に君臨することはないのだ。

現在の総書記、金在旭（キム・ジエウク）と、その愚かな父親は、国の乏しい資源を浪費し、巨大な軍を築き上げた。南に進軍し、韓国へ攻め入って、正当な領土を奪還し、分断された祖国を再統一することが目標だったのだ。しかしもちろん、そんなことは起こらなかった。いまとなっては、もう手遅れだ。南の敵も、その主人のアメリカも、あまりに強大になりすぎてしまった。

その目標を達成するには、よりよい戦略が必要だ。孫子の知恵を用い、戦わずして勝つのだ。そのためには、敵自身の強さを利用し、相手を無力化することである。

金大長大将は笑みを浮かべた。その計画の鍵となる人間が、あの黒い車に乗り、金のささやかな、老朽化した司令部を囲む、高い金網のフェンスまで来ている。金が見ている前で、その車は検問を抜け、そこに立っている哨兵の前を通りすぎた。

将軍はそのままじっと動かず、近づいてくる車から隠れようともしなかった。タイヤが閲兵場の砂利を踏みしだき、本部の建物の前で停まった。二人の哨兵が、AK－47を掲げて走り出る。早く着いたほうの兵士が、ドアを開け、直立不動の姿勢で出迎えた。不吉な黒い車の後部座席から、ただ一人の乗客が姿を現わし、すっくと立った。

張光一（チャン・グアンイル）大佐は深呼吸し、冷たく湿った空気のなかに降り立って、しゃちほこばった足取りで、司令部の建物へ向かった。二階の窓を見上げる。そこにはまぎれもない、金大長大将の輪郭がたたずみ、こちらを見ていた。

つまり、老将軍はやきもきし、じっと待っていられないということだ。張はこのことを、とっておきの情報として頭のなかにしまっておいた。あとで役に立つかもしれない。金大長は手の込んだ策略家だ。この将軍の計画に携（たずさ）わる人間は、自分がいかなる位置にいるのか、誰も知らない。だが、こうした策略に長（た）けているからこそ、持ち前の冷酷非情さとあいまって、金は人民軍特殊兵器局の長になれたのだ。金大長こそ、北朝鮮の最高実力者だと言う者までいる。もちろん、敬愛する総書記に次いで、だが。

張がこの将軍との知恵比べで渡り合うには、金の一挙一動を見逃すことなく、あらゆる情報を収集して、活用しなければならない。

しかし張は、この駆け引きで優勢な位置にいる。現時点において、彼はまちがいなく、金大長の戦略で重要な一片なのだ。とどのつまり、ロシアの核魚雷を密輸して、サブル・ウリザムに売り渡すという離れ業をやってのけたのは、張なのだ。確かに、偽の核魚雷を造り、本物とすり替えたのは金だった。張にはいまだにその理由がわからないが、彼自身は粛々と自らの義務を果たし、計画を実現させた。さらに、核兵器の山越えという困難をきわめる作業を監督し、まんまとアメリカのスパイ衛星の目をかすめた。そしていま、張はその使命を成功裡に果たしたと報告しに来たのだ。将軍の覚えはめでたく、張を首席補佐官に抜擢してくれるかもしれない。いや、参謀長に抜擢されてもおかしくないはずだ。

張は制服の皺をなおし、建物に足を踏み入れ、広い階段をはずむように上がって、二階にある金の執務室へ向かった。従卒の身振りに従い、補佐官がひしめく機能的な部屋を通り、その奥の聖域に近づく。張は重厚なオーク材の扉の前で立ち止まり、いま一度、入念にネクタイやベルトを整えて、ノックし、凱旋将軍さながらに闊歩した。

張大佐は、金大長大将が立っている場所から一メートルのところで立ち止まった。金はいまだに、窓からどんよりした空を見上げている。大佐はきびきびと敬礼し、叫ぶような大声で報告した。

「大将、本官は任務を完遂したことをご報告します。偽の核魚雷は羅津に送りました。本物の核弾頭は、鉄道で一時間以内にこちらへ到着予定です」

金はゆっくりと振り向き、長身の張を見上げた。年若の男に見下ろされる形だが、大将は意に介する様子がない。

「本物の核兵器のありかは、誰も知らないんだな？」

「仰せのとおりです」張は答えた。その唇から洩れるかすかな笑みは、核兵器を運んで山越えしたときと同じ表情だ。「兵器を運んで山を越えた農民たちは、トラックで家に戻る途中で道を曲がり損ね、不運な事故に遭いました。悪天候も災いし、あそこの山道は非常に危険でした。残念ながら、生存者は一人もいません」

金大長大将は張から離れ、机の奥に向かった。席に座り、両手の人差し指を山なりに組み合わせて、顎を支える。次の質問に移る前に、金は間を置いた。張の胃が空腹で鳴り、室内にその音が響く。彼は将軍に聞かれていないことを祈った。

「つまり、本物の核弾頭のありかを知っているのは、おまえ一人ということだな、張大佐？」

その質問がいかなる意図で発せられたのか、張大佐にはよくわからなかった。この上官にはすでに、秘密が洩れる懸念はないと請け合ったばかりなのだが。

「まちがいありません」張は言った。「もちろん、大将は別ですが」

「大変結構だ。よくやった。おまえにはすぐに、充分な報いを与えてやろう」金はそう言うと、破顔一笑した。「では、行って、おまえのおもちゃの到着を見届けるがよい。おまえは命令を忠実に遂行した。その報いを充分に受けられるようにしてやる」

張はようやく表情を緩めた。ついに待ち望んでいたときが来た。大将は、わたしの仕事ぶりにご満悦だ。いよいよ、忠実な部下を権力の高みに引き上げてくれるにちがいない。

張はいま一度、上官の命令に忠実に従った。踵(きびす)を返し、勇んで扉へ向かう。

金大長大将はロシア製の九ミリの拳銃を机の抽斗(ひきだし)から取り出し、すばやく照準を定め、張に向かって二発、いずれも長身の男の頭蓋骨の基底部に、正確に撃った。大佐は反応する暇(いとま)もなく、即死した。

「よし」金はつぶやいた。「これで、最後の懸案(けんあん)を解決した」

ジム・ワード少尉候補生は背をかがめ、ダニー・スアレス機関兵長の肩越しに計器類を見ながら、足を踏ん張った。二人の前の制御盤には、ランプやダイヤルや計器類やスイッチが何列もぎっしり並んでいる。室内の蛍光灯の光が、磨き上げられた床のワックスや備品のステンレスにまばゆく反射していた。頭上ばかりでなく、背後の狭い通路を挟んで、湾曲した隔壁の前のわずかなスペースも、配管や電線に埋め尽くされていた。暑さと湿気がこもり、息が詰まりそうだ。

潤滑油の臭いが鼻を衝く。ワードは一瞬、少年時代に帰ったような心地がした。どこかの海軍基地の官舎で、長い作戦航海を終えて戻ってきたワードの父親の作業服から、まさしくこんな臭いがしていた。歴史は繰り返すのだろうか。いままさに、息子の作業服も同じ刺激臭を吸収している。

いま二人がいる場所は、原潜〈シティ・オブ・コーパスクリスティ〉機関室の艦首側上部区画だ。彼らの数フィート手前には、鋼鉄とポリエチレンでできた分厚い隔壁があり、潜水艦の動力源である一五〇メガワットの原子炉と機関室を隔てている。頭上を走る直径一〇インチの配管を通じて、高圧の蒸気流が数フィート後部の巨大なタービンへ送られ、タービンを咆吼（ほうこう）させている。湾曲した隔壁の二インチ向こうにあるのは、冷たく暗い太平洋の深淵だ。

スアレス機関兵長は、原子炉制御科の最先任上等兵曹だ。ワード青年の教育係でもある。十数名の科員を束ねるだけの専門知識を身につけることは、この若い下士官にとってキャリアの階段の第一歩であり、その長い階段は艦長へと続いている。

スアレスは技術マニュアルを読み上げ、目の前に並ぶ電子制御盤のスイッチを操作した。「こいつを操作するには、俺はもう年を取ってしまったようだ」ずんぐりむっくりの機関兵長はぼやいた。「なぜエレクトリック・ボート社のエンジニアの連中が、テスト用の制御盤を座って操作できる高さに設置しないのか、まったくわからない」スアレスはさらに、人差し指でマニュアルの文をなぞり、スイッチをひねった。即座に、赤いランプの列が点灯する。ワードがかがんでいる真上でブレーカーが音をたてて作動し、制御盤室の内部からサイレンが響いてきた。数フィート後部の閉鎖されたスペースだ。制御盤室では操作員が、原子炉プラントを制御している。

機関室の騒音のなかで、ワードは無電池式電話機の受話器を耳に押しつけた。制御盤室の原子炉操作員がなんと言っているのか、聞き取って報告しなければならないのだ。

「機関兵長、原子炉操作員より、チャンネルDの緊急停止アラームと原子炉保護アラームが、解除できないとの報告です」ワードは騒音に負けじとスアレスに叫んだ。「当直機関士が大声で、われわれが事前に、アラームの動作テストをすることを警告しなかったと怒っています。いまの操作で、びっくりさせてしまったようです。コーヒーをこぼして、作業服がずぶ濡れだと言っています」

機関兵長は新入りの候補生を振り向き、目を輝かせた。汗びっしょりの顔に、茶目っ気のある笑みがよぎる。

「ウィンズロウ中尉は、われわれの説明を受けたときにあまり注意していなかったんだろう」スアレスは〝中尉〟をことさら強調して言った。ウィンズロウは真新しい銀の階級章を、大いに自慢していた。彼はすでに乗組員のあいだで、なんでも知っていると言わんばかりの態度が鼻につくと悪評しきりなのだ。「せいぜい、中尉殿の深い瞑想を、あまり邪魔しなかったことを祈ろう」スアレスの口調には皮肉が色濃く滲んでいた。「ともかく、原子炉保護システムのチェックは順調に完了した。このひどく厄介なスイッチの操作は、勉強になったか？」

ワードはうなずいた。海軍の生活について学んだことは、潜水艦に乗り組んでからの一週間のほうが、兵学校での三年間よりも多い。信じがたいほど、息つく間もない日々だ。ワードは毎日、疲労困憊(こんぱい)し、就寝するとすぐに熟睡した。吸収した膨大な情報が、頭のなかで渦を巻いている。厳しい鍛錬の日々だが、彼はその一分一秒をこよなく愛した。

すでに魚雷の発射訓練は終わり、不可能と思えるほどおびただしい機関要務実習や緊急対処訓練をこなして、ようやく終わったと思ったところで、一から繰り返すよう艦長に命じられた。それにくわえ、読むべきマニュアルや学ぶべきシステムも山ほどある。一人の人間が吸収するには多すぎる量だが、それでもワードは少しずつ、それらが持つ意味を理解しはじめていた。

ニール・キャンベルという、切磋琢磨できる友人がいなければ、ワードは初日で訓練をあきらめていたかもしれなかった。キャンベルは〈シティ・オブ・コーパスクリスティ〉の複雑なシステムに短期間で精通していたものの、ワードが兵学校で積み重ねてきた訓練も、潜水艦の操艦を学ぶうえで有効であることがわかった。さらに、副長から〝のろまのリスト〟に載せられるかもしれないという不安も、二人の候補生の士気を保っていた。

時間は矢のような速さで流れた。魚雷発射訓練のあと、二日間グアムに停泊したが、その時間はもっぱら、西への長期航海に向けた魚雷や食糧の積みこみに費やされた。二人の候補生は、おびただしい量の箱をハッチから受け渡すのに忙殺され、離艦することはおろか、上甲板へ出る暇さえなかった。それに、シンガポール基地に着いたら、たっぷり休息の時間が取れる予定だ。この太平洋の小島よりも、大都会のほうがずっと楽しい休暇を過ごせるだろう。

かくして彼らは、いよいよ二カ月にわたる大冒険に出ようとしていた。西太平洋からインド洋を横断し、バーレーン基地から空路で本国へ帰るまでの訓練航海だ。

無電池式電話機が、耳元でがなった。

「ミスター・ワード」原子炉操作員が言った。

「副長から連絡だ。発令所に急行せよということだ。きみに、潜望鏡深度への深度変換をさせることになった」

ワードは通話を切り、スアレスに言った。「発令所に来るよう言われました、機関兵長。副長から呼ばれたんです。潜望鏡深度への深度変換訓練をすることになりました」

スアレスはおかしそうに笑った。

「初の飛行訓練か？　あまり海面から飛び上がるなよ。この艦の機器は、高高度作戦用には設定されていないからな」

ワードは艦首の方向へ駆けだした。狭く、天井の低い潜水艦の通路を通り抜けるため、身体を横向きにし、少し足を曲げて、かがむようにして走る。潜水艦乗りが習得する姿勢だ。そうしないと、狭く天井の低い通路で足を滑らせてしまう。

とうとうワードに、潜航長としてこの巨艦を潜望鏡深度まで上昇させる、初めてのチャンスがめぐってきた。憧れの潜航長席に座り、自分で潜水艦を制御して、その力を感じるのだ。やった！　すごいぞ。しかし、本当にできるだろうか？　頭が真っ白になり、艦を海面上に飛び上がらせて、巨鯨のように海面を転げまわることにならないだろうか？

ワードは脚を上げ、頭をかがめて前部区画へのハッチをくぐり抜け、そこから乗員用食堂のデッキ部を走り抜けた。ほかの乗組員たちが、大急ぎで走るワードを見ている。まるで全乗員が彼を見物し、楽しもうとしているかのようだ。

ワードは上部作戦区画へ向かう階段を昇り、後部の扉から発令所へ足を踏み入れた。ブライアン・ヒリッカー少佐が、海図から顔を上げた。

「いったいどこにいた、ミスター・ワード?」ヒリッカーは低い声で言った。この副長は、どうもよくわからない。あるときは愛想よく、親切だ。かと思えば、ぶっきらぼうで無口なときもあった。

「ワード! さっさとこっちへ来い」ボブ・デブリン艦長が一喝した。

艦長のほうは、きわめてわかりやすかった。デブリンのような艦長は、兵学校で〝怒鳴り屋〟と呼ばれる。脅しつけて部下を従わせるタイプだ。発令所に居合わせた当直の乗組員は、一様に目の前の計器を注視し、若いワードと目を合わせようとせず、デブリンの怒号が聞こえないふりをしていた。

ワードが近づくと、艦長はその意図をこのうえなく明確にした。

「いいか、ワード。親父がお偉いさんだからって、おまえを助けてくれるわけじゃないぞ。おまえがジョン・ワードのガキだろうと、俺はそんなこと構わんからな。俺の艦では、特別扱いはいっさいなしだ。たとえおまえが失敗しようと、尻ぬぐいしたり、手心を加えたりするつもりはない。それにおまえのパパは、ここからうんと遠くにいるんだ」

ジム・ワードは、デブリンと彼の父親のあいだになんらかの確執があったのだろうと思ったが、父からそんな話を聞いたことは一度もなかった。父親からそんな話を聞き出せるとも思えない。だが、そんなことはどうでもよかった。彼はもう大人の男であり、実家からの助けがなくても、自分で戦えるのだ。

　幸いなことに、これまで艦長とワードとの接点はほとんどなかった。士官室での食事で顔を合わせる程度だ。しかしいま、ワードは情け容赦ないデブリンの目の前で、潜水艦を潜望鏡深度に上昇させなければならない。

　ワードはやるしかなかった。そう考えただけで、手がじっとりと汗ばんでくる。だとしても、彼は決然として潜航長席に踏み出した。先任伍長にして潜水艦で最も経験豊かな潜航長のチャーリー・ディアナッジオ最先任上級兵曹が、立ち上がり、ワードに座るよう促した。

「俺の言うとおりにすればいい」先任伍長がささやいた。「うまくいくようにしてやる」

嗄れ声で、ボルティモアとイタリア系の訛りが感じられたが、ワードには、この男が人好きのする、饒舌な性格であることがわかった。

　少尉候補生の若者は、潜航長席に着き、感謝してうなずいた。

「海面状況は3で北風の予報だ」ディアナッジオは、艦長に聞こえないよう小声で言った。

「艦長が波と平行に浮上させてくれれば、簡単なはずだ。潜望鏡深度への上昇を始めるときには、前進半速、七ノットを指示するだろう。それから深度一〇〇フィートで、前進微速に減速する。そうすれば艦はスムーズに航行でき、潜望鏡の航跡は誰にも見られないというわけだ」

ワードはうなずいた。標準操艦手順は、もう数えきれないほど繰り返し読んできた。先任伍長の言葉は、すべて筋が通っている。波と平行に海面に近づけば、波が潜舵に影響して艦を海面に押し上げることはない。充分な速力を保ち、安全な深度で潜航しているときと、実際に海上の脅威を視認するまでのあいだに、過大な時間差が生じないようにする。さらに、潜望鏡を上昇させるときには、速力を低くすること。潜望鏡そのものは海上の艦艇や上空の哨戒機からはほとんど見えないが、航跡の白い波頭が大きければ、簡単に発見されてしまう。

「いいな。それから、艦長が深度六二フィートに上昇を命じたら、上昇と同時に深度制御タンクに注水して勢いを止めるんだ。そして上げ舵七度で、深度変更を告げろ。わかったな？」

ワードはふたたびうなずいた。今度も、先任伍長の言葉はすべて納得できた。注水することで、艦は重くなる。それにより、海面の吸引力で押し上げられるのを防ぐのだ。そうすれば、艦は潜望鏡だけが海面に突き出す露頂状態にとどまり、浮上して風や波に翻弄(ほんろう)されることはない。

「じゃあ、始めよう」ディアナッジオはウィンクしながら言った。

そのときワードは、背後にデブリンの圧迫感を覚えた。

「ワード、いつでも当直任務に就けるよう、準備はできているんだろうな。人の手を借りずにやってもらうぞ」艦長は皮肉たっぷりの口調で言った。「先任伍長、下がってもらおう。ミスター・ワードのお手並み拝見と行こうじゃないか」

ディアナッジオは反駁(はんばく)しかけたが、デブリンは手をかざして制した。

「潜望鏡深度への深度変換準備、完了しました」ワードは声の震えを艦長に気づかれないよう祈った。

「諸君、今回は戦闘を想定した深度変換訓練を行なう」デブリンは大声で言った。「上空に敵機がいて、われわれを哨戒している。もし艦を誤って浮上させたら、ミスター・ワードはわれわれを全員死なせるということだ」効果を狙って間を置き、艦長は命じた。「面舵一杯、北に針路を取れ」

操舵員が舵を切り、大型潜水艦は従順に新たな針路へ向かった。

ワードは声を張った。「艦長、海面状況は3で北風です。推奨(リコメンド)、針路二七〇度」

「どうした、ワード？」デブリンが言い返した。「北向きだと操艦できないのか？」

「操艦はできます。ただのリコメンドです」ワードは静かに答えた。声がうわずっている。

発令所は水を打ったような静寂に包まれた。潜望鏡深度への上昇時は、いつも緊張感がみなぎるが、いまはただごとではない緊迫感だ。狭い室内の誰もが、どうなることかと息を詰めている。

ディアナッジオが何か言いかけたが、デブリンの冷たい一瞥を受け、口をつぐんだ。

「潜航長、深さ六二」艦長が命じた。

ワードは当直先任に下令し、深度制御タンクに三〇〇〇ポンドを注水させた。それから二人の舵手に告げた。「潜横舵とも一杯に上げ。上げ舵七度」

艦ははっきりわかるほど上を向き、水面へ上昇しはじめた。ワードは息を詰め、いま始めた操艦に集中しようとした。予想外の針路であっても、速力を保つかぎり操艦は難しくないはずだ。

「前進微速。速力三ノット」デブリンが呼ばわった。「潜航長、急げ！」

なんと、今度は速力まで下げろという命令だ。ワードは通常時の操艦を想定していたので、艦は重すぎる。こうなると、一刻も早く排水しなければならない。

「当直先任、深度制御タンクからポンプ最大圧で排水」ワードは言った。「艦長、深度制御タンクの加圧を許可願います」

「だめだ！　音が大きすぎる。いったい戦闘訓練で何を聞いていた、ミスター・ワード？」デブリンが怒鳴った。顔はすでに朱に染まっている。「太平洋じゅうに聞こえるようなでかい音を出して、本艦の潜航長は潜望鏡深度への上昇さえできないと知らせたいか？　さあ、さっさと露頂させろ！」

ワードに選択肢はなかった。排水には数分かかる。それだけの時間があれば、速力さえ出せれば潜望鏡深度まで上昇できるのに。それどころか、いま減速したら、排水中にゆっくり沈んでしまう。

「深度一六八フィート、六二フィートへ上昇中」ワードは告げた。なすすべもなく、深度計がゆっくり下がっていくのを見守る。「深度一七〇、六二フィートへ上昇中」

「潜航長、さっさと上昇しろ！」

「深度一七二、六二フィートへ上昇中」

歯がゆいほどの遅さで、ポンプがようやく、よけいな水を排水し終えた。艦はふたたび、上昇を始めた。

「深度一六〇、六二フィートへ上昇中」ワードは報告した。それから一分後、ふたたび告げた。「深度一五〇、六二フィートへ上昇中」

「ミスター・ワード、これじゃあ潜望鏡深度へ上昇する前に、俺は老衰で死んでしまうぞ。頼むから命令どおり、さっさと……上昇……しろ！」

「深度一四〇、六二フィートへ上昇中」

艦はようやく、上昇速度を上げつつあった。ワードはこれまでの研究から、艦が海面に押し上げられないよう、いくらか注水しておく必要があることを学んでいた。しかし、速力が遅いせいで、今回はこれまで学んできた経験則が裏目に出てしまった。あとは推測するしかない。速力三ノットで、波が艦首方向から来ていたら、一〇〇〇ポンドぐらい注水すればいいだろうか。注水量が不充分な場合は、さらに追加しながら潜横舵を下げれば対応できるはずだ。

「当直先任、深度制御タンクに一〇〇〇ポンド注水」

ワード青年はすぐに、注水された海水の重さで、上昇スピードがやや鈍るのを感じた。

「深度九八、六二へ上昇中。アップ三度」

ワードは潜水艦の艦体にのしかかる、太平洋の荒波を感じた。海面状況3で、こんなにすごい力なのか。

「深度九〇フィート」

〈コーパス〉はなめらかに上昇を続けている。ワードは初めて、艦を制御しているという手応えを得はじめた。昂揚感が押し寄せてくる。もうすぐだ。このまま行けば、やり遂げられる。

「八二フィート」彼は告げた。「七八フィート」

「全機関停止」不意にデブリンが叫んだ。

いったい艦長は、何をするんだ？　艦を制御するには、わずかでも速力が必要だ。ここで停止した場合、どうやって操艦すればいいのか、操艦手順には書いていなかった。ワードは気を静めようとしたが、頭が真っ白で答えが浮かんでこない。

潜水艦の速力がぐっと落ちると同時に、セイルが波に洗われた。打ち上げ台から発射されるロケットさながら、逆巻く波で艦体が水面に押し出される。ワードには反応する暇もなかった。瞬く間に、〈シティ・オブ・コーパスクリスティ〉は夜の太平洋上で、セイルと艦体上部が完全に露出してしまった。

「何をやっているんだ、ワード！　こんな簡単な操艦手順もできないのか？」デブリンは勝ち誇ったようにわめいた。「潜望鏡深度に上昇せよと言ったのに、海面に押し出されてしまったじゃないか。この間抜け！　ここの乗組員に、おまえのような坊ちゃんは一人もいないが、誰でもおまえよりましな操艦ができるぞ。ここでは、パパに泣きつくわけにはいかないだろう？　おまえ一人で、なんとかするしかないんだ。とっととここを出て、当直の準備ができるまで戻ってくるな」

ワードは席を立ち、どうにか尊厳を保とうとしつつ、ゆっくりと発令所をあとにした。なぜこんな扱いを受けるのかわからない。最善は尽くしたものの、屈辱感で顔から火が出そうだ。目に苦い涙が滲んでくる。

ワードはやや足取りを速めた。デブリンに意地悪な喜びを味わわせたくなかった。物心ついて以来、父の息子として生まれたことに誇りを持ち、同じ道を歩めたらどれほどすばらしいかと思ってきたが、生まれて初めて、ジム・ワードの脳裏を不吉な考えがよぎった。

もしかしたら、俺は潜水艦乗りに向いていないのかもしれない。

15

ＵＳＳ〈トピーカ〉が、大きなからし色のタグボートに舷側を曳かれ、埠頭を離れていく。港には不吉な雲が夜闇(やあん)に重苦しく垂れこめていた。埠頭へ続く道に並ぶ背の低い街灯が、黄色の強力なハロゲン光で港を照らしている。湿った空気が街灯のまわりに、黄色みがかった金色の光輪を作っていた。

どんよりした空気で、ふだんの出港時の音もこもって聞こえる。先任伍長がもやい綱の作業員をおだてて思いどおりに動かそうとする声も、ドン・チャップマン艦長の耳にはほとんど届かない。先任伍長の声はくぐもり、不気味にかき消されて、主甲板から数フィート離れた艦橋コクピットまで達しなかった。

実際、チャップマンは気づいていなかった。艦長はわずか六時間前、横須賀基地の埠頭に彼の潜水艦が着岸してからの出来事を思い返し、考えに耽(ふけ)っていた。これほどの短時間で、彼の単調で退屈だった監視任務は、はるかに心躍るが危険な任務に変貌し、果たして制御可能かどうかもわからないほどだ。北朝鮮という剣呑(けんのん)な国の沿岸に潜入し、SEALチームを送り出して上陸させ、ロシアから消えた核兵器のありかを突き止める。危険きわまりない任務だ。だがそれだけではなく、彼の艦は沿海にとどまり、トマホークの雨が北朝鮮に降り注いだあと、SEALチームを生還させなければならない。

北朝鮮軍は、いかなる状況下でも友好的な振る舞いはしないだろう。ましてや、新しいおもちゃを吹き飛ばそうとする人間を見つけたら、容赦しないはずだ。チャップマンはSEALのチームリーダー、〝カウボーイ〟・ウォーカーに、見物に浪費する時間はないと念押ししなければならないだろう。〈トピーカ〉が北朝鮮沿海の海上にとどまる時間が長くなるほど、危険も増すのだ。

大型潜水艦が浦賀水道航路に達し、外海をめざす商船の群れに溶けこんだ。

「艦長！」

マーク・ルサーノが肩越しに叫び、チャップマンの物思いを破った。若き大尉は狭い艦橋コクピットに立ち、発令所の当直員と連絡を取り合っている。チャップマンはルサーノの頭上で、セイルの湾曲した鋼鉄製の頂部に立ち、〝ベビーサークル〟と通称される、命綱で囲われた一角に掴まっていた。

「どうした？」

「副長から電話です。ワード司令官から、ひとつ警告がありました。日本のディーゼル潜水艦が一時間前に出港したとのことです。海上自衛隊（JMSDF）は、内海で任務に就くと説明しています。しかしわたしの印象では、司令官はその説明をまったく額面どおりに受け取っておられないようです」

チャップマンはかがみこみ、ルサーノに答えた。

「司令官のおっしゃるとおりだ」艦長は風にかき消されないよう、大声で言った。「あの連中は駆け引きが好きだからな。きっと、野島崎の南のどこかで、われわれが来るのをじっと待っているんだろう。それから、本艦を追跡するつもりにちがいない。原子力潜水艦を追跡するのは、立派な成果として評価されるはずだ。通常時なら、別に構わん。ただし今回ばかりは、日本側にわれわれの目的地を悟られるリスクを冒すわけにはいかない」

ルサーノはうなずき、言った。「それから、ウォーカー中尉が、艦橋に上がる許可を求めています。艦長と話したいことがあるそうです」

「副長に、目標追尾班を配置するよう伝えろ。出港時の避航計画を使うことになりそうだ。それから、ウォーカー中尉を艦橋に上げるんだ」チャップマンは無愛想に答えた。ほんの数分でも一人になり、物思いに耽る時間がほしかったのだが。いったん潜航したら、内省の時間はきわめて貴重になる。いやしかし、ＳＥＡＬの若者の要望も聞いておくべきだ。

きっと重要な用件があるのだろう。

一分もしないうちに、ブライアン・ウォーカーが垂直の鋼鉄製の梯子(はしご)を伝い、肘や膝をぶつけないように気をつけながら、発令所から艦橋のハッチへ上がってきた。この狭い昇降筒でさえ、バルブやパイプがひしめいている。このSEAL隊員はまだ、潜水艦乗りがいったいどうやって、こんな狭苦しい場所で、日光はおろか新鮮な空気に触れることもなく、一度に何カ月も過ごせるのかわからなかった。ウォーカーにはとてもできない芸当だ。彼はただ、どこにもぶつからずに身動きし、深呼吸して背伸びしたかった。いまだにウォーカーには、テキサスの農場主の血が色濃く流れていた。

長身のSEAL隊員は、狭いコクピットに上がるまでに、いま一度背をかがめなければならなかった。ルサーノの隣のスペースに身体をねじこんで、深呼吸する。空気には濃い土の臭いと、すがすがしい海風が入り混じった、奇妙な香りがした。船乗りなら必ずわかる臭いだ。右舷側の地平線は、東京湾岸に暮らすおびただしい人々の生活の明かりに満ちていた。行く手と左舷側には、無数の船舶の光が揺れている。霞(かすみ)がかった空気にも、この光のショーは覆い隠しきれない。

「いい眺めですね」ウォーカーは言った。「潜航まで、あとどれぐらいですか?」

ルサーノが腕時計を見た。

「もう少ししてからだな。まずは、ごまんといる漁船の群れをやり過ごしてからだ。それから北へ向かうと見せかけて、追跡された場合に備える」

「それはいったいどういうことですか？」ウォーカーが訊いた。このＳＥＡＬ隊員は、一刻も早く北朝鮮の沿岸に着き、危険な偵察任務に出なければならなかった。不必要な遅れは、目的地へ到達し、上陸して、任務に着手する時間が失われることを意味する。

「艦長は、本艦が監視されていることを心配しているのだ」ルサーノが答えた。「それにくわえて、日本のディーゼル潜水艦が近海で待機し、こっちが潜航したら駆け引きを挑んでくるということはよくある」

「どういう意味です、〝駆け引きを挑んでくる〟とは？」

「やっこさんがわれわれを嗅ぎまわり、こっちが何をするつもりか見きわめようとする、という意味だ」ルサーノは応じた。「向こうには恰好の力試しのチャンスだが、こっちとしては悩みの種だ。今回の作戦では、なおのことだ。向こうに出し抜かれるようなことがあれば、艦長は怒り心頭にちがいない。そこでわれわれは、いったん北へ向かって潜航し、それから回頭する。本艦を嗅ぎまわるやつを突き止められるかどうか、見ものだぞ」

ウォーカーは、艦を取り巻く無数の光の群れを見つめながら、ルサーノの話を飲みこんだ。潜水艦の操艦術はさぞかし複雑なのだろうが、SEALの行動様式とも共通するところが多々ある。潜伏し、耳を澄ますこと。目的地と逆方向へ向かい、行き先を偽ること。暗闇のなかでの駆け引き。まるで、深海でSEALの戦術を展開しているようだ。

〈トピーカ〉が方向転換するとともに、風向きが変わった。ウォーカーには、北太平洋の渦巻く波濤が、東京湾に入りこんでくるのがわかった。あたかも、こっちに来ていっしょに遊ぼうと潜水艦に呼びかけてくるように。沿岸に広がっていた、大都会の灯が徐々に靄にかき消されて遠のいていくが、舳先を見ると、水平線一杯に無数の光が瞬いている。ウォーカーは狐につままれたような気分だった。その方向に陸地はないはずだ。少なくとも、海図には載っていない。それなのに、どこかの大都市へまっすぐ向かっているように見える。それでいて、ルサーノも艦長も、座礁する心配をしている様子はない。いったいどうしたことか。

光の正体は、漁船群だった。そのほとんどは、手漕ぎ舟に毛が生えた程度の大きさだ。どの船も、マストに集魚灯をくくりつけている。あすの夕食を釣りに出てきたようだ。

「ミスター・ウォーカー、ここへ観光に来たのか、それとも話があるのか？」チャップマンが頭上からどやしつけた。「観光に来たのなら、またとない眺めだがな。わたしは忙しいんで、あんたのツアーガイドをしている暇はない」

ウォーカーが見上げると、艦長が〝ベビーサークル〟に立ち、四周を行き交う船舶を見ている。艦長は一人でその場に立ち、周囲の状況に静かに目を光らせているが、内心では恐ろしいほどの重大な責任を感じているにちがいない。この艦の乗組員を指揮し、戦場になりかねない土地へ向かっているのだ。若きSEAL士官は、まさしく同じ責任を、彼自身も担っていることに気づいた。

「イエッサー。おっしゃるとおり、作戦のことでお話があって来ました。ちょっとした考えがあるので、ご意見をうかがいたいのです」

チャップマンは倍率一〇倍、口径五〇ミリの双眼鏡をしっかり目に押し当て、行く手を見据えている。ややあって、SEALの中尉は、艦長が聞こえているのかどうか、確信が持てなくなってきた。と、チャップマンが風の向こうから叫んだ。

「ミスター・ルサーノ、あの入港するタンカーは接近しすぎている。針路を三〇度右へ取り、二分走り、その後、元の針路に戻せ」と言い終わるや、双眼鏡を目に当てたまま、彼は語を継いだ。「このとおり、世間話をするには忙しいが、本当に必要なら、ここで話そう。こっちへ上がってきて、命綱をつけてくれ。中尉が艦橋から転落して、ひと晩じゅう捜す羽目になるのはご免だ」

ウォーカーは支柱に自らのハーネスを固定し、〝ベビーサークル〟へ上がった。セイルの頂（いただき）に上がると、潜水艦の穏やかな揺れがいっそうはっきりしてきたように思える。そこからの眺めは格別だった。なるほど、チャップマンができるだけここで時間を過ごしたくなるのもわかる。まるで王になったような気分だ。

「よし、ミスター・ウォーカー、そんなに大事な話があるのか？」

そのとき〈トピーカ〉が横波に揺れ、SEAL隊員は命綱を掴んでバランスを取った。

「艦長、わたしは部下全員を乗艦させ、装備も艦内に収納しました。出撃準備はできていますが、空気膨張式ボートとガソリン入りの燃料袋だけは例外です。艇は機関室の脱出筒に収納する予定でした。しかし、貴艦のみなさんはガソリンが入った袋を……脱出筒に入れるのは——先任伍長は〝乗員用トランク〟と呼んでいたと思いますが——気が進まなかったようです。先任伍長から、うちの上等兵曹に、燃料袋はセイルに収納するよう言われました。ですが、セイルには潜航時に海水が入ってきますから、万が一燃料袋のガソリンに水が入って、艇が航行不能にならないかどうか心配なのです。それで燃料袋を、魚雷室に収納したいのですが」

チャップマンはウォーカーを、相手がひるむような目でねめつけた。その目は雄弁に物語っていた。このSEAL隊員の脳みそは二級品のようだ。気は確かなんだろうか。

「ありていに言わせてもらおう、ミスター・ウォーカー。魚雷室には二二発の実戦用魚雷を搭載している。合計でおよそ一〇トンの高性能爆薬だ。あんたはそこに、三〇ガロンのガソリンを積みこみたいというのか？　わたしが何か誤解しているのか、それともあんたが馬鹿なのか、どっちだ？　魚雷室で火災が起こったら大爆発し、この艦まるごと、宇宙ステーションの軌道まで吹っ飛ぶだろうな。ガソリンの袋はセイルに入れてくれ。話は以上だ」

チャップマンの目が双眼鏡に戻った。ウォーカーは息が詰まった。話の展開はおおかた予想がついていたが、少なくとも、チャップマンは聞く耳を持ってくれるだろうと思っていた。ガソリンに不純物が混じれば、彼のチームは二〇マイル以上をパドルで漕ぎ、北朝鮮の海岸に潜入してから、同じ距離を引き返さなければならない。燃料がだめになったら、すぐに任務を中止してサンディエゴに引き返したほうがいいだろう。少なくともそうすれば、北朝鮮の監獄で残りの人生を過ごすことにはならない。あるいは銃殺されることもないだろう。

「艦長、お願いします。われわれは海岸まで行き、また引き返してこなければならないのです。船外機が唯一の頼りなのです」ウォーカーは懇願した。

チャップマンはルサーノを、靴のつま先で突いた。大尉が振り向くと、艦長は大声で命令した。「哨戒長、取舵、針路〇一〇。前進全速。潜航準備」

それだけ言い終わると、艦長はいま一度、SEAL隊員と向き合った。

「つまらん理由であんたたちの任務を台無しにするほど、わたしは馬鹿ではない。北朝鮮のレーダー網の下をかいくぐるために、海岸から三〇マイルほど沖合であんたたちを送り出すことになるが、それからは本艦であんたたちを曳航する。潜望鏡を使い、海岸のすぐ近くまで引っ張れば、あんたたちはバレエシューズを濡らすことなく、海岸で踊れるだろう。それで不満はないか？」

ウォーカーが息を呑み、うなずくと、チャップマンはコクピットに下りた。暗闇に消える前に、艦長はSEAL隊員に向かって、声を張った。「すまないが、わたしは潜水艦を操艦しなければならん。あと十分で潜航する。そのあいだに、あんたたちは〝乗員用トランク〟に艇を積み替えてくれ」

ウォーカーは艦長に礼を言おうと口をひらきかけたが、チャップマンはすでに、ハッチの下に消えていた。ルサーノがちらりと笑みを浮かべる。それは共謀者のような表情だった。

「艦長は話がわかる人だ。あのとおりぶっきらぼうだが、北朝鮮に近づいたら、あんたたちを生還させるために、たとえ火のなかへでも飛びこんでいくだろう。艦長があんたたちのために全力を尽くしてくれることは、当てにしてもらっていい」

ウォーカーはうなずいた。それ以上、何も望むことはない。

マヌエル・オルテガ大佐は、小さなレストランに横づけする黒のメルセデスを見ていた。ここはサンボアンガの街の南端で、観光客が訪れるアメリカ領事館の周辺地区とは、まったく趣を異にしている。通りは暗く、人けはほとんどない。どの家も高い壁に囲まれ、金属製の門で警戒を厳重にしている。地元の人間しか訪れない地区だ。

オルテガが見守る前で、レジナルド・モリスが大型車の後部座席からそろりと降り、一帯をこわごわと見まわした。オルテガは笑いを押し殺しながら、めめしい外交官が怯えているさまを楽しんだ。きっと、どこの暗がりにも爆弾を抱えたテロリストが隠れているように思えるのだろう。今夜じゅうにあの男が、気取ったズボンにくそを漏らさなかったら、むしろそのほうが驚きだ。ここでは国家捜査局ミンダナオ支局長の威光こそがすべてに優り、イエール大学卒の学歴などなんの役にも立たない。しょせんあの男は、一介のアメリカ領事館員にすぎないのだ。

モリスは足早にレストランの扉へ向かい、すぐさま店内に消えた。オルテガは外交官を、十五分待たせることにした。それだけ焦らしたら、あの男は神経を苛立たせ、やきもきするだろう。じっくり時間を置いたところで、オルテガはランドローバーを降り、小さな店の扉へ向かった。

店内はほの暗く、煙が立ちこめている。間隔を置いて並んだテーブルにキャンドルが灯り、客を照らしていた。ほかのテーブルに会話が聞こえる心配はない。男が愛人と食事したいときや、静かで人目につかない場所で商談をしたいときに使われるような店だ。あるいは、スパイとの密会にもうってつけだろう。

オルテガにはすぐに、テーブル席に座っているレジナルド・モリスがわかった。壁を背にし、忙しなくマティーニを流しこみながら、レストランの扉がひらくたびにぎくりとして立ち上がっている。オルテガは、物陰に身を隠したまま、店内の端を通ってテーブルに近づいた。話しかけられるまで、外交官は彼に気づかなかった。

「レジー、来てくれて何よりだ」

モリスが〝レジー〟と呼ばれるのを嫌がっているのは、百も承知だ。アフリカ系アメリカ人のように聞こえるらしい。

「ああ……ええ……その……」

「きっとこの店が気に入るよ。本物の料理が堪能できる。極上のミンダナオ料理だ」

モリスはハイボールのグラスを叩きつけるように置き、捜査官を睨みつけた。

「ご託はたくさんだ、マヌエル。わざわざこの場末まで来たのは、ノミがたかったような毒々しいフィリピン料理店の格付けを知りたいからじゃない。こんな治安の悪い場所に呼びつけたんだから、さぞかし重大な話なんだろうな？」

オルテガは一瞬、面食らった。この臆病者に、にわかに度胸がついたのか。このなよなよした男に、本当に一物がついていたのか。オルテガはにやりとしただけで、椅子に座った。わざと逆光になるような場所を選び、自らの顔が影になって見えにくいようにした。モリスは目をすがめなければ、オルテガが見えない。それもまた、アメリカ人を不安にさせるための仕掛けだった。

「レジー、きみは知見を広めておいたほうがいい」オルテガは如才なく答え、ウェイターに身振りで、友人と同じものを持ってくるように促した。「ここに赴任しているあいだに、地元の文化を吸収しておく必要があるだろう。大使に就任したときに、そうした知識がどれだけ役に立つかわからないぞ」

モリスはやや落ち着き、もう一度飲み物を口にして、腰を下ろした。悔しいが、この薄汚い地元の捜査官が言うことはもっともだ。彼はきっと近いうちに、大使に就任するだろう。いつでも務まるよう、準備ができていなければならない。任地でもワシントンでも成功を収めるには、役に立つものをすべて使う必要がある。マヌエル・オルテガが、出世に役立つ人間であることはまちがいない。見下げ果てた人格の持ち主ではあるが、このNB

I捜査官は同時に、モリスがアジアの迷宮のような外交界で頭角を現わすために必要な人脈に連なっている。そしてこの男は、モリスが対処しなければならないこみ入った問題を解きほぐす、卓越した洞察力の持ち主だ。

アブ・サヤフのテロリストは、ワシントンDCのCストリート北西二二〇一番地のアメリカ合衆国国務省にとって、この地域にまつわる数少ない関心事の筆頭だ。モリスにとっては、国務省の関心事がすべてだった。国務省が関心を持たない事項なら、彼は歯牙にもかけない。オルテガがいまだに収監している二人の麻薬捜査官は、現時点では優先順位がきわめて低く、モリスが釈放を働きかける可能性はまずない。モリスにとってなんらかの利益があればそのかぎりではないが、利益をもたらす見通しはなさそうだ。一方、アブ・サヤフやサブル・ウリザムの優先順位はトップクラスに位置する。この問題でモリスがなんらかの有力な情報を得られたら、彼の名前はあすの国務長官の概況報告で取り上げられるだろう。彼の仕事では、そうした機会に注目を集められるかどうかが、出世に直結するのだ。

「親愛なる大佐、それほど喫緊の問題とは、いったい何かな？ 電話ですませるわけにはいかなかったのか？」モリスは訊いた。精一杯、平静を装い、状況を掌握しているかのように振る舞おうとする。こういう地元の怪しげな店は、どうにも居心地が悪い。あまりに危険だ。わたしほどの重要な地位にある外交官が、ろくに警護もつけずに、こんな界隈にいるべきではない。過激な革命派が爆弾を持って、帝国主義者のヤンキーを標的にするかもしれない。さもなければ、地元のテロリストが金目当てに誘拐するかもわからない。こうした可能性を考えるだけで、モリスは不安に駆られて周囲を見まわし、マティーニのハイボールをがぶ飲みするのだった。

「レジー」オルテガは、ほとんど猫なで声で言った。「まあ、そうカリカリしなさんな。カレカレ（ピーナッツソースで牛肉や野菜を煮こんだ、シチューに似た料理）でも試してみてはどうかな。ここの味は一級品だ。口の中でとろけるようだ」そこまで言うと、身を乗り出し、謀議をするようなささやき声で言った。「これから話すことは、極秘情報だ。きみとわたしかぎりの話だ。大勢の人命がかかっている。いいかな？」

モリスに選択の余地はなかった。彼も身を乗り出し、捜査官の声を聞き取ろうとする。オルテガは笑いをこらえるのに必死だった。この柔弱な男は、見事に思惑にはまってくれそうだ。今夜、〝極秘情報〟として伝えることは、あすの朝にはアメリカの外交政策になっているだろう。

「サブル・ウリザムの組織にひそんでいるわたしの情報源によると、ウリザムが勢力範囲を広げているようだ」誰かに聞かれていないか探るように、レストランを見まわしながら、

NBI支局長はつぶやいた。「つい数日前、ウリザムはボルネオ島の地方都市で、ある導師の殺害を指示した。どうやら、その導師がアブ・サヤフに楯突いたらしい。このあたりで、アブ・サヤフへの反対意見を公言するのは賢明とは言えないからな。ウリザムが地元の当局者を動かして、反対勢力を抹殺したのは明らかだ」

オルテガはよこしまな笑みを浮かべた。あのテロリストの効率的な行動には、美しさすら感じる。ウリザムは、狂信的な言辞を弄しているが、相手にとって不足はない。

「もっと詳しいことを聞かせてくれ」

「サブル・ウリザムは敵を抹殺し、地元のムスリムを、当局に反抗する統一勢力に糾合したんだ。鮮やかだ。実に鮮やかな手並みだ」

モリスはその知らせを聞き、熱に浮かされたようにうなずいて言った。

「つまりウリザムはフィリピンのみならず、マレーシアやインドネシアまで勢力を広げようとしているのか？　それはきわめて重要な情報だ。裏づけはあるのか？　確たる証拠を入手するのが肝要だ」

オルテガは顎をさすり、さらなる情報を明かすかどうか考えるふりをした。そのあいだに、ウェイターが静かに小さなキャンドルを灯し、二人のテーブルに置いてから、厨房に消えた。明滅するキャンドルの光が、オルテガの暗く、底知れぬ目に鈍く反射する。モリスは恐怖を覚え、かろうじて震えを抑えた。

　ようやくオルテガはおもむろに、さらに静かな声で話しはじめた。まるで、壁に耳があり、危険な人々に伝わるのを恐れているかのようだ。

「あの組織との戦いに関して、きみが知らないことはたくさんある。そうしたことは、知らないままでいたほうが、お互いのためだろう」

　モリスは言った。「なるほど、関係否認の余地を残して、わたしの立場を守ってくれるんだな。よくわかった」

　オルテガはふたたび笑みを浮かべた。この男は操り人形だ。糸を引けば、簡単に動いてくれる。

「わたしの情報源は不安定な立場にある。こちらが下手（へた）に動けば、相手の身の安全を脅かしかねない」モリスの目をじっと見て、間を置き、語を継いだ。「命に関わる場合もある」モリスはうなずき、オルテガは続けた。「あの国際共同麻薬禁止局（JDIA）の捜査官どもは、わたしの情報源にとって深刻な脅威だ。事態が動いているときに、あの二人が出てきたら、こちらの捜査活動を台無しにする危険がある」

　モリスはふたたび、頭をひょいと動かした。

「もちろん、そうだろう。その点もよくわかった。つまりきみは、彼らを……〝保護拘束〟しているわけだ。合衆国政府は、その件に関しては口出ししない。優先順位の問題だ。より大きな利益のために、多少の犠牲が必要な場合もある」

オルテガ大佐はゆっくりと立ち上がった。立ち上がると、モリスに顔を近づけてささやいた。「きみは大変分別がある、レジー。〝より大きな利益のため〟だ。食事を楽しんでくれ」

そう言い残すと、オルテガはレストランを出た。

モリスは暗がりに消えていく男の背中を見送った。二人のＪＤＩＡ捜査官を、しばらくフィリピンの監獄に拘束しておくぐらいは、こうしたかけがえのない情報の代価としては安いものだ。あすの朝の国務長官の概況報告(ブリーフィング)で、モリスの名前が注目されるのなら、あの二人などどうということはない。ひょっとしたら、ホワイトハウスの日次ブリーフィングに取り上げられることだってありうる。それほど価値ある情報なのだ。

モリスはいまから、マニラのマラカナン宮殿で、大使の信任状を授与される自らの姿が目に浮かぶようだった。カクテルをさらに飲み、喉に広がる熱さに酔いしれる。

マヌエル・オルテガは夜の静寂(しじま)に歩み出た。愛車のランドローバーが、しんとした路上で待っている。大いに実りのある夕べだった。隋海俊(スイ・カイシュン)はいたく満悦するにちがいない。

ＪＤＩＡの捜査官は、当面、出てくる心配はない。アメリカ人どもは愚かにも、アブ・サヤフのテロリスト追跡にうつつを抜かし、肝心の麻薬密輸の取り締まりをなおざりにするだろう。オルテガは脳裏でざっと計算した。香港の隠し口座に、あと百万ペソを簡単に上乗せできそうだ。南フランスのどこかで引退生活を送る夢が、さらに近づく。

オルテガは上機嫌で車を転回させ、ギアを入れて、夜の街に走り去った。

16

金大長（キム・ダイジャン）大将の背後で、重厚な鋼鉄製の扉が固く閉ざされた。パワーシリンダーの高圧空気の音がかすかに聞こえる。頑丈な差し錠が受け口に挿入され、外気から密閉されたが、その音はほとんどしなかった。

虚空（こくう）に向かって広がる、洞穴のようながらんとした空間を見つめながら、金は積年の怒りを抑えた。煌々（こうこう）と灯（とも）る蛍光灯の光は、何も載っていない作業台と静まりかえった工作機械の列に反射している。金は両手の拳（こぶし）を握りしめ、奥歯を噛みしめた。怒りで叫びだし、何かを壊したい衝動を覚える。彼の大計画をこれほどまでに遅滞させてきた人間に、代償を支払わせたくてたまらない気持ちだ。

この広大な空間は四十年にわたる労力の賜（たまもの）で、世界に見捨てられた花崗岩と泥濘（でいねい）の土地を、世界が恐れる力に変えようとする努力の結晶だ。金は四十年もの歳月を、そのただひとつの目的追求に捧げてきた。

祖国をふたたび偉大にするための計画遂行に、この人里離れた山を根拠地として選んだ日のことは、いまでも、きのうのことのように覚えている。未採掘の花崗岩を掘り抜いて、この地下空間を造るだけで七年の歳月を要した。作業は硬い石をつるはしで削り、籠（かご）で瓦礫（れき）を運び出すという、先祖が数千年前から行なってきたのと同じ人力で、その苛酷な労働のために千人近くの労務者（クーリー）が命を落とした。

詮索がましいアメリカ人と、その従僕の日本人から計画を隠すのは、そのころはまだ容易だった。それでも、猜疑（さいぎ）の目から建設作業を隠すのには、多大な努力を要した。金の計画がいささかでも露見すれば、アメリカ人はたとえ朝鮮戦争を再開させることになったとしても、躊躇（ちゅうちょ）なくミサイル攻撃していただろう。彼らが北朝鮮に核開発を許すはずはなかった。それに、核弾頭を搭載するミサイル開発も。しかし、金にとって幸いなことに、当時のアメリカの指導者はそんな可能性を夢想だにしていなかった。アメリカ人の考えでは、朝鮮民主主義人民共和国を支配している野蛮人どもには、そうした兵器を開発するための概念すら把握できないはずだったのだ。ましてや核開発できるだけの技術を北朝鮮が手にするとは、とても思えなかった。

金大長は、そうしたアメリカ人の先入観をうまく利用した。いまは憤懣（ふんまん）やるかたない心境でも、その着想の巧みさを思うと、われながら笑みが洩れるほどだ。金はあえてアメリカ人に、北朝鮮がこの山奥に、厳重な秘匿下で施設を建設しているという情報を摑ませた。しかし彼は、アメリカ人がそれを石油貯蔵施設と思いこむように仕向けた。偽情報をまき散らし、この山の地下に隠されているのは、数百万バレルのディーゼル燃料でしかないと確信させたのだ。この工作は見事に奏功した。金のもくろみどおり、愚鈍なアメリカ人はこの施設を、戦争が起きた場合の最優先攻撃目標から外したのだ。アメリカの爆撃機がこの上空へ襲来することがあったとしても、そのときには、ここの研究施設は大目的を果たしているだろう。彼らが真の目的を知ったときには、もう手遅れだ。そのときには日本はもちろん、うまくいけばアメリカ西海岸も、核攻撃を受けて灰燼と化すことになる。

振り返ってみると、研究施設の建設はまだ容易だった。だが、研究者や技術者、何トンもの特殊な物質や設備を見つけるのは、想像もしていなかったほど困難で、なおかつ高価だった。当初、ソ連は好意的だった。秘密裡に技術者を派遣し、設備を提供してくれたのだ。しかし、彼らの協力はあくまで、クレムリンのスケジュールに基づいてなされたものだった。西側陣営とソ連が鋭く対立していたころは、資金も潤沢に援助してくれた。しかし、冷戦が雪解けを迎え、東西陣営の友好回復がなされるとともに、援助は瞬く間に干上がってしまった。金を苛立たせたのは、ロシア人から遠心分離機を一基提供してもらうのと引き換えに、政治的な駆け引きをしなければならなかったことだ。彼は軍人であり、偉大なる戦士たちの末裔なのだ。目標は一刻も早く核兵器を手中にすることであり、外交の泥沼に足を取られたくはなかった。

しかし早晩、同志だったはずのソ連が、実際には北朝鮮の核武装など望んでいなかったことが明らかになった。彼らはただ、北朝鮮に核開発の成功寸前まで至らしめることで、アメリカ人や、さらに重要な脅威である中国人を動揺させたかっただけなのだ。

金大長は広大な空間を歩きまわり、ぼんやりと、作業台にかすかに積もった埃を拭った。ロシア人は、憎きアメリカ人と同じぐらい悪辣だ。いや、ある意味ではさらに性質が悪い。彼らにとって、北朝鮮はどうにでもなる手先にすぎず、クレムリンの都合に応じて、利用したり、ないがしろにしたり、使い捨てにしたりしてきた。ロシア人を信用するのも、依存するのも、自殺行為そのものだ。

将軍は手持ちぶさたに、苛立ちの種である、鮮血のように赤い発疹をかいた。発疹は顎から首にかけて、糊が効いたシャツの襟の下に広がっている。猛烈なかゆみと炎症は、悪化の一途をたどっていた。平壌の役立たずの医者も、ステロイドの軟膏も、まったく効果はない。しかしそれは、この重大な局面においては、取るに足りない悩みだ。

金は複雑な形状の工作機械に取りつけられている探針を手に取った。その尖った先端を、首の発疹に当てて引っかく。彼は回想した。成功へ至る唯一の方法は、しかるべき人材を集め、この山奥の秘密施設に閉じこめて、すべての技術を自前で開発することだと決意したときのことを。あれは一九六〇年代後半、クレムリンと北京の対立が頂点に達していたころだ。あのとき〝親愛なる領袖〟は、両者を反目させて、北朝鮮が利益を得ようと試みたが、その結果は惨めな失敗だった。ソ連も中国も〝親愛なる領袖〟の拙劣な策略を見抜き、たちまち援助を引き揚げて、けちな独裁者は自給自足するしかなくなったのだ。

中ソは知りもしなかったが、このときに金の大計画も、同時に頓挫する寸前まで追いこまれた。その結果、金は誰の手も借りず、すべてを独力でやり遂げる決意をしたのだ。彼は〝親愛なる領袖〟の説得を試み、北朝鮮が公明正大に本来の地位を回復するには、世界の大国を無視して、友好国を称する国々の意見にも取り合わず、独自の道を歩むほかないと確信させようとした。だが金慶順は頑迷な老人で、説得するのには骨が折れた。金大長の計画を推進するには、この貧困にあえぐ国の乏しい資源から、巨額の予算を振り向ける必要があったのだ。しかも、成果を享受するには長い歳月が必要だった。

金大長は、無能な指導者と、追従するしか能がない官僚機構を動かすのに、正気を失いかねないほどの努力を注いだ。彼らには、大目標がまるで見えていなかったのだ。しかし核開発は、軍の記念日に平壌の通りを、上げ足歩調の部隊のパレードで埋めるよりもよほど重要な意義があった。あるいはときおり思い出したように、失われた領土を回復しようと、韓国に散発的な砲撃を仕掛けるよりも。ようやく金大長は、〝親愛なる領袖〟からささやかな譲歩を取りつけ、秘密裡に計画を進め、結実させるようにというあいまいな命令を受けた。

金は小ぶりの会議用テーブルの首座に腰を下ろした。折に触れてこの席で、作業員たちに、この計画の重要性と緊急性を説いてきたのだ。やがて金は、大計画をしだいに洗練させ、すべてを独力でやり遂げられると確信を深めていった。もはや、平壌でイデオロギーに凝り固まった連中の、長期的な支援を受ける意味はない。準備ができれば、彼らは核兵器を意のままに制御しようとしたがるに決まっている。

そんな事態を許してはならない。

計画を進めるには、丸一世代の物理学者、エンジニア、兵器の専門家の養成が必要だった。当初は数年間の予定だったプロジェクトは、やがて金のライフワークとなった。将来有望な若い学生たちが、ロシア、中国、あるいはアメリカへの留学に送り出された。彼らは徐々に、計画を進めていくのに必要な知見を得て帰ってきた。やがて、金が立ち上げた計画を忠実に実行しようとする、熱烈な将校団とともに、エンジニアや科学者が出てきた。

その一方で、金大長が築いてきた情報網も活発に動きまわり、核開発に関する秘匿された知識を、他国からかすめ取ってきた。もちろん、その時代のアメリカもソ連も、そうした秘密は厳重に管理していた。したがって、両国からはほとんど成果を得られなかった。しかしパキスタンやインドやフランスといった数ヵ国は、それほど用心していなかった。そうした国に行けば、いくばくかの金銭で専門技術を売ってくれる人間がつねにいた。

兵器を手中にできたら、真に重要な仕事は、いかに使用するかを決めることだった。武器の目的は、たとえそれが核兵器であっても、あくまで敵を殲滅（せんめつ）することなのだ。金の脳裏には、核を保有するだけで使わないという選択肢はなかった。彼は長い時間をかけ、この最終兵器を使用するのに最適な場所とタイミングを熟考した。核爆弾を周到に使えば、大国間の核戦争を引き起こすことが可能なはずだ。彼らが戦って滅びるのを横目に、金と北朝鮮は敢然（かんぜん）と行動を起こし、それまで祖国の指導者たちが誰一人なしえなかった成果を達成するのだ。

ソ連が崩壊するころには、金は大計画の最終段階を目前にしていた。核弾頭の設計は完了し、ミサイルの原型も組み立てられた。金はしゃにむに目標へ向かって前進しようとしたが、旧ソ連で起きたその驚くべき出来事による、戦略の根本的な修正を余儀なくされた。残る超大国はアメリカただひとつになり、金はそれに合わせて計画を刷新した。

ソ連の援助に頼れなくなった北朝鮮の経済は、たちまち崩壊した。最初は金慶順、続いてその愚かな息子、金在旭（キム・ジエウク）が経済の再建を試み、飢える農民に食糧を供給しようとした。

ただしその手段は、アジアやアフリカの第三世界で、独裁者たちに武器を密輸して外貨を稼ごうというものだった。しかし、顧客が支払いを踏み倒したことで数十億ドルの損失になったばかりか、北朝鮮がひそかにミサイルの開発を進めていたことが、たちまちアメリカからの疑惑を引き起こした。にわかに金大長大将は、アメリカのスパイ衛星を心配しなければならなくなった。監視が厳しくなり、山奥に隠した秘密の計画がいつ暴かれるかと恐れたのだ。

実際、アメリカ人は瞬く間に、金が進めている計画の断片的な手がかりを繋ぎ合わせはじめた。最終的に、北朝鮮の指導者たちが偽装工作を明かせば、アメリカ人が核開発の真相にたどり着くのも時間の問題だった。しかし、計画がどの程度まで進んでいるのか、あるいは中心人物が誰なのかは、不明のままだった。金大長の名前は、公的な記録にいっさい出ていなかったのだ。つまるところ傲岸なアメリカ人は、北朝鮮がいずれ核開発に成功するとは考えたくなかった。

おかげで、〝親愛なる領袖〟や〝親愛なる息子〟による稚拙な失敗のあとでも、金にはまだ成功のチャンスが残っていた。政府がひたすら否定を続けて時間稼ぎさえしてくれれば、金の計画は完遂できるはずだったのだ。

金は四基目の核兵器の組み立てを終えた。四基目はアメリカを標的とした最初のミサイルだった。まさにそのとき、平壌の政府は金を見捨てた。彼らは無意味な協定や船数隻分の小麦の援助と引き換えに、彼を売り渡したのだ。金がこよなく愛した研究所からは、設備や兵器がいっさい撤去されてしまった。アメリカ人は厚かましくも、それらを破壊するところを見せろと要求してきた。こうして、金のライフワークは奪われ、全世界にテレビ中継するカメラの前で粉砕されて、ものの数分で役に立たない鉄屑になってしまった。

金はあと一歩で成功するはずだった。あと少し待ってくれれば、金在旭を世界の強国と対等の地位に押し上げ、北朝鮮は北東アジアで最強の軍事大国になれるはずだった。しかし平壌には、そこまで見通せる眼力がなかった。彼らはかび臭いアメリカの小麦と引き換えに、金の夢を犠牲にしてしまった。

しかし、金大長大将はあきらめなかった。乾坤一擲（けんこんいってき）の大勝負に出る機会を窺（うかが）っていたのだ。そしてついに、愚かな張大佐が、望んでいた核兵器ばかりか、完璧な隠れ蓑まで持ってきてくれた。ロシア製の核弾頭は、金の新戦略にぴったりだった。ミサイルの弾頭としては大きすぎるものの、それは問題ではなかった。忌まわしいアメリカのミサイル防衛システムのせいで、どのみちそうした方法は通用しなくなっていたからだ。しかし核兵器の美しいほどの破壊力を遺憾なく発揮するには、よりよい、簡単な方法がある。

金はシャツの生地をかきむしり、野火のように胸に広がる猛烈なかゆみをまぎらわそうとした。しかし次の瞬間、広大な空間の向こう端にある扉がひらくと、金は冷然とした笑みを浮かべた。数名の兵士たちが入室し、金に向かって足早に近づいてきた。うち二人が、二台の台車に載った大きな木枠を押している。

金の待ち望んでいたわが子が、無事に到着した。いよいよ、長きにわたって遅滞を余儀なくされてきた計画が、大団円を迎えるときが来たのだ。

小麦を積んで羅津(ラジン)の埠頭に接岸した船が、三日後に機械部品を積んで出港する。ここにある木枠は、その船倉の奥深くに隠して運ばれるのだ。

金大長は立ち上がり、いちばん手近な木枠に近づいた。これで新戦略に着手することができる。きわめて簡単明瞭な計画だ。ここにある兵器を使って、金は世界最大のふたつの宗教勢力間に、聖なる戦い、すなわち聖戦(ジハード)を引き起こすつもりだ。わが子のひとつをメッカで爆発させ、大戦争を勃発(ぼっぱつ)させる。ロシア製の核爆弾が、イスラムで最も神聖な土地を破壊するのだ。そうすれば、クリスチャンもムスリムも、過激派はいっせいに怒りを爆発させるにちがいない。

もはやかゆみはどこかへ消えてしまったようだ。金は陶然と、猛威を秘めたカプセルのなめらかな金属の表面をなぞった。

これだけの周到な計画を実行すれば、全世界が炎に包まれるだろう。

ドン・チャップマン艦長は潜望鏡をゆっくりとまわし、彼の潜水艦から六二フィート頭上の海面を入念に観察した。水平線に沈む夕陽の最後の輝き以外、何も見えない。この日本海の海域にいるのは、彼らの艦だけだ。よい徴候だった。

チャップマンは室内の音声を拾う、頭上のオープンマイクに向かって話しかけた。

「ESM、何か捕捉したか？」

早期警戒レシーバーは静かだが、誰かに見張られていないかどうか、専門家に確認しておくに越したことはない。

「艦長、海岸に拠点を置く水上捜索レーダーを捕捉しています」ESM員が応答する。ESM員は、通信室の艦首側、チャップマンの二〇フィート後方に座り、コンピュータのグラフィック・ディスプレイに目を凝らしている。ESM員が見ている画面は、高精度機器でレーダー信号波が探知されるたびに、絶えずそれを知らせていた。「シグナル強度二。羅津の近くの山から発信されていると思われます。被探知の危険率は一〇パーセントです」

危険率一〇パーセントだと？　チャップマンは訝った。いったいどうやって、その数字をはじき出した？　ではなぜ、一五パーセントや二〇パーセントではないんだ？　あるいはいっそのこと、見つかる恐れはありませんときっぱり言えないのか？

チャップマンは頭を振った。そんなことを気にしている場合ではない。いまはやるべきことがある。艦長は水平線の探索を続けた。念を入れてもう一度、北朝鮮の哨戒艇が水平線の向こうに現われないかどうか確かめる。そして、沈着な口調で命じた。「哨戒長、浮上。ＳＥＡＬ隊員を昇降筒に配置」

マーク・ルサーノ大尉は〈トピーカ〉の発令所の周囲を見まわした。当直員は各自の持ち場で背筋を伸ばし、いつでも動けるよう、神経を張りつめている。ルサーノは紺の作業服の脚で、掌の汗を拭った。準備完了だ。ＳＥＡＬのチームリーダー、ブライアン・ウォーカーが、艦橋へ向かう梯子の下に立ち、出撃の号令を待っている。黒く塗った顔が暗がりに隠れ、黒のウェットスーツに重い背嚢を背負い、片手にはまがまがしいＭ－４カービンを携えている。戦いに赴く出で立ちだ。

発射管制チームは持ち場のコンピュータの前で背をかがめ、万が一、金在旭が潜入を察知して歓迎団を送ってきたときに備えていた。〈トピーカ〉に四門備わっている魚雷発射管のうち、二門にはハープーン・ミサイルが装填され、邪魔をしようとする艦艇がいたらいつでも発射できる構えだ。ほかの二門にはＡＤＣＡＰ魚雷が装填され、必要とあれば敵艦の艦底に撃ちこめる。

乗員の誰一人として、実際にそうした事態が起きることは望んでいなかった。ありていに言って、そんな事態は戦争を意味する。もちろん彼らは敵と戦うために訓練を受けてきたが、実際に戦闘行為に従事した経験がある者は一人もいなかった。しかしいま、この世界屈指の剣呑（けんのん）な地域に潜入するという任務を帯びた彼らは、戦争一歩手前のところにいる。

「潜航長、浮上」ルサーノは内心よりはるかに自信に満ちた声で下令した。「ミスター・ウォーカー、艦橋出入口ハッチで待機」

ルサーノが見守る前で、SEALのチームリーダーが梯子の上に消え、艦がやや上向きになった。潜航長が潜横舵を使い、艦を海面に向けている。ここからはバラストタンクに空気を取りこみ、浮力を確保することになる。

「深度三八フィートを維持」ルサーノが告げた。

潜航長が命じた。「当直先任、メイン・バラストタンクへ通常圧で十秒間ブロー」

当直先任が立ち上がり、目の前の垂直パネルのスイッチをふたつ摑んで、上に向けた。まず〈前群〉と記されたスイッチを、次に〈後群〉のスイッチを操作する。四五〇〇ポンドの高圧空気が轟音（ごうおん）をあげてバラストタンクに流れこみ、当直先任の声がかき消されそうだ。

「前群、ブロー」という叫び声に、「後群、ブロー」という声が続く。

〝乗員用トランク〟すなわち脱出筒の前後にある巨大なバラストタンクから、高圧空気によって海水が押し出され、大型潜水艦が海面に向けて浮上を開始する。当直先任が時計を睨(にら)み、きっかり十秒経過するのを待った。ふたつのスイッチを元に戻す。すると、轟音が止まった。

「十秒間の通常圧ブローを完了。深度三四フィートを維持。艦内気圧、二分の一インチ」

ルサーノはうなずき、命じた。「艦橋出入口ハッチを開放。艦内気圧、二分の一インチ」

バラスト制御盤で緑のライトが点灯した。

当直先任が告げた。「艦橋出入口ハッチは、中間位置を示しています」

艦橋出入口ハッチから空気が抜け出すのとほとんど同時に、ルサーノは耳鳴りを感じた。これは艦の内外の気圧差によるものだ。

「上部ハッチ、開放」ドン・チャップマン艦長が声を張った。「SEALチームは艦橋へ上がれ。全機関停止」

〈トピーカ〉のスクリューがゆっくりと回転を止めた。艦はさらに一〇〇ヤード進んでから、停まることになる。そのあいだに、ブライアン・ウォーカーは艦橋コクピットまで梯子を昇った。そこから潜水艦のセイルの垂直部に、縄梯子(なわばしご)を放り投げる。縄梯子は潜水艦の丸みを帯びて滑りやすい、ゴムで覆われた甲板に届いた。ウォーカーは梯子を伝い降り、すぐに甲板のガイドレールに命綱を繋いだ。ここで海に転落したら、任務が台無しだ。それだけは防がねばならない。

さらに二人のSEAL隊員、トニー・マルティネッリとジョー・ダンコフスキーが、ウォーカーに続いて縄梯子を降りた。リーダーと同じく命綱を繋ぎ、すばやく艦尾へ向かう。潜水艦が静止すると、隊員たちは機関室の脱出筒ハッチを開け、収納していた二艘の空気膨張式ボートを運び出した。五分後、六人乗りの黒い襲撃用ボート二艘が、船体に空気を充塡し、甲板に並んだ。

ほかのSEAL隊員、ジョンストン上等兵曹、ジェイソン・ホール、ミッチ・カントレル、ルー・ブロートンは、潜水艦の乗組員に手助けされながら、艦橋の昇降筒からチームの装備を運び上げ、縄梯子で甲板に下ろした。五分後、ボートには装備がすべて積みこまれ、黒ずくめのSEAL隊員が乗りこんで、出撃準備が完了した。

隊員たちの耳に、艦橋ハッチの閉まる音が響いた。SEALの面々は孤独感を覚えた。ここからは潜水艦のハッチが閉められ、夜の海に彼らだけが取り残されるのだ。

一行はじっと無言で待った。数秒後、夜の静寂(しじま)を衝いて、舷側の近くから低いベント音がいっせいに鳴り響いた。バラストタンク上部のベント弁から、高圧空気が噴水のように、何列もの水飛沫を宙高く噴き上げる。〈トピーカ〉がゆっくりと海中へ戻るにつれ、甲板に置かれたＳＥＡＬのボートが水面に浮かんだ。もはや潜水艦の痕跡は、ときおり漂う泡と、彼らの行く手に突き出した小さな潜望鏡だけだ。その潜望鏡も、潜水艦が海の巨獣さながらに音もなく遠ざかるにつれ、夜の闇に消えていった。

ジョンストン上等兵曹が沈黙を破った。

「よし、野郎ども。じっと待つのはここまでだ。パドルを漕げ。二艘のあいだに、一〇〇フィートの間隔を空けろ。カントレルとホールは、赤外線ケミカルライトを点灯して高く掲げるんだ。潜水艦の艦長が俺たちを引っ張ってくれるんなら、目印が必要だからな」

チャップマン艦長はすでに〈トピーカ〉を、頭上に浮かぶＳＥＡＬチームのボートから一〇〇〇ヤード離れた地点まで潜航させていた。そこで慎重に回頭させ、ふたたび潜望鏡越しに覗いた。潜望鏡の赤外線レンズに、ケミカルライトの標識のほのかな赤い光が見える。艦長は静かに言った。

「これから、左、右の順に、光の方位をマークする。副長、わたしが〝マーク〟と言ったら方位を記録して、針路を指示してくれ。針路の修正に手間取っている余裕はないので、手早く頼む」

潜望鏡越しに覗いているあいだ、チャップマンには方位を読み上げることができない。そこで彼は、SEAL隊員が掲げている左側の光を潜望鏡で見たら、そこに照準線(カーソル)を合わせ、〝マーク〟と告げて、副長にその方位を読み上げさせる。それから、右側の光にも同じことをする。副長は部下に方位を記録させ、チャップマンが進むべき針路を指示するという段取りだ。

サム・ウィッテ少佐は、海図台に留めた海図から目を上げた。

「イエッサー。ローズボウルの延長戦で、勝ち越しのフィールドゴールを蹴る気持ちで、針路を割り出します」

チャップマンは頭を振り、苦笑した。この副長はことあるごとに、フットボールの喩(たと)えを持ち出そうとする。しかし賭けてもいいが、このぎこちない肥満ぎみの男は、防具を着けてフィールドに出たことなど一度もないだろう。

「よろしい、副長。哨戒長、補助推進機を降ろし、リモートコントロールに切り替え」

補助推進機は、後部バラストタンクの下部に出し入れする、小型の電動機だ。モーターの出力はたかだか三〇〇馬力ほどで、大型潜水艦は二、三ノットしか速力を出せない。しかし、縦舵よりも早く方向転換できるのが、大きな利点だ。いまはすばやく操艦したいので、チャップマンの目的にかなっていた。

「左目標、マーク！」チャップマンが命じ、続けて潜望鏡をやや右に旋回させた。「右目標、マーク！」

「針路三二四」ウィッテが告げた。

潜水艦がわずかに方向転換し、二艘のゴムボートの中間の針路に向かう。

「左目標、マーク。右目標、マーク」

「針路三二三」

チャップマンが潜水艦をふたたびSEALチームに近づけるにつれ、左右の光が明るくなり、間隔が広がって見えた。

「左目標、マーク」潜望鏡をまわす。「右目標、マーク」

「針路三二一」

細心の注意を要する動作を続けているうちに、チャップマンの背中を汗が流れ落ちた。

「艦長、あと一分で針路が算出できます」ウィッテが言った。

左右の光は、ほぼ一八〇度離れて見える。

「左目標、マーク」チャップマンが潜望鏡を大きく、ほぼ半円を描いて旋回させた。「右目標、マーク」

「お見事です、艦長。ゴールポストのどまんなかを通過しています」

チャップマンは潜望鏡越しに、二艘のボートが艦尾方向になり、潜水艦に追い越されたのがわかった。漆黒の空の下で、ボートの男たちの黒々とした輪郭が見える。ＳＥＡＬ隊員の一人が、赤外線ライトを潜望鏡に点滅させた。誰なのかはわからない。

チャップマンはモールス信号を読み上げた。

「曳航（えいこう）準備完了。さあ、ナンタケットのそり滑り（銛を打ちこまれた鯨に捕鯨船が引っ張られること）と行こう」

十四もの標準時間帯を隔てたワシントンＤＣで、トム・ドネガン海軍大将は椅子に背中を預け、大きく伸びをして、背中の凝りをほぐそうとした。

「どうやら、無事に出撃したようです」

「そうだね、しかし、待つのもここからが本番だ」国家安全保障問題担当大統領補佐官のサミュエル・キノウィッツ博士が答えた。

二人の男はホワイトハウス危機管理室（シチュエーション・ルーム）の大きなクルミ材のテーブルの端に座り、グローバルホーク無人航空機（ＵＡＶ）が現地上空から撮影している、ＳＥＡＬチームが北朝鮮の海岸へ向かう映像を見ていた。赤外線と合成開口レーダーの複合による画像は、夜間に厚い雲で覆われた六五〇〇〇フィート下を撮影したものだが、ボートに乗って潜水艦に曳航され、海岸へ向かうＳＥＡＬ隊員それぞれをくっきりと捉えていた。

「それにしても、気に入りませんね」ドネガンは葉巻の端を噛みながら言った。「隊員に何かあっても、空から援護するのに一時間以上もかかるんですよ」

キノウィッツはパイプの煙を吸った。ドネガンと同じく、ずっとこの危機管理室で神経を消耗してきたので、ホワイトハウス職員の誰一人として、ここが禁煙だと注意する勇気はなかった。

「いいかい、トム、われわれは話し合って合意したはずだ。レーダーが届く高度で、航空機を近隣の空域に飛行させれば、北朝鮮は警戒する、と。もっともらしい大義名分もなく、滑走路に飛行機を待機させるだけでも、何かあると思わせるだろう。そこでF‐16を韓国の群山(グンサン)基地に、F‐15を日本の嘉手納(かでな)基地に、それぞれ十五分で離陸できる態勢で配置したんだ。われわれにできるのは、これが精一杯だ」

ドネガンは葉巻に火をつけないまま、ぎざぎざの端をさらに噛みちぎった。

「うーん、サム。わかってはいるんです」彼はうなり声をあげた。「それでも、こういう状況は好きになれません」

「大将、何も無理に好きになる必要はないさ」

国家安全保障問題担当大統領補佐官は、笑みのような表情とともに言った。しかしその言葉に、冗談めかした響きはなかった。

二人はモニターに向きなおり、無言で映像を見つづけた。二人とも、これからの数時間で不測の事態が起きたときのことは、考えたくもなかった。

17

「上等兵曹、あとどれぐらいだ？」ブライアン・ウォーカーはささやき声で訊いた。

夜は漆黒の闇に包まれている。ＳＥＡＬのチームリーダーには、三フィートしか離れていない上等兵曹を見分けるのがやっとだった。小型の空気膨張式ボートは、墨を流したような海に大きく揺られている。彼らの行く手には、人を寄せつけない山がちな北朝鮮の海岸がぬっとそびえ、その陸地は暗い夜空を背景に、さらに黒々とした輪郭を描いていた。

「ささやく必要はありませんよ、中尉」ジョンストン上等兵曹が答えた。暗闇に、黒いペイントを塗った顔が溶けこんでいる。「魚にしか、声は聞こえません。あと五分ほどで、ちょっと漕いだら上陸できるはずです」

ウォーカーは、上等兵曹を目の前にしているようにうなずいたきり、何も言わなかった。

細い月はとっくに水平線の向こうに消え、あとには暗闇しか残っていない。二艘の黒いボートは、あいだに張ったロープによって潜望鏡に曳航(えいこう)され、海岸に向かっていた。ＳＥＡ

L隊員はボートに座り、北朝鮮の海岸ぎりぎりまで引っ張ってもらえる。なかなかできない経験だが、冷たい波がボートに叩きつけられると、その目新しさも失せてしまった。

潜水艦はほんの数フィート下にいるのだが、彼らは世界で孤立したような感覚に囚われた。SEALチームは艦内の暖かさ、光、安全から切り離されているのだ。さらに、無線はもちろん、あらゆる通信も封止されていた。北朝鮮に傍受されたら、上陸する前に発見されてしまう危険があるからだ。潜水艦の艦長は、潜望鏡レンズを通じて赤外線ライトを点滅させるという手段を思いついたが、それでやり取りできる情報はごくかぎられた、ささやかなものだ。

カントレルがウォーカーを小突いた。

「カウボーイ、潜水艦からメッセージです」

若い中尉は潜望鏡のほうを見た。目が暗闇に慣れても、一五フィート手前に突き出した潜望鏡はわずかしか見えない。それでも、赤外線ゴーグル越しに赤く点滅する光はくっきり見えた。モールス信号のメッセージだ——「切り離し地点に到達。海岸まで、あと一〇〇〇ヤード。方位二八六。成功を祈る」

潜望鏡が海中に消えた。潜水艦は座礁しないぎりぎりのところまでSEALのボートを曳航してくれた。ここからは自力で上陸しなければならない。

ジョンストンが大声で全員に言った。「いいか、楽ができるのはここまでだ。さあ、漕ぐぞ。今晩じゅうには着けるだろう」

ボートはゆっくりと暗い陸地へ進みはじめた。近づくにつれ、山々がのしかかってくるように見える。海岸の岩場に荒波が砕ける音が、ウォーカーの耳をつんざいた。時間をかけて精査した海図を思い描こうとする。この海岸の大半は、数百フィートの高さに切り立った断崖絶壁だ。この険しい地形は、まさしく天然の要害であり、この国に潜入しようとする者の前に立ちはだかっているので、一度上陸できれば、哨兵に出くわす可能性はごくわずかと思われた。これほど上陸に危険な自然条件の土地に、北朝鮮軍がわざわざ兵士を割く必要を認めるとは考えにくい。

海図によると、海岸にはごく狭い平坦な場所があり、どうにか立てるほどの広さだが、小型艇をそこに着岸させることは可能と思われた。しかし、そこへたどり着くには、不規則に突き出た岩場を慎重に迂回しなければならない。あとは海図が正確で、実際に海岸がそこにあることを祈るしかなかった。

ウォーカーは腕時計を見た。午前三時十五分だ。干潮は午前三時二十七分。これから十分間は磯波が弱くなるので、そのあいだに、迷路のような岩に叩きつけられないように、海岸へ向かわねばならない。その十分で片をつけることだ。

波が岩に打ち寄せては飛沫(しぶき)を上げて砕け散り、岸を洗って泡を立てる。一定の間隔で殺到する波は、黒ずんだ灰色に岩を染め、いったん渦を巻いて引き返すが、すぐに冷たい海から新たな波濤(はとう)が襲いかかる。

ジョンストンはその様子を見守り、寄せては返す波のタイミングを慎重に計算した。頃合いと判断したところで、上等兵曹は叫んだ。「いまだ！　全力で漕げ！」ボートの背後で波が湧き上がり、隊員たちを前へ押し出す。SEALチームは、陸地へ打ち寄せる波の力を利用しながら、できるだけ海岸に近づきつつ、泡のあいだから顔を出す鋭い花崗岩に叩きつけられるのは避けねばならなかった。

SEAL隊員たちは最初の岩のほうへ、必死にパドルを漕いだ。ブロートンが一艘目の舳先(へさき)に座り、両脚とパドルを使って岩を押し返し、迂回した。ボートが波の力で、情け容赦なく前に押される。二艘目の舳先にはホールが座り、襲いかかる波で迫りくる岩を蹴って切り抜けた。

返す波に引き戻されないよう、隊員たちは猛然と漕ぎつづけ、かわしたばかりの岩に衝突しないよう注意した。ウォーカーの肺は火がついたようで、肩は痛みに悲鳴をあげたが、それでも全力で漕いだ。

次の波が寄せ、ふたたび彼らのボートを持ち上げて押し出す。めざす上陸地点はすぐそこで、渦巻く波に突き出す岩をあとふたつほどやり過ごせばいい。波はすぐに引き、隊員たちは潮に流されないよう格闘する。次の波が、ボートを目標地点へと押してくれ、彼らは測ったように、狭くごつごつした海岸に乗り上げた。

ブロートンがすかさずボートから飛び降り、短いもやい綱を摑んで、ゴムボートを海岸に引き揚げ、返す波にさらわれないようにした。ほかの隊員も次々に降り立ち、ボートを運んで、狭い海岸に突き出した岩の横に置いた。ジョンストンが乗ったボートも、すぐあとに上陸し、一艘目と同じ場所に運ばれた。

花崗岩の絶壁が暗い夜空に立ちはだかり、崖っぷちを通る曲がりくねった道に出るまでは、一〇〇フィート以上よじ登らなければならない。風化したなめらかな岩肌には、狭く小さな裂け目があり、そこが唯一の足がかりに見えた。海岸から陸側へ向かうには、断崖を登る以外の方法はなかった。それも険しく、困難な登攀になりそうだ。

「ホール、この岩を登れ」ジョンストンがひとこと、まるでごみを捨てろと命じるような口調で告げた。「ほかのやつらは、このボートを見えないように隠し、装備の用意をしろ。ぐずぐずしている時間はない。ホールがロープを放ったら、全員に登ってもらう」

ジェイソン・ホールは、岩を登らせたらチームで一番だ。SEAL隊員は全員がロッククライミングの訓練を受け、熟達しているが、ホールは別格だった。ふだんからフリークライミングをこよなく愛し、サンディエゴの山地でも岩肌を登っている。彼に言わせれば、ピトンやカムは、アマチュアが使うものだ。彼には片手か片足を引っかける出っ張りさえあれば、どんな絶壁でも登れる。彼のフリークライミングの技能のおかげで、チームは重くてかさばるカムのような装備を運んで、ザイルで固定する必要がなくなるのだ。

ホールは小さな裂け目に手をかけ、身体を引き上げて、岩の隙間につま先を押しこんだ。一歩ずつ、慎重に登りはじめる。頭上の岩肌を見、手を伸ばして、岩のちょっとした隙間を摑み、足を上げ、しっかりと押しこむ。その動作を何度も繰り返し、貴重な高度を稼いでいった。肩はこわばって痛み、手足には硬い岩で痣ができたが、眼下でチームメイトが上陸の痕跡を隠しているあいだに、彼は着実に崖を登っていった。

ホールが高く登るにつれ、花崗岩の崖の裂け目はしだいに広がってきた。背中を片側にくっつけて楔にし、もう片側に足をかけて登れるほどだ。最後の二、三フィートは、駆け上がれるほど広かった。登りきったところで、ホールは慎重に周囲を見まわした。人がいそうな気配はない。彼はチームが登れるよう、ロープを縛りつけてから、放り投げた。そこまでやってから、ホールは倒れこみ、空気を求めてあえいだ。

十分後、チーム全員が崖の上に再集合した。ジョンストンが秘話衛星通信をすばやくセットし、ワードとビーマンに、チームが無事上陸して、これから任務に着手すると報告した。

ウォーカーが背嚢から地図を取り出し、全員に最終確認をした。

「ジョンストン上等兵曹とブロートンは、日進(イルイン)の現場へ向かってくれ。ホールとカントレルは、王丹(ワントン)の現場へ。マルティネッリとダンコフスキーと俺は、二尊(ニソン)の現場へ行く。日の出前に、できるだけ距離を稼ぎ、日中は隠れるんだ。あすの夜には、偵察現場に到着していること。核兵器を発見した者は、翌晩のトマホーク攻撃まで現場にとどまれ。それ以外の者は、脱出ルートの援護にまわるんだ。攻撃チームは、核兵器の破壊を見届けてから脱出する。攻撃が終わったら、ここに集合し、国へ帰ろう。質問は？」

もちろん、質問はなかった。あったとしても、誰も答えられなかっただろう。作戦計画は、もう何度も繰り返し吟味していたが、それは安全な潜水艦内でイメージしたものだ。この敵意に満ちた国に何があるのかは、実際に行ってみなければわからない。いわんや、核魚雷の貯蔵施設に地獄の業火を降らせたあと、無事にここへ帰ってこられるという保証もなかった。

だとしても、行くよりほかにない。彼らにはやるべき任務があるのだ。ＳＥＡＬチームは装備を背負い、夜闇(やあん)に消えていった。

ジョン・ワード司令官は立ち上がり、伸びをして、あくびをこらえようとした。長く、張りつめた夜、SEALチームの動きをじっと見守り、無事に上陸を終えるまで、報告を待ってきたのだ。グローバルホークが撮影した映像は、第七艦隊司令部の大型パネルスクリーンに送信されて、現地で起きていることはすべてリアルタイムで把握できる。男たちが向かっている海岸線では、動くものは何ひとつなさそうだ。そこはまるで見捨てられたような土地で、花崗岩と松の低木が広がっているばかりだった。高高度無人偵察機が捉えた動きは、海岸をめざす二艘の小さなボートだけだ。そのあと、ウォーカーからの報告があった——すべて計画どおりに進んでいる、全員崖を登りきって、三グループに分かれて行動するということだ。それ以降は、SEAL隊員さえも映像から消えてしまった。

「もういいだろう」ワードはビル・ビーマンに向かって言った。このSEAL指揮官はまだスクリーンを穴が開くほど見つめており、部下たちの動きを見つけようとしているようだ。「きみが自慢しているほど優秀な隊員たちだったら、いくら探したって、交尾している狐ぐらいしか見つからないぞ。そろそろ、老兵二人も休む頃合いだ」

「老兵だと。いっしょにするな」ビーマンが言い返した。それでもやはり、立ち上がって背伸びをする。「俺も現場へ行くべきだった、ジョン。ここにただ座って、あいつらが楽しみを独り占めしているのを見るのはつらい。どっちにしても、長い夜だ」

そのとき、まるで合図のように、ビーマンの胃が大きく鳴った。ワードが声をあげて笑う。

「将校クラブで、卵料理を作ってくれるんじゃないかな。われわれ二人とも、疲れているうえに腹ぺこのようだ」

マンジュ・シェハブは船外機つきのカヌーを慎重に操り、狭く曲がりくねった水路をさかのぼって、一見まったく人を寄せつけないマングローブの湿地の奥へと入っていった。むっとする蒸し暑い空気に、蚊の大群が暗がりを作っている。海水を好む樹木があらゆる方向に指のような根を伸ばし、触手さながらに迷路を張りめぐらせる。ときおり、不注意な人々がここに迷いこみ、二度と出てこられなくなることがある。地元民のあいだでは、この湿地には腹を空かせた幽霊が棲んでいるという言い伝えがあった。そうした幽霊は、とりわけ人間の内臓を好むという。

シェハブはその話を思い出し、われ知らず笑みを浮かべた。そうした迷信は、彼にもその大義にも、大いに有用だ。おかげでパラワン島のこの場所から、詮索好きな地元民の目を遠ざけることができる。シェハブの手下たちはこの入り組んだ水路を自由に使い、ベースキャンプを隠したり、たまに通りかかる小型貨物船を連れこんでは、積荷を略奪したりしていた。マングローブの樹冠は、政府の偵察機や他国のスパイ衛星からも、恰好の目隠しになる。

「あとどれぐらいだ?」サブル・ウリザムが小型カヌーの前席から訊いた。テロリストの宗教指導者は、たかってくる虫もまとわりつくような暑さも意に介していないようだ。

「あと一キロぐらいです、わが師(ムッラー)」シェハブが答えた。「ご覧になればわかります。まさしくお望みどおりの場所ですよ」

ウリザムはおざなりに手を振り、ふたたび物思いに耽(ふけ)った。

シェハブは心配になってきた。この旅でのムッラーは、いつもより口数が少ない。この偉大な指導者には、さまざまな心労がのしかかっているのだろう。たいがいなら、このように二人きりになると、サブルは肩の力を抜き、冗談を言って笑ったり、さまざまな話を語り聞かせ、これまでくぐり抜けてきた修羅場でのシェハブの振る舞いをからかったりするのだが。しかしきょうにかぎって、サブルは黙然(もくねん)として座ったきり、黒雲が垂れこめたような空気をまとっている。

二人を乗せたカヌーは狭い水路を曲がった。気をつけないと、カヌーがこすれるほどの幅だ。それから水路は、二〇メートルほどにまで広がった。幅が広がった川は内陸部へ向かい、七〇メートルほど先でふたたび蛇行した。シェハブはカヌーを水路の中央に保ち、川の流れに合わせて左に曲がった。

「ムッラー、この水路の深さは、海からずっと、一〇メートルはあります。目的にぴったりの場所です」

ウリザムはうなずいたきり、何も言わない。

湾曲部を曲がると、二人の目の前に自然の驚異が広がった。水路はまっすぐ、溶岩が固まってできた巨大な洞窟へと続いている。その洞窟は、第二次世界大戦時に使われたブレストの潜水艦待避所に匹敵する大きさで、ウリザムが思い描いたとおりの場所だった。

「申し上げたとおりでしょう」シェハブは誇らしげに言った。「ここならぴったりです。誰にも見つかる心配はありません」

ウリザムはうなずいた。

「アッラーの恵みだ。まさにうってつけだ」ところが、カヌーが洞窟の陰に入ったとたん、ウリザムは腹心の部下に向きなおり、一転して険しい表情になった。「しかしだ、シェハブ、おまえが働いたこざかしい裏切りのことを言わねばならない。どうやらおまえは、わたしの命令に従わない道を選んだようだ」

シェハブは息を呑み、おぼつかない口調でどうにか答えた。

「し、しかし、ご主人様。わたしは……」

　ウリザムが手をかざし、さえぎる。

「嘘を重ねて、おまえの罪の上塗りをするな。おまえはいままでずっと、誰よりも忠実にわたしに仕えてくれた、最も価値のある戦士だった。そのおまえが、いったいなぜこんなことをしたのか、説明してほしい」

　シェハブには答えが思い浮かばなかった。汗にまみれた顔に恐怖の色を浮かべ、押し黙って指導者を見るほかなかった。

「わたしは、あの船のヘロインをすべて破棄するように命じた。ちがうか？」

「おっしゃるとおりです」シェハブは嗄(しゃが)れ声で言い、ウリザムの視線を受け止められずに、力なくうなずいた。

「わたしは麻薬の取引をしないよう、はっきり命じたはずだ。とくに、信仰を同じくする人たちとは」今度もシェハブはうなずいた。「それなのにわたしは、最も信頼している男が、そこらのならず者のように、マニラの路上で二〇キロの麻薬を売りさばこうとしたと聞かされた。わたしは深く恥じ入り、失望させられた」

「ご主人様、わたしの罪をどうかお許しください」シェハブは弱々しく答えた。「まちがっていることは承知していたのですが、それだけの理由があるのです。わたしは大義を実現させるため、役に立ちたかったのです。組織の資金は不足する一方、不信心者どもに対する聖戦（ジハード）を遂行するため、必要な出費は増えています」

ウリザムは厳粛な面持ちでうなずいた。

「そのことはわかっている。それだけが、おまえがまだ生きながらえている理由だ。もし汚い取引に手を染めて私腹を肥やしているとわたしが判断していたら、おまえはとっくに殉教者の仲間入りをしていたところだ。しかしわたしは、おまえを殺さずに、使命をひとつ与えたい」

シェハブは深く安堵の息をついた。どうにか命は助かったらしい。ウリザムは彼を許すことを選んだ。

「もちろんです、ご主人様。どんなことでもお命じください」

「おまえにサンボアンガに行ってほしい。われわれのスポンサーから、ひとつ頼まれたことがある。それには、おまえの力が必要だ」

シェハブは注意深く、洞窟の入口のすぐ内側にある、粗造り（あらづく）りの栈橋にカヌーをつけた。ぐらつく栈橋に飛び上がり、船を繫ぎ止める。ウリザムは栈橋に上がると、足早に表に出て、まだらな陽差しに踏み出した。シェハブは追いつこうと急いだ。

「どのようなことをすればいいのでしょう？」口早（くちばや）に訊く。

ウリザムが静かに笑ったので、腹心の部下はようやくほっとした。シェハブの命は救われたのだ。いったいなぜ、自分はウリザムの目を逃れて麻薬を売れると思ったのだろう？

「皮肉もここにきわまれり、だ」宗教指導者は得意げに言った。「われわれの友人のオルテガ大佐が、アメリカの国際共同麻薬禁止局（JDIA）の捜査官二人を、本部で拘束しているらしい。二人の捜査官は、バシラン島を経由する隋海俊（スイ・カイシュン）の麻薬密輸を嗅（か）ぎまわり、近づきすぎた。それで当然ながら、オルテガが捕まえた」

シェハブはうなずいた。そのことはすでに知っていた。オルテガ大佐は言うまでもなく、警察官の大半はもう何年も前から、金と引き換えに隋の便宜をはかっている。とりわけオルテガは、相応の金を人目につかずに払えば、誰の便宜でもはかる男だった。シェハブも何度か、仲介者を通じて金を払い、革命遂行のためにオルテガを利用したことがある。それでもまだ、ウリザムの話がどこへ向かっているのかはよくわからない。

「われわれのスポンサーは、この二人の麻薬捜査官を路上に戻してほしいと考えている。麻薬捜査官に活躍してもらい、隋海俊の麻薬を摘発させたほうが、オルテガ大佐の監獄に入れておくよりも、間接的にわれわれの大義に役立つということだ。おまえにはそれをやってもらう。これからサンボアンガに行き、二人を監獄から出すのだ。その仕事と引き換えに、隋暁舜（スイ・ギョウシュン）が残額をすべてわれわれに支払い、北朝鮮から購入した核兵器の代金を出してくれる」

「必ずやり遂げてご覧に入れます」シェハブは言った。

ウリザムは密林を見ていた。深呼吸し、語を継ぐ。

「もうひとつ、きわめて重要なことがある。この脱獄を、できるかぎり残忍な方法でやってほしいのだ。大勢の死体が転がり、排水溝が血で染まるような」

ウリザムはそう言うと、沈黙した。足早に向きを変え、山へ向かう狭い道を登りはじめる。シェハブは走ってあとを追った。この古い道をたどってベースキャンプへ戻るには、一〇キロ以上ある。道の大半は、鋭い火山岩やとげの多いアカシアの藪だ。二人を灼熱の太陽が照りつける。息が詰まるような暑さをやわらげるのは、鬱蒼とした下生えをときおり吹き抜ける弱い風だけだった。

数分後、ウリザムはにわかに立ち止まり、ふたたび口をひらいた。シェハブは急いで追いつき、立ち止まって指導者の言葉を聞いた。

「おまえは政府の注意をすべてミンダナオに引きつけ、われわれがここでやろうとしていることから彼らの目を逸らすんだ。わたしの狙いは、あらゆる人間に、われわれの組織がミンダナオで大きな攻撃行動を企てていると思わせることだ。おまえはその目的のために、殉教者になるだろう。しかるのちに、われわれは主目標への攻撃を敢行する」

そう言うと、導師はふたたび歩き出し、密林に姿を消した。

がたが来た古い漁船が羅津（ラジン）を出港し、日本海の北を、千島列島の豊かな漁場へ向かっている。この古い木造船は、船体が網やガラスの浮き球で覆われ、日本、韓国、中国、あるいはロシアの漁村から出てくる数知れない漁船と見分けがつかなかった。この船が南に変針し、日本の沿岸を通過して対馬海峡や黄海に向かったとしても、誰も注意を向けないだろう。漁船が一艘増えただけのことだ。つましい暮らしを海の恵みで支えようとしている漁師一家だろう、と。

漁船が止まったとしても、ほかの船とのちがいを見つけるには、かなり入念な捜索が必要だ。

魚を入れる船倉の下に設けられた、隠しスペースを発見するのは困難をきわめる。何せ船倉は、数トンもの魚で一杯なのだ。

その隠しスペースには、山積みになった魚の下に、この船の真の積荷が収まっていた。まがまがしい灰緑色の、旧ソ連製53-68型核魚雷が二基、並んでいる。

18

ブライアン・ウォーカーはゆっくり慎重に、ごつごつした花崗岩のあいだからわずかに頭を突き出した。M‐4カービンをしっかり握りしめ、日中隠れていたこの場所の下に広がる斜面を見わたす。暗視ゴーグルを装着しているので、暗闇でもくっきり周囲が見えるが、見るべきものはほとんどなかった。斜面を下る、曲がりくねった狭い道に見えるのは、松の低木や、岩に張りつくいじけた藪ぐらいだ。夜の静寂で動くものは何ひとつなかった。

行動開始の時間だ。彼が率いる少人数のグループは、日の出前に敵地を五マイル踏破しなければならない。マルティネッリとダンコフスキーは彼の指揮下で、北朝鮮の軍事施設に立ち入り、何があるのかを確かめて、無事に戻ってこなければならないのだ。ウォーカーは身震いし、目を固く閉じた。さまざまな想念が脳裏に渦巻き、考えたくない疑問が去来する。思考は不安にかき乱され、胃がねじれるようだ。果たして自分の資質で、この任務をやり遂げられるだろうか？　それとも、緊張のあまり失敗してしまうだろうか？　そのときになってみなければわからない。

マルティネッリが音もなく、隣に這い寄り、肘に触れた。「時間です」

「行きましょう、カウボーイ」彼はささやいた。大柄のイタリア系の隊員にゆがんだ笑みを浮かべ、ウィンクして答える。「そのとおりだ。さあ、行こう」

ウォーカーはうなずき、疑念の雲を晴らそうとした。

三人は隠れ場所から立ち上がり、低く身をかがめて、暗い幹線道路へ迅速に向かった。岩にじっと隠れる以外にやることができ、ウォーカーはすぐに気分がよくなった。ひょっとしたら、無事に任務を終えられるかもしれない。

海沿いの道は無人のままだ。北朝鮮が夜間にこの道を使う必要はほとんどないだろう。それでも、SEALの隊員たちは道路沿いの斜面に並行して進み、路面に出て歩くようなことはしなかった。万一誰か来たら、簡単に見つかってしまうからだ。おかげで移動速度は多少遅くなるが、突然車が現われたときには、すばやく茂みに飛びこんで身を隠すことができる。

ウォーカーが幹線道路から枝分かれした、未舗装の小道に入ったころには、午前零時になっていた。その道は北西へ向かい、山間の渓谷へ続いている。諜報機関からの情報は正確だった。でこぼこの急峻な道は、幅が狭く、トラック一台がやっと通れるほどだ。行く手の暗がりには、道の下に急流が隠れ、耳をつんざく奔流の音が、花崗岩に響きわたっている。

ウォーカーがうなずくのを合図に、三人のSEAL隊員は、幹線道路から枝分かれした、でこぼこの山道に沿って移動しはじめた。ダンコフスキーがM－4カービンを構え、先頭を歩く。ウォーカーは一〇メートルあとに続き、暗がりにまぎれて、慎重にダンコフスキーの足跡をたどった。マルティネッリはさらに一〇メートル後ろで、しんがりを守りながら、三人の痕跡を消していった。

事前に諜報機関から提供された情報どおり、盗聴器や感知器の類が設置されていないことを祈るよりほかになかった。その情報が誤っていたら、北朝鮮軍の部隊がすでに先まわりして、彼らを待ち伏せしているだろう。

一〇〇メートルも進まないうちに、ダンコフスキーがにわかに立ち止まり、地面にかがみこんだ。隣に来るよう、ウォーカーを手招きする。

「中尉、誰かがこの道を通ったようです。これはトラックの轍です。相当重いものを運んでいたと思われます。この沈み具合を見てください。少し前のもののようです。二週間近く経過していると思います」

ウォーカーはうなずき、低くうなった。

「なるほど、少なくとも誰かがこの道を使ったということだ。この先に行けば、何を運んだのかがわかるだろう」

道は山腹をどんどん高く上がっていった。SEALの隊員たちは速いペースを保ちながら、山道に沿って進んだ。トラックの轍がどこまで続いているにせよ、彼らは夜明け前に二尊の施設構内に潜入し、内部の様子を確認しなければならない。それ以外の場所を見ている時間はなく、彼らの存在が北朝鮮側に知られていないかどうか心配する暇もなかった。

三人は逃げ場のない場所に立たされた。道の右側は、ほぼ垂直に切り立つ風化した花崗岩だ。左側は崖で、落ちたら深淵のような谷底へ真っ逆さまだ。二〇〇ヤードほど上がるたびに、道は左右にカーブする。それでも、片側は岩、もう片側は崖に挟まれた道だ。誰かが来たら隠れる場所がないか、ウォーカーは探してみたが無駄だった。ここで北朝鮮の人間に出くわしたら、戦うしかない。相手が軍なら、戦いはすぐに、むごたらしい形で決着がつくだろう。しかも、SEALに勝ち目はない。どんな小部隊でも三人以上はいるだろうし、火力でも勝るはずだ。相手が蕪を運ぶ農民だったとしても、不意を突いて襲いかかることはできない。見つかったらその時点で、任務は危機に瀕する。この任務がいかに重要であっても、SEALの隊員はここでは不法侵入者だ。運よく生き残ったとしても、彼らの存在が露見すること自体、泥沼のような結果をもたらしかねない。その場合、SE

ALの隊員は、北朝鮮の核兵器を破壊することはおろか、彼らがそれを保有していると証明することも不可能になる。

ウォーカーは無意識のうちに震えだし、背筋を冷たい汗が流れ落ちた。

つづら折りの道がようやく終わり、三人は小高い台地に出た。錆が浮いた高い金網のフェンスの上に、蛇腹型鉄条網がついている。そのフェンスは、山腹を削って造成された、狭く平坦な土地を囲んでいた。フェンスの向こうを見ると、ウォーカーの目に、暗く不気味な平屋建ての建物が入ってきた。いくつも並んでいる金属製の建物に、明かりはついていない。敷地全体に、人けはまったくなかった。

だからといって、無人とはかぎらない。ウォーカーはそう思った。

ダンコフスキーが左に動き出し、敷地の周囲をゆっくり時計まわりにまわって、監視機器の類がないかどうか見きわめに行った。ダンコフスキーは暗がりにまぎれ、たちまちウォーカーの視界から消えた。マルティネッリは右に向かい、反時計まわりにフェンスの周囲をまわった。

不意に、チームリーダーは一人きりになった。チームメイトは行ってしまった。ウォーカーは暗がりにひそみ、台地の端にうずくまった。二人の歴戦の兵士が一帯を探索するあいだ、じっと待って観察するしかない。

ウォーカーはフェンス越しに、金属製のプレハブのような建物にじっと目を注ぎ、この建物に彼らが捜しているものがないかどうか、手がかりを得ようとした。それともここには、北朝鮮の保安部隊が彼らを襲撃すべく、息をひそめているのだろうか？　核兵器が保管されているとしても、周囲は北朝鮮の哨兵に固められ、それを盗もうとする者は問答無用で射殺するよう命じられているのでは？

待て。いま、誰か動かなかったか？

ウォーカーは動く影を見たと断言できた。いったん目を逸らし、ふたたびそちらを見る。何も変わりはない。想像力が働きすぎたのだろうか。

ごくりと唾を飲み、冷たく湿った空気を深く吸いこむ。

ほかの二人のSEAL隊員はどこだ？　もう一時間は経っているだろう。こんな狭い敷地をひとまわりするのに、そんなに時間がかかるはずはない。

ウォーカーは腕時計を見、苦笑した。まだ五分しか経っていなかった。

と、右側にちらりと何かがよぎった。M－4カービンの銃把を握り、そちらへ銃口を向ける。

だが、何も動いていない。今度は、暗闇に足音が聞こえたような気がし、左に銃を向けた。

汗が額(ひたい)から、両目にしたたり落ちてきた。引き金から指を離し、袖で汗を拭う。

そのとき、肩に手が触れた。

ウォーカーはぎょっとしてその手を逃れ、身体を反転させた。飛びのきながら、指でM-4カービンの引き金を探る。

ダンコフスキーがかたわらにしゃがんでいた。このSEAL隊員が、音もなく現われたのだ。

「落ち着いて、カウボーイ」彼はささやいた。「落ち着いてください、俺です。びっくりさせるつもりはなかったんです」

ウォーカーは安堵した。M-4を下げ、チームメイトの隣にかがむ。

「いや、いいんだ。ちょっと神経質になっていたようだ。何か動くものを見たような気がしたんだ」

彼は建物のほうを指さした。

ダンコフスキーはそちらを見、平静な声で力づけた。

「動きはなさそうですね。この場所は無人のようです。でも、俺も初めてのミッションは不安でした。あのときなら、あらゆる暗がりに、狙撃手が見えたと断言できたでしょう。ともかく、ここには人の気配がありません。マルティネッリが先に行き、斜面に恰好の狙撃場所を確保しました。俺たちが建物を捜索するあいだ、彼が見張っています。ゲートには鍵もかかっていませんでした。ここには最初から何もなくて、連中は捜索されると予想していなかったのかもしれませんが、これが大きな罠の一部で、われわれを待ち伏せしている可能性もあります」

ウォーカーは答えなかった。声がうわずるのではないかと、心もとなかったのだ。彼は無言で立ち上がり、大胆な足取りでゲートに向かった。

二人は手早く、最初の二軒を捜索した。骨組みだけになった寝台が並び、事務室はもぬけの殻だ。備品はおろか、紙くず一枚落ちていなかった。

三軒目は倉庫施設のようだった。そこもがらんとしている。ウォーカーは背嚢から、黄色の箱形の装置を取り出した。ダンコフスキーを見、無言の問いかけに答える。

「俺たちの捜し物がここにあったのかどうか、確かめるんだ。この装置を使えば、プルトニウム２３９が過去二年以内にここに保管されていたかどうかがわかる。高性能の機械だ。日本の基地で受けた説明では、ごく微量の中性子やアルファ線も検知できるということだ。サダム・フセインを急襲するために開発されたものらしい。今度は金在旭（キム・ジェウク）を現行犯で捕まえられるかもしれないぞ」

「とにかく、核兵器のありかが突き止められれば、何を検知しようと構いませんよ」ダンコフスキーが言った。

ウォーカーが話しながらスイッチをひねり、室内を歩きまわって、銀色に輝く探針を床にかざした。デジタル表示板をじっと見る。ものの数秒で、表示板の数値が上がった。

「確かに、ヤバイものがここにあったらしい」ウォーカーは言った。「そんなに大量ではなかっただろうが、まちがいのない反応だ。報告しよう」

ダンコフスキーはすでに、通信機をセットし、小型アンテナを埃っぽいコンクリートの床に置いていた。片手でウォーカーに送話器を渡しながら、もう片方の手で周波数をセットする。ウォーカーは小さなハンズフリーのヘッドセットを装着し、通話した。

「ホームベース、こちらチーム3。捜索対象は発見できなかった。ただし、検知器に反応があった」

すぐに返答があり、耳元に金属的な音声がこだました。

「了解しました、チーム3。発見できなかったが、検知器に反応があった旨、報告を受領しました。会合地点に戻ってください」

ウォーカーは小型のイヤピースを耳元に強く押しつけた。よく聞こえなかったのかもしれない。もっと指示があるはずなのだ。ほかの二チームのうち、核兵器を発見したチームの援護にまわる必要がある。

「繰り返してほしい、ホームベース。どこのチームの援護に行けばいい？」

暗号化されたデジタル衛星回線を通しても、ウォーカーには、通信機の向こう側にいる相手の失望がはっきり聴き取れた。

「チーム3、どのチームも捜索対象を発見できませんでした。捜索対象はどこかへ移動したようです。会合地点に集合し、帰還します。任務は終了です」

ウォーカーは苛立ちのあまり、ヘッドセットを荒々しくはぎ取り、ダンコフスキーの方向へ放り出した。核兵器はどこかにあるはずなのだ。そして誰かが、それを使おうとしている。核兵器を見つけて使用を止めるのが、ウォーカーの役割だったのに、それを果たせぬまま撤退を余儀なくされるのか。核兵器のありかはわからず、なんの成果も上げられないまま。

〝カウボーイ〟・ウォーカーは最初の任務に失敗したことになる。そしてこの失敗により、若きSEAL隊員が想像するより、多くの人命が失われる可能性が大いにあった。

ビル・ビーマンは憤懣（ふんまん）に駆られ、マイクを叩きつけた。

「ちくしょう！　手遅れだったか。北朝鮮のやつらは核兵器をとっくに隠していやがった。もう手の打ちようがない」

ビーマンは目の前の壁に据えつけられた、明滅する液晶スクリーンの列を見つめた。スクリーンの一枚には、北朝鮮沿岸のはるか上空を飛行するグローバルホークによるリアルタイム映像が映し出されていた。無人偵察機はおびただしいデータを絶えず送信してくれるが、地下司令部でそれを受信したビーマンは、失望を露(あら)わにしてむなしく机を叩くばかりだった。そのスクリーンの隣には、統合戦術情報ディスプレイ(JTIDS)がある。ディスプレイの図表には、アメリカの情報収集システムによって得られたあらゆる情報が一目瞭然(いちもくりょうぜん)だ――イージス艦のレーダー、空軍の早期警戒機による統合監視・目標攻撃レーダーシステム(JSTARS)、KH-11偵察衛星。それらによるデータがすべて、このスクリーンに集約されている。

だからといって、事態が変わるわけではなかった。いくらハイテク機器を集めたところで、これではなんの意味もない。それらのどれひとつとして、ならず者国家が核兵器をどこに隠したか、ビーマンに教えてくれるものはなかった。どんな手を使ったのか知らないが、北朝鮮は核兵器を彼の鼻先からかすめ去り、明滅するスクリーンをいくら見たところで、どこに行けばそれを見つけ出し、破壊できるのかは知るよしもない。

ジョン・ワードが立ち上がり、旧友の肩に腕をまわした。

「われわれは最善の手を打ったんだ、ビル。まずはきみの部下を現場から退去させ、再集合させよう。核兵器が煙のように消えるはずはない。きっとまたどこかに出てくるだろうし、そのときには必ず見つけてやる」

　ビーマンはゆっくりうなずき、歯ぎしりしながら言った。

「認めたくはないが、そのとおりだな。さて、プランBを教えてもらおうか」

　ワードは悲しげに首を振った。

「これというものはない。だが、一刻も早く善後策を講じるべきだ。ドネガン大将に、われわれのちょっとした問題を知らせよう。現時点でわたしに思いつくのは、北朝鮮を出港する全船舶の臨検をすることぐらいだ。われわれの目をくらまし、どこかに持ち出そうとしているにちがいない。それ以外に、核を使用する方法はないはずだ」

　ビーマンはワードを凝視した。

「ワシントンは、あんたのプランにあまり乗り気にはならんだろう。公海で船舶を止めるのは、国際的に受けがよくないし、秘密を保つのも難しい」

　ワードはビーマンの目をきっと見据えた。

「もっといい案があるのか？」

　SEAL指揮官は首を振り、もう一度机を叩くことしかできなかった。

　金大長（キム・ダイジャン）大将は、ちらつく灰色のスクリーンを見つめ、快哉（かいさい）をあげたくなる衝動を抑えた。モニターにはアメリカのSEAL隊員が二人映し出され、コンクリートの床にうずくまっている。二人は通信機で誰かと何やら話しているようだ。

金はもっと予算を割き、音声回路を設置しておけばよかったと思った。音声が拾えたら、アメリカのSEALのスパイどもが何を話しているかわかったのに。連中が捜しているものを見つけられず、苛立ちとともに任務の失敗を主人どもに報告している声を聞けたら、さぞかし愉快だろう。金はそう思い、ほくそ笑んだ。

アメリカの資金力と技術力を、金は数人の労務者(クーリー)と漁船だけでまんまと出し抜いたのだ。

金はスクリーンから目を逸らし、大きな会議用テーブルを囲んでいる、いかめしい顔つきをした男たちに向きなおった。金は憤激を装い、顔を朱に染めた。おもむろに口をひらき、深い熱意を滲ませた声で呼びかける。

「ご覧のとおり、アメリカ人はいま、戦争をも厭(いと)わぬ大胆不敵な背信行為に及んでいます。みなさんはいままで、アメリカ人は臆病で、戦争の脅威を煽(あお)るような行為や、わが国の人民に対する報復行為には出てこないと主張してこられた。ところがどうです！　彼らはわが国の主権をまったく尊重していないではありませんか。いま、こうして話しているあいだにも、連中は厚かましく、スパイの兵士どもを送りこみ、わが国土を蹂躙(じゅうりん)しているのです。これは戦争にほかならない！　もはや耐えがたい挑発行為です」

重厚なオークの会議用テーブルが、作戦室の中心に鎮座している。ここは平壌（ピョンヤン）で最も警戒厳重な地下作戦室だ。この部屋は、北朝鮮の最高首脳部による最重要な会議にしか使われなかった。つまりこのテーブルに席を与えられるのは、北朝鮮の進路を導くごく少数のエリートであることを意味する。

「では、どうしろというのだね？」人民軍元帥の崔（サイ）が反問した。「わが軍は南の境界線で、百万近くの軍勢に警戒態勢を取らせている。たかだか数えるほどのアメリカのSEAL隊員を見つけるために、軍を北岸に動かせとでも言いたいのか？」

金は笑みを浮かべた。この老元帥はいつも予測どおりだ。つねに考えることは戦力、兵力、分断された朝鮮半島の南半分へいかに迅速に進軍するか、だ。この男には、過去に別れを告げ、未来をわがものにすることなどできない。しかし、それは問題ではない。古い考えかたから脱却できない者は、新たな戦略の餌食になるだけのことだ。

「いいえ、元帥」金は如才ない口調で答えた。「元帥に託された使命は、あまりに大きく重要です。元帥の貴重な戦力を煩（わずら）わせることなく、アメリカのファシストに立ち向かう、巧妙な方法があります」

「では、どうするのだ？」元帥は容易に引き下がらなかった。

「お許しをいただければ、もう少しご説明を続けたいと存じますが。総書記閣下、この厚（こう）

顔無恥（がんむち）なわが国への侵略行為をいかに逆手（さかて）に取るか、ご説明してもよろしいでしょうか」

　全員の目が、テーブルの首座に座る、小柄で丸顔の男に向けられた。その男がうなずき、口をひらいた。出席者全員が、その男の吃音（きつおん）に気づかないふりをした。

「よろしい、さ……崔元帥、金大将に、つ……続けてもらおう。彼のけ……計画に、興味がある」

「ありがとうございます、総書記閣下」金大長大将は、小柄な男に会釈した。金はまるで誰にも妨げられなかったように、話を続けた。「目下、核兵器はアメリカの監視機器の目が届かないところに、安全に隠されています。アメリカが送りこむスパイがいくら捜しても、われわれの隠し場所を突き止めることはできません。核兵器は、閣下のご命令で、いつでも使うことができます」

　金在旭はうなずいた。彼はゆっくり慎重に、手で口を押さえて吃音を隠そうとしながら話した。金大長の暗黙の挑戦に、これ以上知らないふりをしてはならなかった。

「大将は、え……越権行為を犯してまで、か……核兵器を手に入れてくれた。本来、わが国の財政に、そ……そんな余裕はないのだが」金大長は無言のまま、世界で最も謎に包まれた国の指導者が考えを口に出すのを待った。「それでも、概して、きみはよ……よくやってくれた。国連の査察官をあ……欺いたのは事実だが、きみはわれわれに、新たなと…

……取引材料を買ってくれた。それには、お……大きな価値がある」

金大長は深呼吸した。次の言葉が、最終決断に至る、重要な分かれ目になる。金在旭が彼の計画に同意してくれれば、この愚鈍な独裁者は、チンギス・ハーンがアジア全域を火の海にしたとき以来の英雄として、歴史に名を残すだろう。計画が却下された場合には、金大長は独自に実行することを余儀なくされ、その過程で、金在旭を放逐することになる。そうなれば、金在旭は歴史によって敗者の烙印を押されるだろう。

「総書記閣下」金大将は切り出した。「わたしの提案は、核兵器を、お情け程度の小麦や、国連による無意味な決議に使う取引材料として浪費することなく、実際の使用に踏み切るというものです。どうか、より大きな善のために、核兵器を使用することをお許しください。アジア全域を焼き払い、アメリカの干渉から未来永劫、解き放つために使うことをお許しください」

張りつめた空気が流れ、金大長は、総書記が話を聞いているのか、確信が持てなくなった。最高指導者は、会議用テーブルの天井の一点を凝視しているようだ。ようやく口をひらいた金在旭は、重大な決断にともなう緊張を隠せなかった。

「提案を却下する、大将。か……核兵器は……つ……使わないことで、より多くの利益を得られるのだ。アメリカ人と、東京やソウルのげ……下僕どもは、直接攻撃するには、き……強力になりすぎた」

金大長大将は頭を垂れ、つぶやいた。「閣下、御意のとおりにいたします」

席に戻りながら、金大長は内心を表情に出さないよう努めた。この指導者の頭がこれほど固いとは、実に悲しいことだ。すでに計画は動き出しており、勢いがつきすぎて、いまさら止めても手遅れだ。愚鈍な指導者には、そんなこともわからないだろうが。アメリカのSEALが侵入してきたのは、すでに火がついてしまったことの証にすぎない。金在旭が事態に気づいたときには、世界じゅうが炎に包まれているだろう。無数のキノコ雲が渦を巻き、それが晴れたときには、朝鮮民主主義人民共和国は世界の強国として、正当な地位を得るのだ。

アメリカ人にも、国連にも、この国の吃音の指導者にも、それを止めることはできない。

19

ジム・ワードは苛立ちを募らせ、標準操作手順書を勢いよく閉じた。もう何時間も、鋼鉄製の踏み段が背骨に食いこみ、巨大なメインエンジンの減速装置が、狭苦しい空間に騒音を反響させている。さまざまな物がひしめく潜水艦内で、ここはワード青年が見つけた、一人きりで勉強し、思索に耽ることができる貴重な場所だった。この後部区画中部にある機関室の一区画は周囲から隔絶されており、人が入ってくるのは、当直機関員がR－114空調プラントの毎時点検に来るときだけだ。そしてその機関員はとっくに、ワードに話しかけることも、視線を向けることもやめていた。この候補生が孤独を求めているのは明らかだった。

ワードはこの大型潜水艦の操作手順書を隅から隅まで、もう数えきれないほど読んでいた。その文言は一語一句、彼の大脳皮質に刻みこまれている。寝ていてもその一字一句が、句読点の箇所まで脳裏に浮かんできた。

あのやかましく、腹立たしい艦長を、今度はぎゃふんと言わせてやる。デブリン艦長が、ただジョン・ワードの息子であるがゆえに目の敵にしているのなら、ジム・ワードはなんとしても、あの横柄な艦長に、ワード家に流れている不屈の精神を見せつけてやらねばならない。そう簡単にデブリンの思いどおりにさせるつもりは、さらさらなかった。

しかしワードには、自力ではどうにもならない問題があった。手順書を読み尽くし、頭に叩きこむことはできる。しかし、実際にそのとおりにいくかどうかは、まったくの別問題だ。この〈シティ・オブ・コーパスクリスティ〉を思いのままに操艦するためには、勘や経験によってしか得られないところがいくつもあるだろう。いくらワードが手順書を熟読しても、そうした技能までは体得できない。潜水艦と一心同体になり、自らの身体の一部であるかのように動かすには、実地訓練するよりほかにないのだ。しかし、今度発令所に足を踏み入れ、艦長に自らの能力を証明するときには、ワードはそうした専門技能を身につけていなければならない。ひとつでもささいな過ちを犯せば、デブリンはこれ幸いとばかりに彼を艦から叩き出すだろう。そうなったら、潜水艦乗りへの道は断たれたも同然だ。

しかし、必ずや問題を克服する方法があるはずだ。

「やっぱりここにいたか」

不意に声が響き、ワードはぎょっとした。目を上げると、チャーリー・ディアナッジオ最先任上級兵曹が立っている。一昨晩(いっさくばん)、潜望鏡深度への上昇訓練が失敗に終わったとき以来、ワードはこの先任伍長と顔を合わせていなかった。もしかしたら、この小柄なイタリア系アメリカ人の最先任上級兵曹は、なんらかの理由でわざと自分を避けていたのだろうか。ワードには知るよしもなかったが。こんな狭い艦内で一度も会わなかったというのも、妙に思える。

「勉強中のようだな」ディアナッジオは、強いボルティモア訛りで言った。先任伍長は若い候補生の隣にしゃがみ、ガムを一枚取り出した。「一枚どうだ？　俺は艦内で禁煙のランプが点灯したら、ずっとこいつを噛んでいる」ワードは首を振った。ディアナッジオはためらわず、語を継いだ。「昔に比べると、いろいろ変わったよ。〈ウッドロー・ウィルソン〉に乗り組んでいたころ、俺はまだ若くて、二等兵曹だった。きみのお父さんが少尉だったころだ。あのときはまだ、潜水艦乗員記章(ドルフィン・マーク)を取得していなかった。実を言えば、お父さんと俺は、同じ日にドルフィン・マークを取ったんだ」

　ワードははっとして、先任伍長を見た。

「先任伍長が父を知っていたとは、初耳です」

ディアナッジオはうなずいた。

「だろうな。きみのお父さんは、いい仲間だった。いつも部下の味方をしてくれ、艦長のご機嫌取りはしなかった。一度リスボンで、警察の留置場から俺を出してくれたことがある。ワインを飲み過ぎて、ある女と勘定のことでもめたんだ。ともあれ、俺はきみのお父さんに借りがある。それをさておいても、艦長がきみにしたことは明らかにまちがっている」

ワードは先任伍長をじっと見た。ディアナッジオはなんらかの提案をしたいようだ。ワードには、それがなんなのかわからないが、ひょっとしたら手助けしようとしているのかもしれない。

「お気持ちはありがたいです、先任伍長。ですが、特別扱いを受けているとは思われたくないんです。そうだとしたら、親の七光りということになります。自分は自力で、海軍軍人としての道をひらきたいんです」

ディアナッジオはくっくと笑った。

「まったく、お父さん譲りだなあ。頑固なところはそっくりだ。とにかく、特別扱いなんかするつもりはないぞ。こいつは取引だ。スアレス機関兵長のほか二人ばかり、潜航長の取得をめざしている上等兵曹がいる。それで、先任兵曹室（CPO）で実践的な研究会をひらいていてね。どいつも、勘と経験を積んだ連中ばかりだ。だが、座学をみっちりしたやつがほしい。きみの血走った目を見ると、どうやら手順書の内容はうんと頭に詰めこんでいるようだ。今晩二一〇〇時に、CPO室に来てくれ」

そう言うと、先任伍長はワードの目の前で踵(きびす)を返し、梯子(はしご)を上がって姿を消した。彼はからかいに来たのではなかった。ワードに救いの手を差し伸べてくれたのだ。〝研究会〟なるものは見せかけで、実際には候補生に、特別扱いと受け取られることなく、実践的な知識を伝授しようとしている。そもそも、スアレス機関兵長は原子炉担当だ。潜航長の資格試験など、受ける必要はないはずだ。スアレスは部下の科員を助けるために、わざわざ申し出てくれたにちがいない。

ワードは笑みを浮かべた。そういえば、ここのところ笑っていなかった。デブリンの前でへまをして以来だ。もしかしたら、潜水艦乗りに関して父が語っていたことは、結局正しかったのかもしれない。

下士官たちからいくつかのこつを教わり、それがデブリンの鼻を明かす役に立つなら、ワードもそうした知識を吸収するのにやぶさかではない。ワードは腕時計を見、手順書をひらいて、さっき指でなぞった箇所から勉強を再開した。

隋海俊(スイ・カイシユン)は穏やかな気分でお気に入りの場所に座り、昼前の陽差しを浴びて老骨を温めていた。彼はこのテラスをこよなく愛している。ここからは、霞がかった緑の山並みが、はるかかなたに見わたせた。きょうのように晴れ渡った日には、このテラスから遠くに中国が望める。幾世代にもわたり、先祖代々、この同じ場所に座り、同じ景色を眺めてきたのだと思うと、隋は安らかな心境になり、慰められる心地がした。六百年ほど前、彼の祖先がこの要塞を築き、中華帝国の領土を守ったとき以来、この場所の景色はほとんど変わっていない。

隋の耳に、ベランダのどこかから電話の鳴る音が聞こえてきた。応対は執事の林泰槌にまかせてある。隋の対応が必要な用件なら、林がここに電話を持ってきて、花崗岩のテーブルに置き、隋は用意ができたら出ればよい。その必要がなければ、林は主人のうららかな夢想の時間を妨げることはしない。

だが、隋の夢想を妨げる音はそれだけではなかった。話し声とくすくす笑うような声が、隋の物思いを中断させる。下のどこか、階下のテラスのあたりから響いてきた。ミセス・ワードの引率する学生だろう。学生たちの声は隋にとって不快ではなかった。若い学生たちを見るのは、楽しい気晴らしだ。不始末により娘を勘当して以来、隋は娘の記憶を消し去ろうとしたが、その甲斐なく、ここは孤独をかこつ場所になってしまった。それでもいまは、ふたたび若人の笑い声がこだまし、木々を飛び交う小鳥たちの鳴き声と競い合っている。

隋は石造りの手すりにもたれ、テラスを見下ろした。ここからなら、相手に気づかれることなく、何が起きているかを容易に観察できる。驚いたことに、声の主はアメリカ人学生ではなかった。なんと、引率している教官のエレン・ワードと、植物学者のロジャー・シンドランだ。二人はまるで、十代の恋人たちのように抱擁している。二人の言葉は、老いた麻薬王が座り、じっと見ているところまで反響してきた。

「エレン、ぼくの気持ちはわかっているだろう」植物学者は彼女の首に頭をつけてささやいた。情熱を抑えられない口調だ。「きみがほしい。きみが好きだ。もう我慢できない。ずっとそう思ってきた」

シンドランは彼女をきつく抱きしめ、手を胸に這わせようとしているが、女性は邪険にならない程度に逆らい、丁重に断わろうとしているようだ。

「ロジャー、お願い。だめよ。わたしたち、もう子どもじゃないのよ。わたしは結婚しているの。息子もいるわ。それに夫を愛しているの」

シンドランは抱擁を解き、エレンはやや身体を引いたが、女性は彼の腕から逃れようとはしなかった。彼女の抵抗は弱まりつつあるようだ。

隋は笑みを浮かべた。なるほど、一行がここに着いたとき、二人のまなざしやちょっとした身振りから得られた印象は、誤っていなかったらしい。隋はつねに、なんらかの形で役に立つ情報を探している。この女性の夫は、アメリカ合衆国海軍で重要な地位を占める司令官だ。

こうした形で耳に入ってくる情報をうまく活用すれば、いずれどこかで、競争相手に対して髪ひと筋の差で優位に立てるかもしれない。そして隋は、たとえわずかな取っかかりでも、積もり積もれば大きな成果になることを知っていた。

つまるところ、隋の組織がこれほどの勢力を占め、絶大な権力を手中にしているのは、そうした情報の断片の集積によるものなのだ。

その老朽化したマグロ漁船は、南太平洋やインド洋へ出漁して、ささやかな生活の糧を得る無数の漁船と、なんら変わりがないように見えた。サラワク州全体、あるいはボルネオ全島でも、入り組んだ水路をゆっくりと、ビントゥルの活気ある漁港へ向けて進むこの船に、疑いの目を向ける人間は一人もいないだろう。ほとんど同じ形の漁船が数十艘も繋留されている前で、船員たちは忙しなく、銀色の胴体に黄色のひれがついた積荷を下ろしていた。

その後ろには何艘もの漁船が連なり、桟橋に横づけする順番を辛抱強く待っている。古い漁船は桟橋の端の空いた場所に横づけした。もやい綱をまだ結び終わっていないうちに、二台の大型トレーラーが桟橋に入ってきた。運転手が真っ赤な三菱の大型車のサイドブレーキをかけ、停車させて、運転台を降り、タバコを吸って立ち話をしているあいだ、船員たちがトレーラーのハッチを開けて作業に取りかかった。

船員は漁船の荷揚げ用の柱を使い、魚が入った大きな箱を桟橋に下ろした。待ち受けていたフォークリフトが、箱をすばやく、一台目のトレーラーに運びこむ。十個以上の箱が運ばれたところで、甲板員がトレーラーのハッチを閉じ、運転手に車を出してよいと合図した。運転手は反駁し、まだ箱を入れる余裕があると言ったが、船員は取り合わず、トレーラーのハッチにかんぬきをかけて、運転手にもう一杯だから車を出せと告げた。運転手は肩をすくめ、油の浮いた海面にタバコを投げ捨てて、運転台に乗り、トレーラーを動かした。

最後のふた箱の木枠が漁船の船倉から運び出され、二台目のトレーラーに積み替えられた。じっと観察している者がいたら、さっきまでの箱と多少、大きさがちがうと思っただろう。やはり魚がぎっしり入っていたが、その箱は少し長く、幅が狭かった。しかし、さしたるちがいではない。魚が入った箱である分にはまちがいなく、じっくり調べていたら、鮮度が落ちてしまう。市内の中心部では、観光客向けのレストランが配達を待っているのだ。

もうひとつ、ちがいがあった。このふた箱に関しては、船員がいささか慎重に取り扱っていたようだ。だが、ほとんど見分けはつかなかった。そもそも、観察している人間など誰一人いない。漁港では仕事が山積していた。積み下ろしを待っている漁船が列をなしている。

ものの十分で、ふた箱の木枠はトレーラーに積みこまれた。ハッチが閉められ、かんぬきがかけられる。積荷を載せたトレーラーが牽引され、ビントゥルの喧噪（けんそう）に満ちた通りを走りだした。一方、漁船は入港してきたときと同様、静かに、誰からも不審の目で見られることなく出港して、後ろで待っている漁船に場所を空けた。

二台目のトレーラーが通過した直後、旧型のランドローバーが不承不承、息を吹き返した。マンジュ・シェハブがクラッチペダルを踏みこんで、フロアシフトのギアを切り替える。錆が浮いた灰色の古びた車が、午後の車列に入りこみ、自転車、スクーター、黒いメルセデスのタクシーと入り混じって走った。ときには、水牛が牽（ひ）く荷車に出くわすこともある。

マレーシアの大半の地方都市と同じく、ビントゥルも過渡期のまっただなかにあった。

洗練された現代的な高層オフィスビルや重工業施設の隣に、古色蒼然としたモスクやみすぼらしいスラム街があり、同じブロックに不動産会社の売り地もちらほらある。日本製のスポーツカーが大通りを疾駆するかたわら、自転車に鳥籠を高く積み上げた養鶏業者が、市場へ向かっている。住民の大半はいくら働いても極貧から抜け出せず、ごく少数の人間だけが資本主義の果実を享受していた。大半の人々の鬱積した不満と、声高なムスリムの共同体の主張が政治的優越権をめぐって争い、この多民族国家のせめぎあいは沸騰寸前にまで達していた。

マンジュ・シェハブはかすかに笑みを浮かべた。前回この町に来たのは、愚かな老指導者のスブラマニアン師を暗殺するためだった。サブル・ウリザムは正しかった。あの老人を排除したことで、血気にはやる若い弟子たちは、こぞってアブ・サヤフを熱心に支持するようになった。そのうちの三人が、武装に身を固め、旧型のランドローバーに同乗している。

何より重要なのは、誰も知らないうちに、ビントゥルがアブ・サヤフの新たな中心地となり、フィリピン国外で最初の、ウリザムの重要な根拠地になりつつあることだ。いみじくも、この町の名前の由来は〝敵の首を燻製にする場所〟という意味らしい。

真っ赤な三菱の大型トレーラーは、ほぼ一ブロック先で、タンジュン・キドゥロン通りの角に消えた。シェハブは混雑した車道を縫うように走り、割りこまれて怒るタクシーのクラクションにも構わず、同じ角を曲がった。トレーラーが同じブロックの赤信号で停まった。シェハブはトレーラーから三台あいだを置き、古いいすゞのピックアップトラックの後ろに車をつけた。トレーラーの運転手に、尾行していることを知られたくなかったのだ。見失わない程度の距離を保ちつつ、あからさまに近づきたくはなかった。

トレーラーは高速道路に入って町を出ると、スピードを上げた。シェハブは慎重にあとを追った。高速道路でひそかに大型トレーラーを尾けるのは、一般道より難しい。車間距離は広くなり、あいだに入る車も少なくなる。

シェハブはきちんとした準備期間がなかったことを呪った。サブル・ウリザムからこの仕事をするよう命じられたのは、なんときのうだったのだ。地元の人間はアマチュアにすぎない。真剣な宗教的熱意を持っているのは確かだが、しょせんアマチュアだ。彼らの尽きることのない忠誠心は信頼できるとしても、いざというときになってみなければ、彼らが信頼できる技倆の持ち主かどうかはわからない。いや、忠誠心すら怪しいものだ。シェハブはこの仕事を、彼自身とランドローバーに同乗する三人の武装した護衛だけでやらなければならず、不意討ちされないことを祈るばかりだった。太腿に置いた黒い革製のスーツケースを見下ろし、彼は急ハンドルを切った。

道路はほぼ一直線になり、ほかに並走する車もなくなったので、シェハブはトレーラーに一キロ近く先行させ、見失わないようにスピードを上げた。島の山間部へ向かうにつれ、狭小な水田が矢のように視界をかすめていく。このあたりの地元民はいまだに、竹竿をよじ登り、鳥の巣を取ってスープを作るという。ときおり、島の伝統的な建築様式による長い家屋やモスクを通りすぎた。

行く手を見ると、トレーラーは高速道路を降り、狭い土の道に入った。シェハブがランドローバーを同じ道に入れると、三菱はすでに急カーブを曲がって視界から消えていくところだ。シェハブが不意にアクセルを踏み、スピードを上げたので、同乗者たちの身体が大きく揺れた。だが、誰一人そんなことは気にしていなかった。三人とも険しい表情を崩さず、土埃をもうもうと上げるトレーラーに目を凝らしている。

トレーラーの運転手から、こちらの姿を隠す方法はもうなかった。この入り組んだ道路では無理だ。そんなことをしたら、完全に見失ってしまう。道は網の目のように、四方八方へ伸びている。シェハブが距離を置いているときに、三菱の大型車がそのうちのどこかに曲がったら、ふたたびトレーラーを見つけるのは不可能だ。つねにトレーラーが見えるところまで近づく以外に方法はなかった。

そこから五キロ進むと、道はさらにでこぼこし、轍にタイヤが取られた。トレーラーの通った跡が土埃に煙り、土埃は鬱蒼とした草木にゆっくりと降りかかる。次のモンスーンで雨が降るまで、沿道の草は黄色がかった赤土をかぶったままだろう。

なんの前触れもなく、トレーラーは狭い小道に入っていった。道路からはほとんど見えないが、密生した熱帯の群葉が絡み合い、とうの昔に廃墟になった大農場を飲みこんでいる。三菱のトレーラーは錆に覆われたブリキの納屋に入っていった。

シェハブはランドローバーを小道の入口に停め、しばらくそのまま、土埃が晴れるのを待った。いま、あの納屋のなかでは何が起こっているのだろう。もしかしたら、これは罠で、待ち伏せしていた大勢の射手が密林から出てくるのだろうか？　知るすべはないが、ウリザムの命令は明確だった。

同乗者たちがうなずき、〝準備完了〟を無言で告げると、シェハブはハンドルをまわし、草に覆われた轍に沿ってランドローバーを走らせ、納屋へ向かった。そこでエンジンを切り、愛用のデザート・イーグルを握りしめて、心のなかで祈りを唱えながら車を降りた。

三人の男たちが納屋から現われた。三人ともＡＫ－47を、四五度下に向けて構えている。ランドローバーに同乗してきた若い革命家たちが、冷静さを保ち、正当な理由なく発砲しないよう、シェハブは祈った。と同時に、正当な理由があった場合には、躊躇なく自らを援護してくれるよう心から祈った。

三人のリーダー格が英語で叫んだ。「シェハブか？」

シェハブはうなずき、叫び返した。「そうだ。張（チャン）大佐か？」

男は冷然と、やや低い声で答えた。

「いや。遺憾ながら、張大佐は先祖のもとへ旅立った。金大長（キム・ダイジャン）大将が、大佐の代理として、われわれを派遣した」

北朝鮮の武器商人の身に何が起きようが、この代理の人間の知ったことではなさそうだ。シェハブもまた、その点には関心がなかった。テロリストはおもむろに拳銃を下げた。主人のウリザムからは、この北朝鮮人たちと待ち合わせ、彼らの指示に従うようにと命令を受けている。

「そうか、残念だ。そういうこともあるだろう」シェハブの言葉は、なんの感情もともなっていなかった。彼は赤い三菱のトレーラーに向かって顎をしゃくった。納屋に収まったトレーラーの後部がかろうじて見える。「依頼した商品を、運搬してきたということでいいんだな？」

「そのとおりだ。現金は持ってきたか？」

シェハブはランドローバーに戻り、車内に手を入れた。相手の自動小銃がかすかに上がり、おのれの背中に向けられているのを感じる。彼は三人の同乗者たちに向かってうなずき、冷静さを保つようささやいて、黒いスーツケースを持ち上げ、相手に見せた。

「取り決めどおり、五千万米ドルだ。お望みなら、われわれが兵器を検査しているあいだに、数えてもらってもいい」

シェハブは慎重に、トレーラーの後部へ乗りこんだ。熱帯の太陽に照りつけられ、腐りかけた魚の臭いが鼻を衝く。彼は箱から帆布の覆いを取り外し、中を見た。ウリザムが言ったとおり、銀灰色の円筒形をした物体が、不気味で近づきがたい、冷たい光を放っている。

北朝鮮の尉官が、シェハブに小さな黄色の箱を渡した。太い銅線が突き出し、先端にアルミニウムの探針がついている。シェハブが探針をゆっくりと円筒形の物体にかざすと、箱についた計器の針が右に振り切れた。計器はガンマ線測定器だ。やはりウリザムが言ったとおりだ。核爆弾にはプルトニウムが含まれている。これは本物にちがいない。

シェハブはランドローバーの鍵を北朝鮮人のリーダー格に放り投げ、トレーラーの運転台に乗った。ついに、導火線が手に入った。苦心惨憺の末、彼らはイスラム革命の導火線に火をつける力を得たのだ。この兵器によって、ウリザムは東南アジアの不信心者どもを焼き殺すだろう。シェハブは、その事業を助けるためにここに来たのだ。

シェハブはいま一度、笑みを浮かべた。核兵器のなめらかな表面に手を這わせた感触を思い起こす。

神学校(マドラサ)では、これから幾世代にもわたり、二人の偉業が語り伝えられるだろう。不信心者どもを勇敢に放逐(ほうちく)して、歴史の進路を変えた偉人として、サブル・ウリザムとマンジュ・シェハブの名は歌い継がれるのだ。

〔下巻に続く〕

ピルグリム

〔1〕名前のない男たち
〔2〕ダーク・ウィンター
〔3〕遠くの敵

I am Pilgrim

テリー・ヘイズ
山中朝晶訳

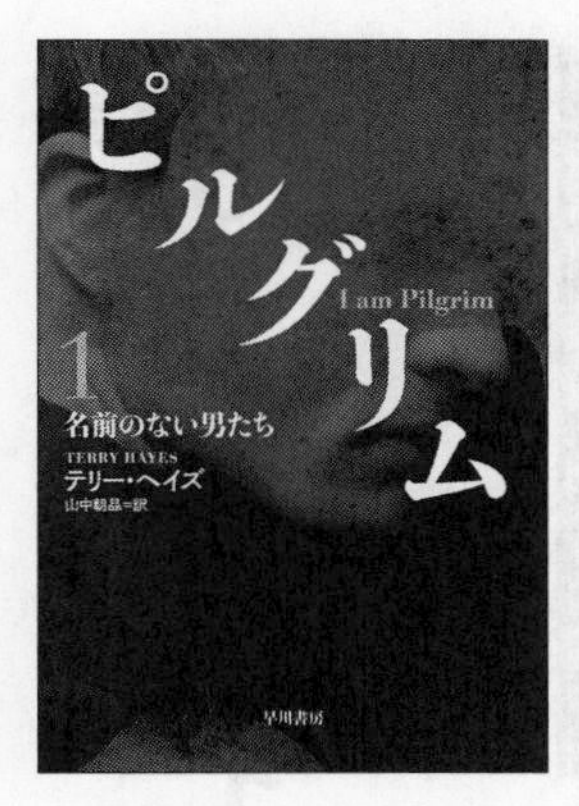

アメリカの諜報組織に属するすべての諜報員を監視する任務に就いていた男は、あの九月十一日を機に引退していた。だが〈サラセン〉と呼ばれるテロリストが伝説のスパイを闇の世界へと引き戻す。彼が立案したテロ計画が動きはじめた時アメリカは名前のない男に命運を託した。巨大なスケールで放つ超大作の開幕

ティンカー、テイラー、ソルジャー、スパイ〔新訳版〕

Tinker, Tailor, Soldier, Spy

ジョン・ル・カレ
村上博基訳

英国情報部の中枢に潜むソ連のスパイを探せ。引退生活から呼び戻された元情報部員スマイリーは、かつての仇敵、ソ連情報部のカーラが操る裏切者を暴くべく調査を始める。二人の宿命の対決を描き、スパイ小説の頂点を極めた三部作の第一弾。著者の序文を新たに付す。映画化名『裏切りのサーカス』解説／池上冬樹

ハヤカワ文庫

スクールボーイ閣下（上・下）

The Honourable Schoolboy

ジョン・ル・カレ

村上博基訳

〔英国推理作家協会賞受賞作〕ソ連情報部の工作指揮官カーラの策謀により、英国情報部は壊滅的打撃を受けた。その長に就任したスマイリーは、膨大な記録を分析し、カーラの弱点を解明しようと試みる。そして中国情報部にカーラが送り込んだスパイの重大な計画を知ったスマイリーは秘密作戦を実行する。傑作巨篇

スマイリーと仲間たち

Smiley's People

ジョン・ル・カレ

村上博基訳

将軍と呼ばれる老亡命者が殺された。将軍は英国情報部の工作員だった。醜聞を恐れる情報部は、彼の工作指揮官だったスマイリーを引退生活から呼び戻して後始末を依頼、やがて彼は事件の背後に潜むカーラの驚くべき秘密を知る！　英ソ情報部の両雄がついに決着をつける。三部作の掉尾を飾る傑作。解説／池澤夏樹

訳者略歴　1970年北海道生，東京外国語大学外国語学部卒，英米文学翻訳家　訳書『眠る狼』ハミルトン，『ピルグリム』ヘイズ，『マンハッタンの狙撃手』ポビ，『ハンターキラー 潜航せよ』ウォーレス＆キース（以上早川書房刊）他多数

HM=Hayakawa Mystery
SF=Science Fiction
JA=Japanese Author
NV=Novel
NF=Nonfiction
FT=Fantasy

ハンターキラー 東京核攻撃

〔上〕

〈NV1487〉

二〇二一年十月 二十 日　印刷
二〇二一年十月二十五日　発行

（定価はカバーに表示してあります）

著　者　ジョージ・ウォーレス　ドン・キース
訳　者　山中朝晶
発行者　早川　浩
発行所　株式会社　早川書房
郵便番号　一〇一 - 〇〇四六
東京都千代田区神田多町二ノ二
電話　〇三 - 三二五二 - 三一一一
振替　〇〇一六〇 - 三 - 四七七九九
https://www.hayakawa-online.co.jp

乱丁・落丁本は小社制作部宛お送り下さい。
送料小社負担にてお取りかえいたします。

印刷・中央精版印刷株式会社　製本・株式会社明光社
Printed and bound in Japan
ISBN978-4-15-041487-0 C0197

本書は活字が大きく読みやすい〈トールサイズ〉です。